KB020215

미래 직업소개소

미래 직업소개소

未 来 職 安

이스카리 유바 지음　추성욱 옮김

이음

MIRAI SHOKUAN

ⓒ YUBA ISUKARI 2018

Originally published in Japan in 2018 by FUTABASHA PUBLISHERS LTD., TOKYO,

Korean translation rights arranged with FUTABASHA PUBLISHERS LTD., TOKYO,

through TOHAN CORPORATION, TOKYO, and EntersKorea Co., Ltd., SEOUL.

이 책의 한국어판 저작권은 (주)엔터스코리아를 통해 저작권자와 독점 계약한

이음출판사에 있습니다. 저작권법에 의하여 한국 내에서 보호를 받는 저작물이므로

무단전재와 무단복제를 금합니다.

차례

미래 직업소개소

시계가 없어도 아침이 온다. 하지만 시계를 보기 전까지는 아침이 왔다는 사실을 믿지 않는다.

커튼 틈으로 새어 들어오는 햇빛의 밝기가 새벽 빛의 밝기와는 다르고, 베란다 너머 도로에서는 등교하는 초등학생들의 힘찬 목소리가 들려오는데도 말이다.

결론을 말하자면, 이 집에서 혼자 3년을 살아온 경험에 비추어 보건대 아침 8시는 지났을 거다. 지금 침대에 누워 여름 이불을 덮고 있는 나에게는 꽤 불편한 사실이다.

하지만, 이런 말이 있다. "환자는 경험에서 배우고, 현자는 역사에서 배운다!"라는.

그러니까 오늘은 학교에서 운동회가 열리고, 그렇기 때문에 학생들이 평소보다 일찍 등교하는 날이라든가, 점점 기온이 높아지는 계절이니 열사병을 피하려고 등교 시간을 앞당겼다거나 하는, 평소와는 다른 사건이 있을 수도 있는 거다. 그런 예외적인 사건이 있다고 해도 이상할 게 전혀 없다.

학교를 향하는 아이들의 목소리는 아주 즐거운 것 같다. 매일 가야할 곳과 돌아가야할 곳이 있다는 것은, 사람들에게 그 나름의 행복을 주는지도 모른다.

이제 공립학교에는 교직원이 없으니, 아예 교과시스템을 각 가정에 나눠 줘버리는 게 낫고, 그렇게 하는 게 비용도 절감된다고 주장하는 정치가가 있다는 걸 안다. 하지만, 그건 틀린 얘기다. 저 아이들의 즐거워하는 목소리를 듣더라도 그렇고, 내 경험에 비춰봐도 그렇다.

그런 생각을 하는 중에 아이들의 목소리가 들리지 않게 되었다.

음…… 들리는 것도 문제지만, 들리지 않게 된 건 더 문제야. 조심스럽게 이불 밖으로 얼굴을 내밀고 시계를 본다.

8시 17분.

그 순간에야 겨우, 현실이 현실로 다가온다. 아침이다.

나는 욕을 내뱉으며 이불을 밀어제쳤다. 입을 헹구고 냉장고에 들어 있는 스틱 하나로 아침 식사를 한다. 양치질을 하고 박스에 얼굴을 넣은 다음 '자동' 버튼을 누르면, 미리 등록해놓은 순서로 세안과 보습, 화장을 해준다. 얼굴을 들고 거울을 보니 평소와 같은 내 얼굴이 되어 있다.

박스에는 일본의 가전제품답게 '확실히'나 '천천히', '업무용'이라고 쓰여진 정체불명의 버튼이 배열되어 있지만, 최근에는 항상 '자동'만 사용하고 있다.

시청에 근무하던 때부터 입던 정장을 입고 시계를 보면서 출근 시간이 코앞에 닥치는 순간까지 고데기로 곱슬머리를 편다.

'이런 것도 빨리 자동화되면 좋을 텐데. 그러면 머리도 좀 더 기를 수 있을 테고.'

매일 아침 이런 생각을 한다.

하이힐을 신고, 현관문을 열고 나온 시각이 8시 40분. 아파트의 통로까지 완전히 여름이 찾아왔다. 이런 날씨에 서둘러서 '직업소개소'까지 걸어가면 땀으로 범벅이 될 것 같다. 돈은 아깝지만 택시를 타기로 했다. 돈보다 중요한 무언가가 있는 게 행복한 인생 아닌가.

—

차도에 서서 집게손가락과 새끼손가락을 펴고 '빈 차 대기' 신호를 만들어 보이지만, 이미 손님을 태운 차가 몇 대씩 획획 지나간다. 아침이라서 승차율이 꽤 높다. 차에 타고 있는 사람은 대개 정장을 입은 생산자들이고, 인도를 한가로이 거닐고 있는 쪽은 폴로셔츠를 입은 소비자가 많다. 군이 정장을 빼입지 않아도 일은 할 수 있지만, 생산자들은 '나는 직업을 가지고 있다'는 것을 드러내려고 옷을 차려입는 경우가 많다. 지금 나도 그런 차림새지만.

간신히 1인승 차 한 대가 카메라로 내가 손으로 만든 신호를 인식해서 멈추고, 문이 열린다. 차 안에서 추울 정도의 냉기가 흘러나오면서,

"오늘도 이용해 주셔서 감사합니다."

라는 기계음이 울린다.

차에 타고 전면 패널에 카드를 스캔한 다음, '직업소개소'가 있는 곳을 말한다. 모니터에 지도가 표시되고 "이 장소로 가겠습니다. 괜찮습니까?"라는 음성이 들리면서 오른쪽 아래에 요금이 표시된다. 나는 씁쓸한 표정을 지으면서 'OK' 버튼을 누른다.

달리는 동안에 차 안의 온도가 조금 올라간다. 1인승의 좁은 차 안이라 온도는 승객의 체온에 반응해 세심하게 조절된다. 밖이 이렇게 더운 날은, 차에 탄 직후 잠깐 동안 시원한 것만으로도 나쁘지 않은 서비스다.

출근 준비하느라 지친 내가 멍때리고 있는 동안, 자동차의 센서는 사람의 위치와 차의 흐름을 정확하게 파악해서 부드럽게 차도를 달려나간다.

차 내부는 집에 있는 소파보다 훨씬 깨끗하고 푹신푹신하다. 시내를 자율 주행하는 택시들은 월 1회 근교의 자동 공장에 가서 유지 보수와 내부 청소를 한다고 한다. 아주 조금 사치를 부려보는 시간이다. 차 쿠션에 깊이 파묻히면 눈꺼풀이 무거워진다. 가능하면 좀 더 오래 타고 있고 싶은데,

"도착했습니다."

라는 음성이 들린다. 모니터에 금액이 뜨고 '지불' 버튼을 누

르면 문이 쓱 열린다. 만약에 카드의 잔액이 부족하면 이대로 차 안에 갇혀버리는 걸까. 그것도 나쁘지 않다고 잠깐 생각했다.

"오늘 오후에 도로가 굉장히 혼잡할 것으로 예상됩니다. 돌아가실 때 주의해 주세요. 또 이용해주시기 바랍니다."

라는 안내를 흘려들으면서, 열기 속을 지나 낡은 건물 안으로 걸어간다. 엘리베이터로 4층까지 올라가 '직업소개소'에 들어간 시각이 8시 58분. 아슬아슬하게 세이프에 성공했다.

물론 내가 지각한다고 직업소개소의 업무에 무슨 문제가 생기는 건 아니다. 대체로 오츠카 씨가 나보다 늦게 나오기도 하고. 근무시간을 기록하는 일지 시스템은 있지만, 그런 걸 기계치인 그가 체크하고 있을 리가 없다.

하지만 기록은 기록으로 서버에 확실히 남는 거고, 어떤 이유에서든 후생노동성(한국의 보건복지부와 고용노동부의 기능을 하는 일본 정부기관 중 하나 ─ 옮긴이)이 근무 실태를 보고하라고 요구할 수 있다. 내가 얼마나 아침에 늦잠을 자든 아무도 기억하지 못하겠지만, 몇 시 몇 분에 출근했는지는 데이터가 확실히 기억하고 있다. 기록에 남는 일은 성실하게 하는 게 내 천성이다.

헤이세이(平成, 1926년 1월 8일부터 2019년 4월 30일까지 기간의 일본 연호 ─ 옮긴이) 시대의 탐정사무소를 닮은 이 직업소개소에는, 두 개의 책상과 하나의 응접용 테이블이 있다. 정면에 있는 월넛 소재의 큰 책상은 깔끔하게 정리되어 있고, 위에는 갈색 고양이 한 마리가 목조 공예품처럼 다소곳이 앉아 있다.

"소장님, 안녕하세요."

라고, 나는 고양이에게 인사한다. 소장은 스코티시폴드종의 수컷, 세 살. 그렇다고 이게 제조 3년차라는 의미는 아니다. 놀랍게도 살아 있는 고양이다.

물론 이 건물은 반려 동물을 들이는 게 금지되어 있지만, 이렇게까지 당당하게 기르고 있으면 오는 사람들은 모두 새로운 기종의 네코포이드(고양이 모양의 로봇 — 옮긴이)라고 생각해 버리기 때문에 오히려 문제가 되지 않는다. 오츠카 씨는 이처럼, 사람들이 모를 거라며 당당하게 반려 동물을 기르는 사람이다.

철제 책상에 놓인 트랙 패드를 탁 치면, 화면이 뜨면서 오늘의 일과 예보가 표시된다. 10시부터 신규 고객이 한 명. 그 외에는, '오후에 몇 명쯤 더 올 수 있음'이라는 예보가 표시되어 있다. 확률은 60퍼센트다.

과거의 데이터를 바탕으로 일기예보처럼 고객의 방문을 예측하는 시스템이라고 하지만, 얼마 전 손님이 올 확률이 90퍼센트라는 예보를 보고 준비했더니 아무도 오지 않았으므로 진지하게 받아들이지 않는 편이 나을지도 모른다. 불특정한 누군가의 행동을 예측하는 것은 아무리 봐도 애초부터 무리가 있다.

같은 예측에 따르면 오츠카 씨의 오늘 출근 예상 시각은 9시 37분. 이건 날씨와 기압, 어제 귀가 시각으로부터 산출한 것이기 때문에 꽤 신빙성이 높다.

그가 올 때까지 소장과 장난치며 논다. "야옹~야옹~" 하며 고양이 울음소리를 내보지만, 소장은 꿔다 놓은 고양이처럼 아무 소리 없이 책상에서 내려와 나는 거들떠보지도 않고 살금살금 소파 쪽으로 걸어간다. 허무해져서 털 제거 시트로 털을 떼어내고 의자에 앉아 오츠카 씨의 출근을 기다린다.

—

엘리베이터가 4층에 멈추는 소리가 들리고, 또각또각 발걸음 소리가 난다. 또 그 쓸데없이 딱딱해 보이는 구두를 신고 있겠지. 문이 열린다.

"안녕, 메지로(目白, 일본의 드문 성씨 중 하나 ― 옮긴이). 오늘도 덥네."

쾌활한 목소리로 오츠카 씨가 나타난다. 9시 39분. 예상 출근 시각과의 오차는 2분.

"메구로(目黑, 일본인의 성씨 중 하나 ― 옮긴이)예요."

나는 대답한다. 하지만 그는 내가 정정해준 걸 무시하고 소파의 등받이 위에 웅크리고 있는 고양이에게 공손하게 머리를 숙인다.

"소장님, 오늘도 잘 부탁드립니다."

소장은 눈만 떠서 부소장을 보고는, 한껏 입을 벌려서 "하~암" 하고 졸린 듯한 소리를 냈다. 육식동물다운 송곳니가 나 있다.

부소장은 화장도 '자동'으로 급하게 하고 나온 나와는 대조적으로, 깔끔하게 왁스로 머리를 만지고, 화려한 넥타이에 세로 줄무늬 정장을 입고 있다. 나이는 잘 알 수 없지만 아마 30대 중반 정도일 거다. 직업소개소 직원이라기보다는 젊은 야쿠자로 보인다.

"오츠카 씨, 오늘은 10시부터 손님이 한 분 오시니까 준비해주세요."

"알았어, 빨리도 오네."

라고 말하고 옅은 색의 선글라스를 벗어 월넛 책상 위에 놓는다.

"소비자라면 하루 종일 한가할 텐데, 꽤나 이른 시각부터 오는 놈이네. 게다가 지난주에 사전 예약까지 해놨네. 엄청 고지식한 놈이구만."

"지난번처럼 계약 기간 중에 자취를 감추는 일은 없겠네요."

"알 수 없지. 이런 타입이 잠수도 잘 타니까."

그는 웃으며 말했다. 지난달 있었던 사건 때문에 직업소개소의 수입이 거의 없어져서, 내 월급도 거의 사라졌다. 생산자의 라이프 스타일에 젖어 있는 나로서는 정부에서 주는 생활기본금만으로는 생활비가 모자라, 저금을 야금야금 축내야 하는 신세가 되었다. 나로서는 전혀 웃을 수 없는 사태인데 그는 이런 일조차 재미있어하는 듯했다.

"오늘 오는 의뢰인의 정보입니다."

라고 말하고 나는 단말의 브라우저를 연다.

"23세의 남성입니다. EsEnEs(일종의 소셜 네트워크 서비스)에 등록된 프로필에 의하면, 직업훈련대학을 2년 만에 중퇴하고, 그로부터 3년 정도……."

화면의 정보를 읽는데 그가 손으로 제지한다.

"그런 건 괜찮아. 얼굴을 보고 직접 물어보는 게 빠르지."

"그렇네요."

라고 나는 대답한다. 매번 듣는 얘기지만 나는 상관하지 않고 늘 정보를 읽어준다. 뭔가 일을 하고 있다는 기분이 들기 때문이다. 말하자면 직업소개소는, 세상의 거의 모든 직장과 마찬가지로 한가한 곳이다.

—

정확하게 10시에 직업소개소의 문을 두드리는 소리가 들렸다.

노크 같은 거 하지 않더라도 직업소개소 앞에 사람이 오면 내 단말에 통지가 오게 되어 있는데, 오늘의 의뢰인은 그런 비즈니스 매너를 어디선가 배워서 온 모양이다. 역시 고지식한 사람이네. 내가 '열림' 버튼을 누르자 문이 스르륵 옆으로 열린다.

"실례합니다."

라고 말하며 들어선 의뢰인은 23세 남성. 마른 몸에 '소비자'다운 국산 셔츠를 입고, EsEnEs에 공개되어 있는 얼굴 사진처럼 누가 보더라도 순박한 일본인이라고 느낄 만한 생김새다. 세계 곳곳의 유전자가 조금씩 섞여서 이목구비의 윤곽이 뚜렷해지고 있는 시대에, 이런 역사 교과서에나 나올 것 같은 얼굴은 오히려 드물다.

"잘 오셨습니다. 직업소개소 부소장 오츠카 하루히코라고 합니다."

라고 말하며 오츠카 씨가 종이 명함을 내밀자 의뢰인은 의아한 표정으로 받아서 적혀 있는 정보를 읽은 후에 명함을 돌려주려고 한다. 돌려주지 않아도 괜찮다고 그는 손짓으로 알린다.

"처음 뵙겠습니다."

의뢰인은 자신의 이름을 말하고, 오츠카 씨에게 부탁받은 대로 간단하게 자신의 약력을 설명한다.

직업훈련대학(실제 '직업훈련'과는 거리가 멀어진 지 오래다)에 다녔지만 도중에 그만둬버리고, 이후 3년 정도 소비자로 살다가, 왠지 직업을 갖고 싶어져서 왔다는 이야기다. 특별한 자격증이나 특기 따위는 가지고 있지 않다. 이제 자격증이 필요한 직업은 거의 다 기계화되어서 소용도 없지만 말이다.

"흠."

오츠카 씨는 그의 얼굴을 빤히 쳐다보았다. 스물셋이라고 하기에는 어려 보인다. 주도면밀하게 의뢰인을 탐색하는 부소장 옆에 있으니 마치 길을 잃고 과자의 집에 들어온 헨젤처럼 보인다. 살이 포동포동하게 오르면 잡아먹힐 것 같다.

"실례지만, 인도에 다녀온 적은?"이라고 부소장이 의뢰인에게 묻는다.

"아니요, 흥미는 있지만……."

이라고 하며 의뢰인은 고개를 젓는다. 생활기본금으로 살아가는 소비자가 해외여행 따위를 갈 수 있을 리가 없다.

"그 나라는 지금 아주 뜨고 있어요. 우주 개발과 로보틱스 연구의 중심도 점점 중국에서 인도로 옮겨가고 있으니까요. 정보 공학 전문가인 제 지인 몇 명도 거기 있는 회사에 적을 두고 연구하고 있습니다."

오츠카 씨는 실론 홍차를 마시면서 말했다. 갑자기 전문직에 대한 설명을 듣게 된 의뢰인은 당황한 듯했다. 대학도 안 나온 소비자가 그런 직업을 원하고 있을 리가 없다.

"그래서 고소득의 생산자가 사는 마을이 여기저기에 생겨나고 있어요. 그렇게 되면 그들은 돈을 쓸 곳을 찾게 되지요. 생활필수품은 이것이든 저것이든 다 저렴하니까, 생산자인 이상 그들은 남에게 과시할 만한 소비를 하고 싶어합니다."

의뢰인은 잠자코 고개를 끄덕인다.

"예를 들면 고급스러운 식사 같은 것에 돈을 쓰지요. 그곳에도 일식집이 있어서 일본인을 모집하고 있습니다. 한번 가보시지 않겠습니까?"

"네? 전 요리 같은 건 할 줄 모르는데요."

"문제없습니다. 요리 기술은 딱히 필요하지 않아요. 그런 건기계가 하는 일이니까요. 그보다는 매장에 일본인이 서 있는 것이 중요합니다. 일종의 무대 연출이지요. 물건을 파는 것이 아니고, 체험을 파는 겁니다. 당신처럼 전통적인 일본인의 얼굴을 한 사람이, 장인의 분위기까지 낸다면 좋은 연출이 되겠지요."

부소장의 설명에, 의뢰인이 어리둥절해 하면서도 고개를 끄덕이는 동안 부소장은 나를 보며 말한다.

"메지로. 얼마 전에 얘기한 일자리가 아직 비어 있는지 확인해 줘.”

“네.”

나는 뭄바이에 문의 메시지를 보낸다. 귀찮아서 내 이름은 하루에 한 번만 바로잡는다. 각별히 내 성에 애착이 있는 것도 아니니 말이다.

인도도 일본과 마찬가지로 인간 조리사는 거의 없지만, 고급 레스토랑에서는 분위기를 내기 위해서 매장에 인간을 배치하는 경우가 많다고 한다.

일식집에서는 일본인과 얼굴이 닮은 중국인을 고용하고 있었지만, ‘일식집인데 직원은 중국인이다!’라고 인터넷에 떠드는 손님이 늘자, 인도 외식 산업의 간부가 일본인을 보내달라고 요청했다는 것이다. 그런 높은 사람과 오츠카 씨가 어떻게 아는 사이인지는 나도 모른다.

채팅 보드에 금방 답장이 와서 바로 일본어로 번역된다.

“마지막 한 자리가 남아 있다고 하네요.”

나는 대답했다. 사실 남아 있는 자리는 셋이지만, 한 명만 뽑는 직무도 있기 때문에 아예 거짓말은 아니다.

“그렇다고 하네요. 어떻게 하시겠습니까?”

부소장은 그의 눈을 가만히 쳐다본다. 사람과 눈을 마주치는 것에 익숙하지 않은지 의뢰인은 슬며시 눈을 돌린다.

“뭐, 다른 나라로 가는 방법도 있습니다. 몇 군데 갈 수 있는 곳이 더 있지만…… 저희로서는 인도가 최선이라고 생각합니다. 지금은 일본보다도 치안이 좋다고 할 수 있을 정도니까요. 다른 나라에 비슷한 자리가 몇 개 더 있지만, 거긴 일본인이 별로 가고 싶어하지 않는 나라들이기도 하고요.”

이런 얘기를 듣고 그는 불안해 보이는 얼굴로,

“외국에 가려면 여권이 필요하지요?”

라고 너무나 당연한 질문을 한다. 대화의 주도권을 내주지 않겠다는 허무한 저항일 뿐이다.

"그건 신청만 하면 금방 나와요. 인도도 지금은 라운드 프로그램 가맹국이라서, 체류하는 데 비자는 필요 없어요. 편리한 세상이 되었네요."

"하지만 외국에서 일하려면 체재비도 들 텐데요……."

라고 의뢰인이 무언가 물을 때마다, 오츠카 씨는 직접 보고 오기라도 한 것처럼 인도 사정을 설명했다. 이 사람이 인터넷으로 해외 사정을 알아보는 건 아무래도 상상이 되지 않는다. 아마도 실제로 가본 적이 있는 모양이다. 여행 비용을 어떻게 마련했을까. 그 사이에 나는 (한가하기 때문에) 지금 얘기하고 있는 인도의 일식집에 대해 알아보고 있다.

일본어로 자동 번역된 인도 현지 기사에 따르면, 그 가게 점원의 '국적 위장' 사실은 가게에 실제로 가본 사람에 의해서가 아니라, 얼굴 인식 시스템에 의해 밝혀졌다고 한다. 이 시스템이 가게 내부 사진 속 사람이 중국인이라고 판명했다는 것이다. 지금의 얼굴 인식 시스템은 사람의 눈보다 정확하므로, 일본인 자신도 알아챌 수 없을 정도로 비슷해 보이는 일본인과 중국인을 구별해낸다.

어차피 장식용 점원이니까 눈으로 보고 구별할 수 없다면 일부러 조사하지 않아도 될 일이지만, 요즘 카슈미르(인도 북서부에서 파키스탄 북동부에 이르는 지역으로 인도, 파키스탄, 중국 간의 영유권 분쟁이 계속되고 있다 — 옮긴이) 정세가 불안정해지면서 인도인의 반중 감정이 커지고 있기 때문에 중국인을 식별하는 활동이 활발해졌다고 한다. 어쩔 수 없는 일이다.

오츠카 씨의 야쿠자 같은 화술로 어느새 얘기가 정리되어서, 처음 1년간 급여 중 일부를 직업소개소가 중개 수수료로 받는다는 내용의 계약을 맺는다. 내가 인증 단말(부소장은 이 기계를 좀처럼 만지려고 하지 않는다)을 꺼내고, 의뢰인이 카드를 스캔하자 계약이 체결되었다.

의뢰인은 풀이 죽어서 돌아간다.

엘리베이터의 문이 닫히는 소리가 들린다.

소장이 "케케켓"이라고 까마귀 같은 소리로 울어댄다. 일이 잘 처리되었다는 것을 분위기로 파악하는 건지, 계약이 체결되면 이런 소리를 낸다. 일본어로 번역하자면, "이걸로 한 건 낙착!"이라는 걸까. 아직 고양이 언어를 자동으로 번역하는 기술은 힌디어 번역 기술만큼 발달되어 있지 않다.

"우리도 한가한데, 그렇게 서둘러서 정하게 할 건 없지 않아요? 게다가 그 사람한테 소개할 다른 일들도 있으니 그중에 알아서 고르게 하면 어때요?"

내가 입을 열자,

"뭐라고? 그 사람은 누가 봐도 해외에 나가고 싶어하는 타입이라고."

"그걸 어떻게 알아요?"

"학교를 도중에 그만두고 몇 년 후에 오는 놈은 그런 놈이야. 학교 공부는 지루하고, 그만두면 뭔가 재미있는 일을 할 수 있다고 막연히 생각했겠지. 하지만 몇 년 동안 아무 일도 없으니까 일단 직업소개소에 와본 거지. 돈벌이나 사회 공헌이 목적이라면, 학교에 다시 들어가는 게 효율적일 테니까. 그런 놈들은 일단 외국에 보내는 게 정답이야. 적어도 자극은 될 테니까."

"생각할 시간 정도는 줘도 되지 않나요?"

나는 물고 늘어진다. 말하고 나서 조금 후회한다. 될 수 있는 한 그의 업무 방식에 필요 이상으로 간섭하지 않겠다고 생각하고 있음에도 매번 상대적으로 약한 사람을 옹호하고 싶어지는 건, 나의 지병이기도 하고 일종의 집안 내력이기도 하다.

"생각할 시간을 줘봤자, 자신의 의지로 정했다는 만족감이 남는 효과밖에 없어."

"만족감을 주는 것도 좋다고 생각하는데요."

"우물쭈물하면 다른 직업소개소에 손님만 빼앗기는 거야. 더 저렴한 중개 수수료로 해준다는 곳들은 엄청 많으니까. 우리처럼 수수료가 높은 소개소는, 무엇보다도 스피드와 타이밍이 승부수야."

오츠카 씨는 소장의 등을 쓰다듬으며 말한다.

수수료를 다른 곳보다 많이 받게 된 건, 이렇게 오프라인의 사무실을 운영하고 종업원을 두 명(과 한 마리)이나 고용하고 있기 때문이다. 요즘의 직업소개소 경영자는 대부분 집에서 인터넷으로 일을 처리한다. 우리가 이런 구시대적인 형식을 취하고 있는 건, 우선 오츠카 씨가 기계를 못 다루기도 할 뿐더러 상대를 실제로 봐야만 판단할 수 있는 타입의 인간이기 때문이다.

그렇게 착실히 노력한 보람이 있어서 고객 만족도는 높다……면 좋은 인터뷰 기삿거리가 될 텐데, 딱히 그런 데이터는 없다. 오히려 인터넷으로 대량의 구인 데이터를 긁어모아서 독자적인 평가함수로 효율적인 직업을 찾아내는 곳의 고객 평가가 높은 경우가 많다. 직업소개소도 다른 대다수의 업종과 마찬가지로 기계로 대체되고 있는 분야 중 하나이다.

하지만 오츠카 씨는 그런 변화를 걱정하는 것처럼 보이지는 않는다. 원래부터 이윤을 목적으로 하는 일은 아니라고 하니까.

"딱히 생활비가 쪼들리는 것도 아니고."

그는 소파에 발을 올려놓으면서 말한다. 이 사람의 사생활이 잘 상상되지 않지만, 이렇게나 기계치인 인간이 생활기본금만으로 생활할 수 있다고도 생각되지 않기에, 나는 부소장이 뭔가 다른 수입원을 감춰두었을지도 모른다고 생각한다.

"그럼 왜 직업소개소를 운영하는 거예요?"

"뭐, 이건"이라고 말하며 다리를 바꿔서 꼰다.

"취미지."

"직업소개소가 취미로 할 만한 일인가요?"

"이봐, 직업소개소처럼 인간의 본질을 볼 수 있는 취미도 없다니까. 그렇게 생각 안 해, 메지로?"

오츠카 씨는 입을 3자 모양으로 내밀고, 상대를 바보 취급하는 듯한 말투로 떠들기 시작한다.

"잘 모르겠는데요."

"잘 생각해 봐. 대개의 동물은 생존을 위해 어떤 식으로든 일하고 있지. 먹고사는 걱정이 없어진 지금은 하루 종일 유유자적하며 그냥 있으면 돼. 우리 소장님처럼. 그런데 인간은 일할 필요가 없어도 일부러 직업을 찾아서 오지. 바로 여기에 인간의 본질이 있다는 거야. 그런 걸 관찰해서, 분류하고, 나름대로 처방을 내리는 게 내 취미인 거지."

괴팍한 인간 관찰 취미 활동을 혼자서는 못하니까 이렇게 내가 시달리는 게지.

물론 그 덕분에 내가 직업을 가질 수 있는 거니까 불평할 일은 아니지만.

"소장님, 식사 시간입니다."

라고 말하며 오츠카 씨는 책장에서 고양이용 캔사료를 꺼내서 뚜껑을 열고 소장 앞에 놓는다. 안에 생선살이 든 진짜 고양이 캔사료다. 바닥에 QR코드가 인쇄된 네코포이드용이 아니다. 생산량이 적기 때문에, 오츠카 씨가 정기적으로 멀리 있는 가게에서 대량 구매해 온다.

전에 알아보니까 고양이 캔사료 값은 보통 내 한 끼 식대보다 비싸지만, 소장이 사무원보다 호화로운 식사를 하는 게 이상한 일은 아니다.

소장은 특별히 뭔가 일을 하는 것은 아니지만, 고양이라는 동물은 '일하지 않아도 된다면 움직이지 않는다'는 합리적인 태도로 일관하고 있는 만큼 인류의 선배에 해당하는 생물종이라는 것이 오츠카 씨의 지론이고, 그것이 고양이를 자신보다 직급이 높은 소장으로 삼은 이유라고 한다.

고양이는 피라미드가 세워지기 전부터 인간과 함께 살아온 동물로, 비축 식량을 축내는 쥐를 퇴치하는 것이 업무였지만, 쇼와(昭和, 1926년 2월 25일부터 1989년 1월 7일까지 기간의 일본 연호 — 옮긴이) 즈음부터 가정의 위생 환경이 점점 개선된 탓에 그런 '업무'는 없어지고 말았다고 한다. 쥐를 박멸하는 약에 '네코이라즈(고양이 필요 없음 — 옮긴이)'라는 이름이 붙었다니 조금 웃기다.

그래서 불필요해진 고양이가 지상에서 사라졌냐 하면, 그런 일은 일어나지 않았고 변함없이 이렇게 살아가고 있다. 직업 따위는 없어도 살아갈 수 있다는 사상을 몸으로 보여주듯이, 소장은 식욕과 수면욕이 적당히 섞인 얼굴로 사료를 핥고 있다.

이 직업소개소의 급여 체계는 정액제가 아니라 실제 얻은 수입으로부터 사무소의 제경비를 제한 금액을 매달 계산해 두 명과 한 마리(현물 지급)가 분할해 받는 구조로 되어 있다.

물론 오츠카 씨가 고용자이고 나는 피고용인이므로, 노동법에 근거한 최저임금이란 건 있지만, 현재의 노동법이란 '수동 운전 시의 도로교통법'과 함께 일본의 2대 유명무실법으로 꼽힐 정도로 제 기능을 하지 못한다.

원래 최저임금이란 생활에 필요한 최소한의 수입으로 정해진 것이다. 그러나 오늘날 생활비는 후생노동성의 생활기본금으로 보장되기 때문에, 최저임금법 따위는 지키지 않아도 국민도 사법부도 전혀 신경 쓰지 않는다.

덧붙여서 말하자면, 최저임금은 오르기는 해도 내려가기는 불가능하다. 이렇게 물가가 내려가도 수십 년 전의 수준 그대로이고, 이런 직업소개소의 매출로는 도저히 지급할 수 있는 액수가 아니다.

그래서 나는 서류상으로는 오츠카 씨로부터 '최저임금'을 수령한 뒤, 거기서 얼마를 자율반납하는 것으로 되어 있다. 나에게 선택권은 없지만 '자율반납'인 것이다. 세상은 이런 불가사의한 일본어로 넘쳐나고 있다.

—

점심시간. 인터넷으로 도시락을 주문하면, 몇 분 뒤에 '배달새'가 배달 상자를 가지고 창문 밖에 나타나 '쿵' 하고 창틀에 착지한다. 소음이 없기로 유명한 어쩌고저쩌고 비행 모델이다.

먼저 출발점에서 어느 정도의 높이까지 올라간 뒤, 거리 곳곳에 설치된 센서로 바람의 움직임을 읽어, 프로펠러를 멈추고 미끄러지듯 목적지까지 날아 내려온다. 옛날 배달용 드론은 시가지에서 웅웅대며 날아다니는 민폐 기계였지만, 요즘은 한밤중의 새들처럼 조용해졌다.

나는 창문을 열고, 카드를 스캔해서 돈을 지불한다. 카드 뒷면의 패널에 '오늘의 지출액'이 표시되는데, 아침에 탄 택시

요금도 포함되어 있어서 자릿수가 많은 것에 순간 놀란다.

기계를 싫어하는 오츠카 씨는 카드를 스캔하기도 싫어하기 때문에, 배달하는 새 안에 동전을 짤랑짤랑 넣는다. 동전 같은 걸 사용하면서 재무 관리를 해낸다는 게 불가사의하게 느껴진다. 사실은 관리가 전혀 안 되고 있으려나.

지불이 확인되면 배달새는 플라스틱 박스를 이쪽으로 전달한 후, 다시 상공으로 날아간다. 창문 아래를 별생각 없이 내려다보니, 평소에는 사람들이 잘 다니지 않는 국도에 꽤 많은 사람들이 모여 있다.

"또 시위를 하는 모양이네요."

"소비자 시위잖아. 무료로 할 수 있으니까. 게다가 걷는 건
　　건강에도 좋고."

아직 준비하고 있는 중으로, '생활기본금 UP'이라고 쓰인 플래카드를 달고 있는 사람이 보인다. 나라로부터 지급되는 생활기본금만으로는 생활에 필요한 것밖에 살 수 없기 때문에 그들은 사람다운 생활을 위해서 늘 증액을 요구하고 있다. 하지만 여당에 따르면 물가 상승을 피하기 위해서 신중히 논의할 필요가 있다고 한다.

"한가하네."

오츠카 씨는 점심으로 샌드위치와 과일 요구르트를 먹으면서 말한다. 그는 비건은 아닌 락토-오보 채식주의자(우유와 유제품, 달걀은 먹는 채식주의자 ― 옮긴이)라서, 야채와 달걀이 들어간 샌드위치를 먹는다. 나는 보통은 출근길에 들르는 가게에서 점심 식사를 사오지만 오늘은 택시로 바로 왔기 때문에 오츠카 씨가 점심을 주문하는 사이트에서 소보로 도시락을 주문했다.

"당연히 한가하죠. 오츠카 씨가 바로바로 의뢰인들을 처리
　　하시니까요."

라고 내가 말했다. 비꼬려고 한 얘긴데, 오히려 칭찬으로 들린 모양이다.

"누구든 좀 더 성가신 놈은 안 오려나. 전과자라든가."

'성가신 놈이라면 내 눈앞에 있는데'라는 말은 하지 않는다. 나는 생산자이니 사회적 위치에 맞는 단어를 고른다.

"전과자가 뭐 하러 직업소개소에 와요? 그냥 생활기본금으로 살아가면 되지 않나요?"

"아니, '그냥 살아간다'는 게 안 되니까 전과자인 거지. 그런 층의 수요도 꽤 있을 거라고 보는데. 찾아내고 싶은 분야야."

그런 건가.

아직 인간이 할 일이 많았던 때에는 건강하면서도 일하지 않는 사람을 '사회 부적합자'라고 했다는데, 지금은 일본인의 99퍼센트가 생활기본금을 받아서 살아가는 소비자이고, 일하는 생산자는 단 1퍼센트밖에 남지 않았다. 이렇게 되면 '사회 부적합자'는 오히려 일하는 쪽이라고 보는 것이 맞을지도 모른다.

하지만, 그런 소리를 하고 싶지는 않으므로 대신 이렇게 말한다.

"오츠카 씨 정도면, 알고 있는 전과자도 꽤 될 것 같네요."

"응, 어릴 때는 꽤 봤지."

"네? 진짜 야쿠자였어요?"

"야쿠자?"

소장이 "야옹" 하고 운다. 한동안 부소장과 나는 침묵했다.

"그러니까 내가 있던 성당에 그런 사람들이 자주 왔었던 건데."

오츠카 씨가 말하는 걸 듣고 마시던 페트병의 녹차를 뿜을 뻔했다.

"성당?"

"아버지가 신부잖아. 얘기 안 했었나?"

나는 녹차를 한 모금 더 마시면서, 그가 한 말을 필사적으로 받아들이려고 한다. 야쿠자가 아니었던 건가.

"많이들 성당에 찾아오거든. 전과자도 그렇고, 법적으로는 문제가 없어도 뭔가 나쁜 일을 저지른 사람들이. 참회실이라고 아나?"

"네, 외국 영화에서 봤어요."

라고 나는 답했다. 참회실은 유럽 성당에 있는 방으로, 중간을 가르고 있는 벽 한쪽에 신부가 들어가 있으면, 다른 한쪽에 나쁜 일을 저지른 사람이 들어와 익명으로 죄를 고백하고 용서받는 고해성사 의식이 치러지는 곳이다.

"참회실은 좋아. 그곳만큼 인간의 본질을 보여주는 시설은 없지. 아무리 기계가 발달하더라도, 고해성사만큼은 인간의 일로 남을 거야."

"그럴까요? 얼마 안 있어 '가상현실 고해성사'라거나 '모바일 고해성사' 같은 걸 판매하는 사람도 나올 것 같은데요?"

"넌 진심으로 하는 참회에 대해서 모르는 거야, 메지로."

"오츠카 씨는 아세요?"

이런 쓸데없는 대화를 하고 있다. 한가한 거지.

이렇게도 비생산적인 대화를 나누고 있는 우리들이 사회적으로는 '생산자'로 분류되어 있다는 게 '생산자'라는 일본어의 불가사의 중 한 가지다. 자원봉사로 쓰레기를 줍는 소비자쪽이 훨씬 더 생산적이라는 느낌이 든다.

세상 대부분의 사람은 '생산자'라고 하면, 고도의 교육으로 얻은 전문 지식과 자격을 갖추고, 기계가 대신할 수 없는 일을 하는 1퍼센트의 엘리트라고 생각할 것이다.

그들이 세상의 부를 생산하고 소득세를 납부해서, 그 돈으로 기계가 배치되고, 생활기본금이 지급되어 99퍼센트의 소비자들이 (사치스럽게는 아니어도) 건강하게 문화를 향유하며 살아갈 수 있다……라고 학교의 교과시스템은 설명한다. "따라서 어린이들은 열심히 공부해서, 생산자가 되도록 하세요"라고.

뭐, 아마도 그건 큰 틀에서는 맞는다고 할 수 있겠지. 내 친구 중에도 유명 대학을 졸업하고 그곳에서 배운 전문 지식을 활용해 기업에서 일하는 생산자가 있다.

그런 반면에 우리처럼 뭐가 뭔지 잘 알 수 없는 미묘한 생산자도 있다.

그리고 우리의 중개로 새롭게 생산자가 되는 이들도 방범 카메라에 촬영되는 게 일이라거나, 인도의 일식집 분위기를 돋우는 일을 하는 등등 생산자라고 말하기엔 미묘한 부분이 많다. 물론 그래도 소비자보다는 훨씬 금전적 여유가 생기지만, 내가, 또는 나라가, 또는 세계가 보다 나은 방법을 찾았다면, 조금 더 멋진 삶이 가능하지 않았을까.

그런 걸 멍하니 생각하고 있는데,

"삐~" 하는 소리가 들린다. 누군가 손님이 온 모양이라고 생각해 모니터를 보니, 적색 경고가 떠 있다.

"뭐야?"

"위험이 다가오고 있다는 경고예요!"

그 때, 직업소개소의 문을 누군가 쿵쿵 하고 두드렸다. 나는 오늘 아침에 봤던 '오후에 몇 명쯤 더 올 수 있음'이라는 예보를 떠올렸다. '몇 명쯤'이라는 게 좀 이상하다. 직업소개소의 손님은 보통 혼자다.

"어떻게 위험하다는 걸 알지?"

"예보가 있었고."

"그럼 위험한 거야?"

"네…… 위험한 거죠."

반사적으로 조금 이상한 말투로 답하고, 모니터를 빙글 돌려서 오츠카 씨에게 향하게 했다.

적색 경고 옆에 과거의 뉴스가 표시되어 있다. 작년 날짜다. 제목은 '직업소개소 경영자, 구타에 의한 중상, 도쿄도 아다치구'라고 되어 있다. 수도권에서 그런 사건이 몇 번 있은 후 체포된 범인들의 정보가 인터넷상에 수집되어 있어서, 같은 성향을 가진 사람들이 직업소개소에 접근하면 이런 경고가 뜨는 기능이 시스템에 내장되어 있다.

"아, 이런 사건이 있었지."

오츠카 씨가 남의 일처럼 말한다.

물론 나도, 도쿄나 오사카라면 모를까, 이런 지방 도시에서 그런 사건이 일어날 리 없다고 생각하고 있었다. 적어도 3분 전까지는.

문 앞에는 카메라가 설치되어 있어서 밖의 상황을 볼 수 있다. 통로에 세 명의 남자가 있는데, 모두 검은 티셔츠를 입고 있다. 가슴팍에 어떤 문자가 쓰여 있는 것 같은데, 카메라의 각도상 판별할 수 없다.

문에 달린 카메라에는 마이크도 붙어 있어서 밖의 소리도 들을 수 있다.

"반응이 없네. 여기 있는 벨을 눌러 볼까."

"그, 그렇게 예의 바르게 들어가도 되나요?"

"모르지."

그런 대화를 나누고 있다. 밖에서 한창인 소비자 시위에 편승해서 온 '직업소개소 털이'들인 모양이다.

소비자 시위는 대체로 소비자의 권리 확대를 요구하는 내용으로 벌어지며, 시위 자체는 평화적이지만 시위대 중에는 생산자를 구타하는 무리도 있다고 한다. 특히, 생산자를 생산하는 곳인 직업소개소는 그런 무리에게 타깃이 되기 쉽다.

"미터기가 움직이고 있는 걸 보면 안에 사람은 있는 건데."

"이, 이런 구형 문이라면, 이 패치로 수동으로 전환할 수 있어요. 얼마 전에 동영상에서 봤어요."

이런 얘기들이 들린다. 세 명 중 한 명이 단말기를 꺼내서, 문 옆에 있는 패널을 떼어내려고 한다. 내 손목시계에 '맥박 수가 급상승 중'임을 나타내는 아이콘이 표시된다. 그건 시계를 볼 필요도 없이 알 수 있다.

"어이, 메지로. 문에 손대면 곤란하니까, 열어서 얘기를 들어보자."

오츠카 씨가 말하길래,

"안 돼요. 적색 경고가 나오는 건 정말 위험할 때예요. 봐요, 이 사람은 무기도 가지고 있잖아요."

나는 절규하고 싶은 맘으로 화면을 가리켰다. 한가운데 있는 남자가 50센티미터 정도 돼 보이는 전기 봉을 들고 있다. 인터넷에서 팔고 있는, 제일 값싼 종류일 것이다. 이런 종류의 도구는 오히려 쌀수록 더 무섭다.

"음…… 일대일이라면 문제없는데 말야."

오츠카 씨는 사태의 심각성을 다른 방향으로 이해한 듯, 손가락을 우두둑거렸다.

"케이-빈은 없나요?"

"이런 낡은 건물에 경비 로봇이 있을 리가 없잖아. 아무튼, 경찰을 부를까."

"벌써 불렀어요. 경찰 로봇은 공용이라 20분 정도 걸릴 것 같은데요."

"거기다 이런 도로 상황이면……."

오츠카 씨가 창문 아래를 내려다보며 말한다.

—

소비자들이 벌이는 시민 시위는 빈번하다. 대부분은 평화적이지만, 가끔 감정이 격앙된 참가자가 폭력을 휘두르는 경우도 있다. 소비자는 직업이 없으니 범죄를 저질러도 잃을 것이 별로 없다. 사는 곳이 자택에서 형무소로 바뀌는 정도다. 직업을 대신할 인간의 연결망을 구축하자며 정부 차원에서 움직이고 있다. 이를테면 가족 같은 것 말이다.

그러는 사이에 밖에 있는 삼인조는 문 옆의 패널을 떼어냈다. 작은 몸집의 남자가 케이블 같은 것을 빼내서 이런저런 명령어를 입력하고 있다. 짐짓 영화에 나오는 해커처럼, 탁탁 소리를 내며 키보드를 두드린다. 소비자인 주제에 어디서 그런 기술을 익혔을까. 그런데도 직업이 없는 게 현대사회다.

"쳇, 어쩔 수가 없네. 일단 도망갈까."

오츠카 씨가 일어나서 탕비실 뒤에 있는 비상구를 향해 간 덕분에 나는 한숨 돌렸다. 기계를 싫어하는 그이기 때문에, 경고 따위 신경 쓰지 않고 문을 열어버리는 게 아닌지 조금 걱정하고 있었다.

비상구를 열고 나선계단으로 나갔다. 옆 건물이 눈앞을 막고 있고, 큰길 방향은 아니어서 밖의 시위대는 거의 보이지 않지만 "정부는 시민에게 노동을 보장하라"라거나 "사람의 직업을 돌려 달라" 같은 구호가 들린다. "사임하라" 같은 소리도 들린다. 그 소리를 들으니 시청에 근무하던 때의 트라우마가 슬며시 되살아나서 가슴이 삐걱댄다.

"아래 시위대에도 동료가 있을지 모르니까 위로 가야겠네."

오츠카 씨는 계단을 뚜벅뚜벅 올라간다. 나도 핸드백을 들고 뒤따라 간다. 하이힐을 신은 채로 철제 계단을 올라가는 건 꽤 힘들다. 어른이 되면서부터 계단을 사용할 기회 자체가 거의 없었던 것 같다. 소리를 내서는 안 된다고 생각하니 더 힘들다.

5층은 입주자가 없어서 공실이다. 당연히 열쇠로 잠겨 있다……고 생각했는데 오츠카 씨가 가슴 주머니에 넣고 있던 볼펜의 금속 부분으로 문을 만지작거리자 수십 초만에 쉽게 열렸다.

"어떻게 열리는 거죠?"

"비상구는 아날로그 자물쇠거든. 이 건물은 낡았잖아."

그런 얘기가 아니었는데, 아무튼 위층으로 피난한다. 구조는 우리 사무실과 같지만 곰팡이 냄새도 제법 나고 전등갓이 형광등용인 걸 봐서, 꽤 오래 공실이었던 걸 알 수 있다.

"아래쪽은 어떤 상황인지 알 수 있어?"

"지금 보여드릴게요."

나는 속삭이면서 핸드폰을 꺼냈다. 한 층 아래 직업소개소의 전파가 여기까지 통하기 때문에 사무실 안의 카메라 영상에 접속할 수 있다. 부소장이 바닥에 웅크리고 그걸 들여다본다. 머리카락에 바른 왁스의 냄새가 난다. 채식주의자이기 때문인지, 이 사람은 별로 인간적인 냄새가 나지 않는다.

마침 문의 잠금 장치를 부쉈는지 무거운 자동문을 양손으로 열고 세 명이 들어왔다. 내가 화면을 보면서,

"저쪽도 열렸네요"라고 하자,

"안 열리는 건 문이라고 하지 않으니까."

라고 오츠카 씨는 쓸데없는 대답을 한다. 그 사이에 세 명은 사무실로 들어왔다. 전기 봉을 가진 남자가 제멋대로 소파에 거칠게 앉으면서,

"어, 좋은 소파네. 역시 고급품이야."

라고 한다. 그 소파는 꽤 오래된 것이고, 차라리 내가 아침에 탄 자동차 시트가 더 쾌적할 거다. 팔에는 '이매망량(魑魅魍魎)'이라거나, '풍광명미(風光明媚)'라는 사자성어의 문신이 새겨져 있다. 아마도 크림을 발라서 지우거나 보이게 할 수 있는 바이오 타투일 거다. 얼마 전에 역 앞에서 무료 체험 행사를 하는 걸 봤다.

각각 키가 대, 중, 소로 보이는 삼인조였다. 검은 티셔츠에는 각각 '생산자 증세', '생활기본금 UP', '격차 시정'이라는 글자가 프린트되어 있다.

문을 연 것은 키가 가장 작은 '격차 시정'으로, 굵은 검은 테 안경을 쓰고 있다. 요즘 안경을 쓴다는 건 체질적으로 시력 교정 수술을 받을 수 없기 때문이거나, 아니면 유행에 뒤쳐지지 않으려는 목적이다. 이 남자는 어쩐지 유행에 민감해 안경을 끼는 타입으로 보인다.

그들은 사무실을 둘러보고 아무도 없는 걸 확인하고는 서로의 얼굴을 보면서 이제 어떻게 하면 좋을지 망설이고 있는 듯했다.

전기 봉을 들고 있는 리더인 듯한 문신남은 소파에 앉아 있고, 안경남은 내 책상의 모니터와 키보드를 빤히 쳐다보고 있다. 아마도 적색 경보가 화면에 떠 있을 것이다.

"도, 도망간 것 같은데요."

라고 안경이 중얼거린다. 세 명 중에 가장 큰 검은 피부의 근육질 남자가 혀를 차고, 알루미늄 서랍을 제 맘대로 연다.

"이건 뭐야. 먹는 건가."

안에서 꺼낸 것은 소장의 고양이 캔사료였다. 고양이 사진이 캔 겉면에 인쇄되어 있다.

"어이, 이놈들 고양이 고기를 먹는가 본데?"

미래
직업소개소

"고양이도 먹을 수 있는 거야? 들어본 적도 없는데."

"고급 식자재겠지. 생산자니까."

뒤에서 문신남과 얘기하면서 근육남은 캔 뚜껑 손잡이를 당겨서 뚜껑을 열고, 손가락을 쑤셔 넣어서 한 입 퍼 먹는다.

"맛있어?"

"싱거운데."

"역시 부자들 먹는 건 염분에 신경을 쓰나 봐. 나도 하나 줘 봐."

근육남이 고양이 캔을 하나 집어서 문신남에게 던져준다. 아⋯⋯아까워라. 저거 비싼 건데.

"쟤들은 사회 공헌을 하고 싶어 하는 타입이네."

화면을 들여다보면서 오츠카 씨가 말한다.

"네?"

"직업소개소에 오는 놈들은 세 가지 타입이 있어. 돈이 필요한 놈, 지루해서 온 놈, 그리고 사회 공헌이 하고 싶은 놈이지. 걔들은 아마 하루 종일 집안에 틀어박혀서, 인터넷에서 생산자의 존재가 빈곤의 원인이라는 이야기를 읽고 있겠지. 결국 정의감에 떠밀려서 오긴 했는데, 상대할 사람이 없으니까 뭘 해야할지 모르는 거야."

라고 히죽히죽 웃어가면서 말한다. 침입자들조차 '직업소개소의 손님들'로 치다니 오츠카 씨는 관대하기도 하다. 이게 천주교 집안에서 배운 인간애라는 것일까.

직업소개소의 존재를 규탄하는 인터넷 기사는 나도 자주 본다. '1퍼센트의 생산자가 부를 독점해서 소비자의 생활을 힘들게 하고 있으니까, 그런 생산자를 만들어내는 직업소개소야말로 사회악이다.' 이런 내용의 게시물이 있는 블로그가 꽤 인기를 끈다. 인터넷에서 뭘 쓰건 자유라고 생각하지만, 그런 글에 자극받아 이런 소소한 실력 행사에 나서는 젊은 친구들이 있으니까 곤란한 거다.

"도둑질하는 게 사회 공헌이에요?"

"악당의 아지트에 대담하게 손상을 입히는 건 생각해내기 쉬운 사회 공헌이지."

"분쟁 지역에 취직할 곳이 있지 않나요? 중동이나 아프리카 쪽에."

나는 아까 인도로 보내버린 청년을 떠올리며 말한다.

"지금의 전쟁은 전문가와 무인기가 하는 거잖아. 아마추어인 일본인이 가봐야 인질 되는 거밖에 할 게 없지."

오츠카 씨가 그렇게 말하더니,

"…잠깐만, 인질이 될 인재를 파견하는 사업도 있지 않을까. 이것도 기계로는 대체 불가능한 직업이네."

라고 말하고 손으로 뭔가 쓰다듬는 몸짓을 시작한다. 아까 말한 '천주교 집안에서 배운 인간애'는 철회하고 싶다. 역시 다른 천주교도들에게 실례다.

그때 아래층에서는,

"이건 책인가?"

라며 근육남이 고양이 캔 옆에 둔 파일 상자를 꺼냈다. 오츠카 씨가 기계치이기 때문에 이 사무실에는 대량의 종이 서류가 나오고 있다.

"책이 아니라 파일이겠지."

"아, 아이콘으로 자주 보는 거네요."

라면서 제멋대로 휙휙 넘겨보다가, 적당히 상자에 돌려 놓는다. 개인정보이기 때문에 보지 않았으면 하는데, 다행히 근육남은 녹화기 같은 건 눈에 붙이고 있지 않은 것 같았다. 비즈니스상 필요해서 눈에 카메라를 붙이는 생산자는 가끔 있지만, 유지비가 들기 때문에 소비자는 거의 사용하지 않는다.

"어, 저 녀석 파일 순서를 바꾸고 있네."

오츠카 씨가 조금 화난 목소리로 말한다. 저 종이의 순서에 의미가 있었구나. 사무원인데도 몰랐다. 종이 파일 같은 걸로 어떻게 서류를 관리하는지 불가사의했는데, 순서가 있다고 생각하면 조금은 납득이 간다.

그런 식으로 사무실 안을 이리저리 뒤지고 다닌 지 몇 분이 지나, 사무실 바닥에 점점 이런저런 것들이 어지럽게 널린다. 오츠카 씨도 열 받기 시작한 듯하다.

"경찰은 아직 안 오나?"

"시위 대응만으로도 바쁘지 않나 싶은데요. 시위가 벌어지면 여기저기 케이-빈을 배치하잖아요."

"임시로 숫자를 늘릴 수 없는 게 기계의 문제네. 여분을 생산해서 가지고 있는 것도 비용이 들고. 사람이라면 아르바이트생을 쓰면 되잖아."

그런 걸까. 사람도 대기하게 하는 데 비용이 들지 않나. 그게 바로 매월 지급하는 생활기본금이긴 하지만. 그래도 생활기본금을 인간에 대한 비용이라고 생각하는 건 조금 비윤리적인 느낌이 든다.

그 때,

"고양이가 있어~"

라고 아래 사무실에서 근육남이 외친다.

"앗, 소장님."

소장은 폭도들의 난입은 아랑곳하지 않고 부소장의 책상 밑에서 자고 있었나 보다. 역시 관록 있는 소장님. 소장이라고 의기양양해 할 만하다. 물론 진짜 그런 감정 표현을 하는 건 아니지만.

"야, 단말기에 연결해봐. 뭐든 정보를 뽑아보자."

문신남이 말한다.

"알겠습니다. 어, 제조사가 어디지?"

라며 안경남이 소장을 거칠게 집어 올리자,

"으악!"

하는 비명이 마이크를 통하지 않고도 5층까지 들린다. 마이크는 한발 늦게 소리를 전달한다.

소장이 안경남을 물고 늘어진 거다. 진짜 고양이니까 모르는 사람이 오면 자주 문다. 나도 일하기 시작했을 때 두 번 물렸다. 그렇게 아프지는 않아도, 네코포이드라고 생각하고 있던 사람이 당하면 크게 놀랄 수밖에 없다.

"불법 개조품이야!"

문신남이 말하자, 그 순간에 소장이 "하악" 하고 위협하는 듯한 날카로운 소리를 낸다.

"도망쳐! 자폭할 거야!"

라고 외치고(무슨 영화에서 본 것일 테지), 이들은 허겁지겁 출구를 향해서 달려가지만, 아까 자기들이 자동문 기능을 멈춰놓은 탓에 세 명 모두 동시에 굳게 닫힌 문에 쿵 하고 부딪힌다. 난 피식 웃었다.

"개그맨이 어울리겠네. 인간의 자연스러운 느낌을 원하는 시청자는 꽤 많으니까. 하지만 삼인조는 성공한 사례가 별로 많지 않은데."

오츠카 씨가 냉정하게 말하는 사이에 세 명은 느릿느릿 일어난다. 근육남은 엄청 아프다는 듯이 코를 누르고 있고, 안경남은 날아가버린 안경을 주우러 간다.

"좋아."

오츠카 씨는 손뼉을 치고 일어나서, 탕비실의 반대쪽에 있는 비상구를 향해 간다.

"어디 가세요?"

"아까 말했잖아, 직업소개소는 타이밍이 중요하다고. 너도
따라와."

"아, 네."

오츠카 씨는 다시 나선계단을 내려간다. 적색 경보에 놀라
서 웅크렸던 나 역시, 아까부터 삼인조의 행동을 보고 있자니
확실히 공포심은 사라져버렸다.

———

어지럽혀진 직업소개소에 오츠카 씨가 서슴없이 나타난다. 야
쿠자같이 어깨를 으쓱거리며, '이 사무실의 주인은 나다'라는
느낌을 풀풀 풍기면서. 소장은 고양이지만 말이다.

"어이어이어이어이, 너희들 엄청난 사고를 쳤구만."

하고 과장될 정도로 '어이'를 연발하면서 문 근처에 있는
세 명에게 말한다.

"어? 누구냐, 너는."

몸집이 큰 근육남이 위협하듯이 오츠카 씨를 본다. 오츠카
씨는 그를 힐끗 보고 나서,

"아까부터 카메라로 보고 있었는데, 넌 아니고, 응, 너구나."

라며 안경남을 가리킨다.

"네? 저 말이에요?"

"멍때리고 있을 때가 아니야. 고양이에게 물렸으면 빨리 병
원에 가야지. 설마 그것도 모르는 거야?"

"네? 뭘요?"

왠지 존댓말을 쓰는 안경남. 전기 봉을 가진 문신남도 놀

란 얼굴이 된다. 아까 불법 개조라든가 자폭한다고 말했던 게 살아 있는 고양이라는 걸 깨닫고, 할 말을 잃은 것 같다. 다그치 듯이 오츠카 씨는 나에게 말한다.

"메지로, 구급차를 불러줘."

"네? 네."

라고 대답하고, 나는 내 단말로 긴급 사이트에 연락한다.

"도로가 막혀서 30분 정도 걸릴 거라네요."

"어이어이어이어이어이어이어이, 제 시간에 못 가잖아. 시립병
원까지 걸어서 가는 편이 빠르겠네. 위치는 알아?"

라고 오츠카 씨가 말하지만, 안경남은 상황 파악이 안 되
는 듯 "어, 앗" 하고 불안해하고만 있다. 오츠카 씨는 자기 책상
에서 인쇄된 지도를 꺼내서,

"봐, 여기야. 오세아니아 시비레네코한테 물렸다고 접수기
에 말하면 통할 거야. 오세아니아 시비레네코야. 외웠어?
말해봐."

"오, 오세아니아 시비레네코."

뭐야, 그 품종은? 덧붙이자면 소장은 스코티시폴드다. 고
향인 스코틀랜드는 정확히 오세아니아의 반대편이다.

"빨리 가봐. 그 나이에 기계손을 달고 싶지 않으면. 의료보
험으로 처리하면 무료야."

"기, 기계라고요?"

"이봐, 너도 같이 가줘. 알아? 병원 가는 길에 저 녀석 손이
움직이지 못하게 될 수도 있으니까, 그 때는 여기로 연락해."

"네? 어? 아, 네."

오츠카 씨는 전기 봉을 든 문신남을 가리킨다. (문이 고장
났기 때문에) 비상구로 가라고 두 사람에게 손짓한다.

아, 완전히 오츠카 씨의 손바닥 안이야.

'직업소개소 털이' 목적으로 들어온 두 사람이, 어찌된 일인지 부소장이 하는 말에 "네네" 하고 복종하며 나가버렸다. 너무 가여워져서 순간적으로 "저도 동행할까요?" 하고 말하려다 말았다. 집안 내력, 집안 내력, 머릿속에서 중얼거렸다.

"자, 일대일이라면 문제없지."

부소장은 손가락을 우두둑거린다.

———

그 후로 이런저런 일이 있었다. 어떤 일이었는지는 남에게 말하기가 좀 뭣하지만, 근육남의 거구가 360도 회전했음에도 불구하고 그에게도 직업소개소 설비에도 아무런 손상이 없었다는 사실만큼은 분명히 밝혀두고 싶다.

"숙련된 사람이 메치면 아프지 않다"는 이야기를 텔레비전 유도 중계에서 들은 적이 있는 것도 같다.

"그러니까 결국 너희들은 그거네."

오츠카 씨가 소파에 앉아서 말한다. 맞은편 소파에는 '생산자 증세'라고 적힌 셔츠를 입은 근육남이 앉아 있다.

"이렇게 사람이 할 일이 없다면, 적은 일을 모두 함께 나눠서, 모두가 조금씩 임금을 받아 생활하면 된다. 그럼에도 불구하고 우리 직업소개소들이 소수의 생산자에게 독점적으로 일을 나눠주고 그놈들로부터 이윤을 가로채고 있기 때문에 남은 99퍼센트가 가난한 소비자인 걸 감수하며 살 수밖에 없다, 이런 얘길 하고 싶은 거지."

"쳇."

그는 부모에게 혼나는 반항기의 아이 같은 표정이 된다. 몸집은 크지만 얼굴은 어려 보이는 걸 보면, 아직 10대가 아닐까.

"그래서 말인데, 우리 소개소는 너에게 이런 일을 소개하고 싶다."

의심스러운 듯한 얼굴을 한 근육남을 곁눈으로 흘끗 보고 나서, 오츠카 씨는 일어나 알루미늄 서랍을 뒤지기 시작한다.

"…어, 없네. 제길, 순서가 틀리잖아. 메지로, 옴부즈맨 연합 데이터 좀 열어 봐."

"네네."

나는 내 단말로 서류 데이터 검색을 시작했다. 오래된 연식의 프린터가 까딱까딱 소리를 내며 종이를 토해내기 시작하자 근육남이 깜짝 놀란다. 그도 그럴 것이, 프린터 따위 지금 시대엔 거의 없으니까.

갓 인쇄된 따끈따끈한 종이에는, '생산자 옴부즈맨 연합'이라고 쓰여 있다.

"뭐야……뭡니까, 이건?"

이라고 근육남은 요상한 존댓말로 물었다. 인간은 1회전을 당하고 나면 존댓말을 배우게 되나 보다.

"요즘 인간의 직업을 유지하기 위해서 여러 가지 방면에서 세금이 사용되고 있잖아. 가장 대표적인 게 공무원인데, 민간에도 이것저것 많지. 생산자 옴부즈맨 연합은 직업이 굳이 필요 없는 곳에 억지로 직업을 만들어서 세금을 투입하고 있는 건 아닌지를 조사하는 외부 기관이야. 해마다 이런 게 문제가 되고 있기 때문에 일이 늘어나고 있지."

오츠카 씨가 이런 얘길 하면, 원래 시청에서 근무했던 나는 조금 껄끄러운 기억이 떠오른다. 오츠카 씨는 나를 한 번 쳐다보고 나서 근육남 쪽으로 몸을 돌린다.

"뭐, 이런저런 귀찮은 일들도 있겠지만, 너희들처럼 생산자의 부정을 타도하고 싶다는 놈들에게는 딱 맞는 조직이지.

이 주소로 가봐. 오츠카 하루히코의 소개로 왔다고 하면 알 거야."

라고 말하면서 인쇄된 종이를 건네자 근육남은 말없이 그걸 받아 들고 맥 빠진 채 비상계단을 내려갔다.

계단으로부터 인기척이 사라진 후, 소장은 날카로운 소리로 "케케켓" 하고 운다. 오늘 두 번째로 나온 "이걸로 한 건 낙착!"이다.

"어, 계약서 체결 안 했는데 괜찮아요? 중개수수료도 그렇고."

"당연하지. 일이 있다고 했지만, 월급 받는 노동이 아닌걸. 자원봉사야."

"네?"

"말했잖아, 녀석들은 사회 공헌이 하고 싶은 타입이라고. 돈은 안 받아도 상관없지."

"그럼 우리 수익이 없잖아요."

라고 하자 오츠카 씨는 살짝 고개를 갸웃하더니,

"그건 그렇네. 뭐, 별 상관없잖아. 그것보다 치우기나 하자고."

라며, 먹다 만 고양이 캔을 하나는 소장 앞에 놓고, 다른 하나는 랩을 씌워서 냉장고에 넣었다.

그러고 나서, 바닥에 어지럽게 널린 서류의 내용을 하나하나 확인하며 상자에 넣는다.

문은 밀어도 당겨도 꿈쩍도 하지 않았다. 보안 때문에 잠긴 것이 아니고 물리적으로 틀어져버린 것 같았다. 세 명의 남자가 몸으로 밀어붙인 탓이다. 어떻게 하나, 머릴 싸매고 있는데 밖에서

"경찰입니다. 신고를 받고 왔는데요."

하는 목소리가 들린다.

"아, 수고 많으세요."

나는 공용품인 경찰 로봇을 향해서 말했다. 부른 것 자체를 완전히 잊고 있었다.

"혹시 할 수 있으면, 문 좀 열어주시겠어요?"

라고 내가 물었다. 기계니까 사람보다는 힘이 있을 거라고 기대했지만,

"영장이 없으면 들어갈 수 없습니다."

라고, 과하게 인간 목소리처럼 들리게 만들어진 기계음이 울린다. 왠지 연극 배우와 말하는 것 같아서 묘한 기분이 든다.

"저, 이곳은 저희 직장인데, 문이 조금 틀어져서요."

"영장이 없으면 들어갈 수 없습니다."

"아, 뭐 그렇다면 됐어요. 돌아가도 돼요."

"돌아가겠습니다."

라고 말하고, 경찰은 풀 죽은 듯 돌아갔다. 문은 포기하고 책상 주변을 치우고 나자,

"정리 다 됐으면 퇴근해도 돼."

오츠카 씨가 말했다. 그는 아직 서류를 순서대로 정리하는 중이었다.

"그럼, 그 말씀 감사하게 받들겠습니다."

라며 내가 핸드백을 들자,

"그렇게 하고 가려고?"

라고 한다. 듣고 보니 그렇다. 불과 몇 분 전에 '직업소개소 털이'를 마주치고 바로 소비자 시위를 하는 곳으로 내려가는 건 조금 위험해 보인다. 인터넷으로 제일 싼 옷을 주문하자, 10분 후에 창문으로 배달새가 종이 가방을 갖고 나타났다. 카드를 스캔하여 돈을 지불한다. 음, 오늘은 돈을 엄청 썼네.

종이 가방을 열고, 탕비실에서 커튼을 치고 옷을 갈아 입는다. 창고에서 수십 년간 잠자고 있었던 것 같은 촌스러운 셔

츠지만, 잠옷으로라도 쓰면 되지.

비즈니스 정장을 종이 가방에 넣고, 비상구로 나와서 나선 계단을 내려간다. 건물의 현관에 검은 티셔츠를 입은 남자들이 모여 있다. 아까 그 삼인조와 같은 패거리들인가 보다.

"여기 직업소개소는 어떻게 된 거야? 보고가 없는데."

"사토가 갔는데, 다들 도망갔다고 했어요."

"얼굴은 아나?"

"사토가 한 보고에 의하면, 메지로라는 여자가 있다고 해서 지금 EsEnEs로 찾고 있어요. 시내에 살고 있는 메지로는 27명인데, 연령대가 맞는 사람은……."

이라고 말하며, 내가 전혀 모르는 '메지로 케이코'라는 사람의 계정을 조사하고 있다. 나는 그 옆을 지나간다. 몇 번이나 얘기하지만, 난 메구로라고.

집을 향해서 걸어가다 보니 어느새 시위대의 끝까지 와서, 도로에 갇힌 차들이 여기저기 보인다. 차마다 몇 명의 소비자가 둘러싸고 있다. 자동차는 사람이 서 있는 방향으로는 갈 수 없기 때문에, 이렇게 둘러싸이면 옴짝달싹할 수 없다. 안에는 정장을 입은 베트남계 남자가 혼자 타고 있다. 아마도 회사원이겠지.

"야, 나오라고."

"잘난 척하지 마."

라며 중년 남자가 차 안에 대고 고함을 지른다. 회사원은 두려움 가득한 눈으로 차에 달린 카메라를 가리키지만, 상대는 꿈쩍도 하지 않는다.

"어이, 경찰이 오고 있어, 도망쳐."

누군가 외치자, 차를 둘러싸고 있던 소비자들은 새끼 거미들이 흩어지듯 도망치기 시작했다. 회사원은 한숨 돌린 듯한 표정을 짓고, 차는 시위대와는 반대 방향으로 사라져간다. 뒤에서 경찰이 나타난다. 아까 직업소개소에 온 경찰과는 다른 기종이겠지만 구별은 안 된다. 표주박을 닮은 사랑스러운 모양이다.

경찰이 그런 형태가 된 것은 약 5년 전으로, 처음에는 그런 귀여운 경찰을 범죄자들이 두려워한다는 게 굉장히 초현실적으로 생각되었지만, 최근에는 완전히 익숙해졌다. 인류는 귀여움에는 이길 수 없다는 말이 묘하게 들어맞는달까.

이전의 경찰은 옛날 영화에 나오는 로봇 병사 같은 음산한 디자인이었다. 그보다 더 과거에는 인간 경찰이 있었다고 한다. 내가 태어나기 전의 이야기다. 지금의 경찰은 사법기관(司法器官) 프로그램이 내장되어 있어서 경찰법에 준해서 정확한 수사를 할 수 있지만, '인간 경찰은 법률을 위반하지 않고 수사 같은 걸 할 수 있었을까' 하는 의문이 가끔 든다.

———

집에 도착한 건 저녁 6시. 여름이라 밖은 아직도 밝다. 냉장고에 들어 있던 것들을 적당히 자르고 삶아서 저녁밥을 만들어 먹는다. 텔레비전을 보니까, 오후에 있었던 소비자 시위의 모습은 지역 뉴스에서 작게 보도되었다. '매년 개최되는 여름 축제' 같은 느낌으로. 직업소개소 털이에 관한 건, 특별히 피해를 본 사람도 없었고(라고 말하기엔, 누가 봐도 근육남 쪽의 피해가 더 크다) 주류 언론에는 아무것도 보도되지 않았다. 투고란까지 볼 생각은 들지 않았다.

피곤해서인지 일찍 잠자리에 들어 아침까지 푹 잤다.

커튼 치는 걸 잊어서 창밖이 밝아지자 자동으로 눈이 떠졌다. '아침 해와 함께 눈이 떠졌다' 같은 멋있어 보이는 일을 한 게 몇 년 만인지.

아침에 항상 하는 일들을 한 다음 여유롭게 밖으로 나왔다. 시위대가 지나간 곳에는 여기저기 쓰레기가 버려져 있었지만, 자원봉사자들이 그걸 주우며 돌아다니고 있었다. 이 주변은 시청에서 지정한 '생생 클린 지구'로, 자동청소기의 순회가 금지되어 있다. 시민들이 활약할 수 있는 장소를 뺏지 말아달라는 요청에 따라 시내 곳곳에 이런 구역이 지정되어 있는 것이다.

엘리베이터로 낡은 건물 4층까지 올라가니, 직업소개소의 문은 열려 있었다.

드물게도 오츠카 씨가 나보다 빨리 나와서,

"어젯밤에 어찌어찌 문을 열긴 했는데, 이번엔 닫히질 않네. 뭐 안 열리는 것보단 낫지. 닫혀 있으면 손님도 못 들어오니까."

"고쳐지나요?"

"건물 관리자에게 연락했더니, 오후에 업자가 올 거래."

"변상받을 수 있나요?"

"녀석들한테 그런 돈이 있을 거라고 생각해?"

라고 오츠카 씨가 말했다. 나는 자동문의 가격을 인터넷으로 알아보고 이달분 회계에 입력한다. 어제 온 인도 청년 건을 포함해서 이익이 얼마나 될까 대략 계산해보고 한숨을 쉰다.

"일한다는 건 참 힘드네."

미래 취업활동

이 직업소개소의 사무원 자리를 소개해준 건 시청에 근무하던 시절의 선배다.

"이상한 놈이 있어."

라고, 선배는 오츠카 씨를 친척 중에 한 명씩 꼭 있는 애물단지 같은 사람을 가리키듯이 말했다.

"옛날부터 알던 놈인데, 말도 안 되는 기계치야. 터치스크린 패널 하나도 제대로 못 다루나 봐."

"네? 그럼 어떻게 살아요?"

라고 난 대답했다. 후생노동성에서 지급되는 생활기본금 신청도 제대로 못할 것 같다는 생각이 들었다.

"뭐 아무튼 그 오츠카도 나처럼 생산자가 되려고 했는데, 기계를 다루지 못해서 할 수 있는 일이 없었거든. 꽤 오랫동안 빈둥빈둥거리고, 몇 년이나 행방불명됐다가 어느 날 갑자기 나타나기도 했는데, 최근에 와서 '직업소개소'를 시작했다나 봐."

"네에?"

"그러니까, 다른 사람에게 직업을 소개하는 일을 하기로 했다네. 맘속에 두고 있던 사람이 금방 그만둬버려서, 지금 사무원을 모집하고 있대. 경력이 확실하고 기계를 다룰 수 있는 사람이라면 누구라도 좋대. 메구로 씨, 꼭 직업이 필요하다면 한번 해보지 않을래?"

선배의 얘기를 듣는 것만으로도 오츠카 씨가 꽤나 성가신 사람이라는 건 쉽게 상상할 수 있었다.

하지만 당시의 내가 선배 말대로 재취업할 수 있는 곳을 절실하게 필요로 하고 있다는 것은 사실이었다. 그야말로 직장이라면 어디든 좋다고 생각할 정도로. 그러던 차에 사람이라면 누구라도 좋다는 고용주가 있었던 거니까, "버리는 신이 있다면 줍는 신도 있다"는 건 이런 경우를 이르는 말이 아닐까.

그렇게 나는 이 '직업소개소'에 뛰어들었던 것이다.

그 판단 자체는 틀리지 않았다고 생각한다. 그런 상황에서 달리 어떤 선택지가 있었을까?

—

일을 해서 급여를 받는 '생산자'가 뭔가 아름답고 멋지다고 생각하던 시절, 구체적으로 말하자면 3년 전의 봄, 스물두 살이던 때로 이야기는 거슬러 올라간다.

시청에 취직한 첫날, 교통과 과장은 유일한 신입사원이던 나를 위해서 일부러 '신입사원을 위한 업무설명회'라는 발표 자료를 만들어 설명해주었다. 어느 직장에나 흔히 있는, '일을 위한 일'이었다.

"네가 담당할 차는, 55-3C4F부터 57-7BA9까지 대략 1,000대야. 잘 파악해 둬."

라고 그는 말했다. 시 내에 있는 4만 대의 자동차 중 약 1,000대에 대해서, 내가 '책임담당자'가 되는 것이었다.

"이 차들에 교통사고가 생긴 경우, 너에게 책임을 묻게 될 거야."

"책임을 진다는 건, 그러니까, 뭘 하면 되나요?"

"일을 그만두는 거지."

"네에?"

라는 어이없어 하는 소리가 시청 소회의실에 울려 퍼졌던 걸 생생하게 기억한다.

과장의 설명이 끝나자 같은 과 선배가 사무실을 안내해주었다. 알루미늄으로 된 사무용 책상에 국산 인터넷 단말이 배열되어 있었다. 말하자면 공무원스러운 사무실 풍경이었다.

"뭐, 아무 일도 없을 때는 한가롭게 있어도 돼."

이 선배는 나보다 5년 먼저 취직했기에 책임담당 차 대수는 나의 세 배 정도 되었다. 책임담당 차는 근속 연수에 비례해서 매년 늘어난다고 했다.

"평상시에는 어떤 일을 하나요?"

"음, 기본적으로 해야 할 건 아무것도 없어. 뭐, 일상에서부터 시청 직원이라는 자각을 가지고 행동했으면 한다는 정도랄까."

내가 잘 못 알아들으니까, 그는 조금 멋쩍은 듯 설명을 덧붙였다.

"그리고 가끔 직원들이 교대로 어린이들에게 교통 안전에 대해 설명하는 행사가 있지. 2개월에 한 번 정도."

벌써부터 불안해졌다. 많은 사람들 앞에서 말하는 건, 대학에 다닐 때 참가했던 발표회 이후 한 번도 없었다.

"역시 인간 강사가 말하지 않으면 납득이 가지 않는다는 부모님들이 꽤 있어서 그래. 지금 초등학생들의 부모 세대가 학교에 다닐 때는 아직 교육도 인간의 일이었으니까. 하지만 우리 나이라면, 이미 학교에 선생님은 없었잖아?"

"교장과 감독교사는 있었죠."

"그래 그래. 책임질 게 많은 업무는 사람이 하는 걸로 되어 있었지. 내가 다니던 학교도 그랬어."

라며 선배는 유쾌하게 웃었다. 뭔가를 해야 하는 직장은 아니었지만 5년이나 있으면 생산자다운 태도라고 할까, 어른의 여유 같은 것이 몸에 배는 것 같아서 그 선배를 조금은 동경하기도 했었다.

교통과라는 부서는 원래 도로교통법 위반 단속과 안전 운전 지도 같은 일들을 하는 부서였다고 한다. 운전이 자동화됨에 따라 그런 보통의 업무가 완전히 없어지고 그 대신 나타난 업무가 바로 '책임지고 그만두는 일'이었다.

"사람이 차를 운전하던 시절에는, 교통 안전의 책임은 당연하게도 운전수에게 있었지. 그런데, 당시에는 사람 목숨을 좌우할 정도의 사고가 많았기 때문에 개인이 모든 책임을 감당할 수 없었어. 그래서 강제로 가입해야 하는 자동차 보험을 만들어서, 책임을 시민 차원으로 분산하는 것이 의무였던 거지."

이 이야기는 사회 수업 시간에 배웠다. 20세기 말에는, 일본에서만 해도 연간 6,000명 이상이 교통사고로 죽었다고 한다. 말도 안 되는 숫자다. 아무리 인구가 1억 넘게 있었다고 해도.

사람이 직접 시속 60킬로미터씩이나 되는 속도로 차를 운전했으니 사고가 일어나지 않는 게 이상한 거고, 그런 걸 법으로 용인했다는 걸 나로서는 도저히 이해할 수 없었다. 자동차로 발생하는 경제 효과가 컸기 때문이라는 설명을 듣고 "인명보다 돈이 우선시되었다는 것이 이해가 안 됩니다"라고 교과시스템에 물어보면 "가치관은 시대에 따라 바뀌는 것이니까요"라는 답을 들었다.

그 후에 자율주행 시스템의 보급에 반비례해서 교통사고는 줄어들었지만, 그럼에도 그래프의 선이 0에 이르는 일은 없었다.

오늘날 사고의 책임은 자율주행 시스템 제조사에게 있다는 게 일반적인 판단으로, 실제로 재판까지 간다면 그대로 판결이 나겠지만, 세상에는 법률과는 별개로 '피해자의 감정 문제'라는 게 있다고 한다. 즉, 사고 피해자들은 바다 건너 저편에 있는 말도 안 통하는 제조사에 기계적으로 법률 소송을 거는 게 아니라, 가까이 있는 누군가가 눈에 보이는 형태로 책임을 져주는 편을 요구했던 것이다.

그 단계에서, 업무가 없어진 시청의 교통과 공무원이 "책임을 지고 퇴직하겠습니다"라고 말하면, 피해자와 그 주변 사람들은 물론 인터넷으로 보고 있는 사람들까지도 깨끗이 납득하게 되었다. 결국 그 방법이 국내에 정착해서, 지금에 와서는 이렇게 '어떤 번호 차에 사고가 나면 누가 그만둘지' 정하는 방식으로까지 이어졌다.

물론 자신과 아무런 관계도 없는 타인의 사고로 면직된다는 건 노동법에 반하지만, 늘 그런 것처럼 '자율적인 퇴직'이다. 결과는 정해져 있지만, 어디까지나 '자율적'인 선택이라는 거다. 이 나라에 수없이 많은 불가사의한 일본어 중 하나다.

"뭐 솔직히 말해서 교통사고가 발생할 확률은 거의 0퍼센트에 가까우니까 면직될 가능성은 거의 없지. 가장 최근에 시 내에서 사고가 발생한 건 10년 전 일이야."

라고 과장은 말했지만, 당시의 나에게는 교통사고 같은 게 아직 세상에 존재한다는 사실 자체가 놀라운 일이었다. 흉작으로 초래되는 식량 부족을 농업 기술로 극복하고, 세균이 일으키는 감염증을 항생 물질로 박멸하고, 지진으로 생기는 피해를 건축 기술로 근절하고. 정복하고, 몰아내고, 격멸하고, 기타 등등.

'사람의 운전에 의한 교통사고'라는 것도, 과학기술이 파묻어버린, 과거에나 있던 공포 중 하나라고 생각했다.

"그렇다고 해도, 일본 전체에서 사고 건수가 '0'이었던 해는 아직 없었어. 아쉽게도 말이야. 그러니까 너는 시민의 대표로서, 담당하는 자동차에 사고가 발생한 경우에는 사직해야 해."

"그러니까 제가 사직하기 위해서 취직했다는 건가요?"

"응. 교통사고가 났을 때 기술적인 부분에서 원인을 찾는 건 이미 불가능하니까. 사고 피해자가 감정적으로 납득할 수 있도록 책임을 지는 것이 우리의 업무인 거야. 기계는 절대 불가능한 업무라는 자부심을 가지고 임해주기 바라네."

과장은 진지한 표정으로 말했다. 나는 다시 "네에" 하고 힘없이 대답했다.

자부심을 가지라고 해도, 쓸데없는 일을 하면서 쓸데없이 급여를 받는 거라고 생각할 수밖에 없었기 때문이다.

"물론 쓸데없는 일이지."

선배는 넉살 좋게 말했다.

"쓸데없다는 게 중요한 거야. 쓸데없는 일인데, 확실히 생산자로 대우받으며 급여도 받고 있어. 소비자들은 우리가 그만두기를 바라지. 그래서 교통사고로 사임하면, 책임을 다했다고 생각해주지. 중요한 건 이런 낙차에 있는 거야."

"단순히 사임할 사람들이 필요한 거면, 제조사의 사원으로 충분한 거 아니에요?"

"유럽과 북미 쪽에서는 그렇게 한다고 해. 하지만 에도 시대(일본에서 에도 막부가 정권을 잡은 1603~1868년을 이르는 말 — 옮긴이)의 공무원은 사무라이였던 터라, 책임을 지고 할복하는 것이 공무원의 업무라고 생각하는 문화가 일본인의 DNA에 딱 들어맞는 거겠지."

그 날은 취직하고 두 달 정도 지난 때로, 장마 중에 잠깐 날씨가 좋아서 선배와 함께 시청에서 가까운 카페에서 점심을 먹고 있었다. 카페는 생산자밖에 오지 않는 고급 상점이다. 얼마 전까지 소비자의 가정에서 살아온 나로서는, 의자에서 굴러떨어질 정도의 가격이었다.

"옛날에는, 책임을 지는 건 신의 일이었지."

선배는 에스프레소를 마시면서 말했다.

"가뭄이 들면 해님 탓, 홍수가 나면 용의 탓. 옛날 사람들은 자연계의 어쩔 수 없는 불합리를 정신적으로 견뎌내기 위해서 자연 현상을 의인화한 신을 만들고, 책임 소재를 분명히 했던 거야."

"과학이 발달하고 모두가 신을 믿지 않게 되어서, 그 업무를 인간이 대행하게 되었다는 거예요?"

"그렇지, 확실히 자연계의 불합리는 과학기술이 발전하며 거의 사라지다시피 했지만, 아무리 암의 사망률이 1퍼센트 이하가 됐다고 하더라도, 그 1퍼센트에 해당하는 사람과 가족들에게 있어서는, 어쩔 수 없이 불합리한 100퍼센트인 거지. 그래서 그런 불합리에 책임을 지울 대상이 어느 시대든 필요한 거야."

'과연 우리는 신의 대리인 건가'라고 생각하면, 자부심이 생길…… 리가 없었다.

오히려 생산자라는 지위에 품고 있던 동경 또는 기대 같은 것이, 설탕이 녹듯이 사라져가는 게 느껴졌다. 1퍼센트의 생산자가 99퍼센트의 소비자를 지탱하고 있다는 생각은 어쩐지 이 직장을 보고 있으면 이치에 맞지 않고, 그렇다고 1퍼센트의 생산자가 일방적으로 착취하고 있다는 것도 이상하고, 이쪽이나 저쪽이나 별 차이가 없다 싶은 생각도 들었다.

―

시청에서 근무하던 3년은 꽤 즐거운 시간이었다. 직장 동료들도 모두 좋은 사람들이었다. 하지만 그 3년간, 직장 밖에서의 인간관계는 조금씩 줄어들었다.

소비자로 있는 친구들도 학생 시절에는 대부분 나와 다를 것 없는 인생을 살고 있었다. 즉, 같이 학교에 다녔고, 거기서 공부를 하든 안 하든 모두가 졸업은 했던 거다.

99퍼센트의 아이들은 소비자가 되지만, 소비자라고 해서 학문이 필요 없는 건 아니다(왜인지는 잘 모르지만). 그리고 누가 1퍼센트의 생산자가 될지는 미리 알 수 없기 때문에, 모두 학교에서 균등하게 교육받도록 되어 있다.

적어도 학교에 가면 사람들이 많고, 그들이 이루는 사회도 있다. 대부분의 인간에게는 사회가 꼭 필요하며, 가족 이외에 몇 개의 사회에 소속되는 것도 중요하다.

타성적으로 대학에 진학해서 졸업할 시기가 되면 1할 정도의 학생이 취업활동(일본에서 취업과 관련된 일련의 과정을 통틀어 일컫는 말 — 옮긴이)을 하고, 그중 다시 1할 정도가 무엇이 됐건 직업을 찾는다. 남은 사람들은 소비자로서, 생활기본금을 받으면서 한가한 생활을 하게 된다.

따라서 내가 시청에 취직해 생산자가 된 것은 상당한 행운이었다. 우연히 가장 높은 직위에 있던 사람의 정년퇴직으로 결원이 생겨서 오랜만에 모집 공고가 나온 것과, 나의 이런저런 가정 형편이 인사과 사람들의 동정심을 자극한 덕분이라고 생각한다.

학생 시절의 친구들은 내가 시청에 취직한 것을 크게 기뻐해주었고, 생산자와 소비자로 나뉘었어도 우리 우정은 계속될 거라고 생각했었다. 실제로 처음에는 문제없이 관계가 이어졌다.

하지만 1년 넘게 지나자 점점 돈과 시간 감각이 달라지는 것이 여실히 드러났다.

"다음에 모두 함께 놀러 가자."

라는 얘기를 하고 있을 때,

"하지만 나츠는 일이 있어서 바쁘지 않아?"

라는 말이 나온다거나, 이동 수단으로 배차 시간이 긴 버스를 타자고 해서 내가 "택시를 타고 가는 게 빠르지 않아?"라고 제안하면, 모두가 놀란 눈으로 날 봤다. 생각해보면 행선지를 직접 지정할 수 있는 택시는 소비자의 입장에서 꽤나 고가에 사치스러운 이동 수단이다.

그런 식으로 점점 친구들과의 거리가 멀어져서, 어느새 직장 동료들과 유일한 생산자 친구인 후유 말고는 '인간관계'다운 관계가 사라져버렸다.

하지만 뭐, 인생이란 게 원래 그런 거라고 생각한다. 학생 시절이 끝나고 공무원이 되면 인간관계도 학교가 아닌 직장 중심이 된다. 쓸쓸하지만 자연스러운 거 아닐까.

하지만 불가사의하게도 시청을 그만두게 되리라고는 전혀 생각하지 못했다. 원래부터 그만두기 위한 직장인데 그만두는 걸 생각해보지도 않았다는 점이 멍청하기 짝이 없지만, 그런 상상을 하는 걸 뇌가 거부하고 있었는지도 모르겠다.

—

봄이 가까워진 어느 날의 일이다.

그날따라 길이 얼어붙어 미끄러지지 않도록 조심하면서, 언제나처럼 집에서 시청까지의 짧은 거리를 걸어가고 있었다.

도중에 있는 슈퍼마켓에 엄청나게 많은 사람들이 줄을 서 있는 것을 보았다. 노인부터 젊은 커플, 가족 단위까지 있어서, 무슨 일인지 들여다보니 복권 판매기 줄이었다. 모두들 자기 카드를 판매기에 '삐' 하고 스캔하고는, 만족스러운 얼굴로 돌아갔다. 판매기 앞에 손을 모으고, 기도하는 듯한 자세를 취하고 있는 사람도 있었다. 신사에 새해 첫 참배를 온 듯한 분위기였다.

온라인으로도 살 수 있지만 '직접 사는 게 당첨되기 쉽다', '판매기별로 당첨 확률에 차이가 있다'는 등의 소문이 유포되고 있다고 했다. 어떤 점포에서 당첨자가 나왔다는 정보가 나오면, 그 지점이 당첨되기 쉽다고 판단해서 몰려드는 사람들이 있는 반면, '순서로 보면 다음 당첨자는 저 가게에서 나올 거야'라며 다른 곳으로 가는 사람도 있었다. 모두 각자의 지혜를 짜내고 있는 거다.

소비자에게 있어서 복권은, 평행하게 한 줄로 서 있는 평등으로부터 빠져나올 수 있는 기회다.

모두가 똑같은 금액의 생활기본금을 받기 때문에 타인과 다르게 살기 위해서는 이렇게 모두의 돈을 조금씩 모아서 무작위로 선택된 누군가에게 몰아주는 복권에 당첨되는 수밖에 없다. 그 사람은 그 돈으로 사업을 시작하거나, 아이들에게 전문적인 교육을 시켜서 생산자가 되게 하거나, 그냥 사치스럽게 살거나, 아무튼 다른 사람들과 다른 무언가를 할 수 있게 된다.

모두가 다른 사람들과 같은 수준으로 생활하기를 원해서 생활기본금이라는 제도가 생긴 건데, 같아지고 보니 이번에는 차별화를 원하게 되었다. 아마도 인간의 역사는 줄곧 이렇게 이어져왔을 거다.

그런 소비자들의 풍경을 멍하니 바라보면서 시청에 도착했다.

일찍 출근한 동료들이 다른 날과는 다르게 웅성대고 있었다. "무슨 일 있었어요?"라고 물어보니 모두가 동시에 깜짝 놀란 표정으로 나를 봤다.

"과장님한테 가서 직접 듣는 게 나아."

라고 선배가 말하길래 가보니, 과장이 평온한 말투로, "사고가 일어나고 말았어"라고 했다.

사고의 내용은 다음과 같았다.

도로가 얼어 있으면 자동차는 제동 거리가 큰 폭으로 늘어난다. 그래도 자동차의 자율주행 시스템은 안전을 고려해서 충분히 속도를 줄여 운전한다. 그런데, 얼어붙은 길에서 미끄럼을 타며 놀고 있던 아이가 무인으로 달리고 있던 자동차 앞으로 갑자기 튀어나왔다.

자동차가 급브레이크를 걸어서 정지하자, 그 뒤에서 자전거로 달려오던 고교생이 멈추지 못하고 자동차에 충돌, 넘어져서 찰과상과 타박상을 입게 되었다.

그리고 그 자동차의 번호가, 내 책임담당이었던 것이다.

그날 오후, 피해를 입은 고교생의 아버지가 시청으로 달려와서 과장에게 시의 도로 행정 태만에 대해서 한바탕 호통을 치자, 과장은 "자동차 생산 시스템에 대한 규제를 철저히 하겠습니다"라던가 뭐라던가, 정형화된 설명을 했다. 그 다음에 내가 '책임을 지고 사임'하겠다는 뜻을 밝히자 그 아버지는 납득한 얼굴로 돌아갔다. 10년 만의 교통사고라고 하지만 모든 과정은 일사천리로 진행되었다.

사고는 다음 날 지역 뉴스에 간단하게 보도되었다. 뉴스 투고란에 댓글은 거의 없고, 누구도 신경 쓰지 않는 것 같았다. 서류상의 처리는 차치하고 그 사고의 실체는, '고교생이 자전거를 타다 조금 다친 것'이 전부였던 거다.

그게 관례라고는 하지만, 거의 아무도 신경 쓰지 않는 사고로 화나서 찾아온 아버지를 납득시키기 위해서 나는 직업을 잃게 되었다.

일련의 수속을 마치고 처음으로 든 생각은, '왜 나인가' 하는 것이었다.

나는 아직 시청에 근무한 지 3년차로, 책임담당 자동차 수도 적었다. 나보다 몇 배나 많은 자동차를 담당하고도 몇십 년 동안 근무하는 사람들을 제치고 내가 걸렸다는 게, 너무나도 불합리하다는 생각이 들었다.

내가 인생을 살며 도대체 무슨 잘못을 저질렀다는 건가?

가족과 함께 살기 싫어서, 혼자 살려고 직업을 구한 것이 그렇게 잘못한 일이라도 되는 걸까?

그날 밤 3년간 살아온 아파트에서 울며 밤을 지샌 나에게 처음으로 연락한 사람이 그 선배였다.

"엄청 힘들어요."

라며 코를 훌쩍거리며 말하자,

"메구로 씨, 돈이 없어서 힘들어?"

"돈이 그렇게까지 없는 건 아닌데, 가족들과의 사정이 있어서, 생산자가 되지 않으면 안 돼요."

"음, 그런 경우라면, 소개할 곳이 없는 건 아닌데."

선배는 잠시 생각한 후,

"아니야, 아무래도 이건 아닌 것 같은데."

"뭐라도 있나요?"

내가 매달리듯이 물어보자, 그제서야 사정의 심각함을 알아챈 듯이,

"있다고 하면 있는데, 뭐랄까…… 좀 이상한 놈이 있어서."

라고, 선배는 직업소개소의 오츠카 씨에 대해서 친척 중에 있는 애물단지처럼 말했던 것이다.

"그래서 그 녀석이 직업소개소의 사무원을 구하고 있는데, 그렇다도 아무나 다 받는 건 아니고, 다른 조건도 있는 것 같아. 면접할 때 물어본다고 하네."

라고 말하고, 선배는 그 직업소개소의 주소와 면접 일정을 알려주었다. 일부러 만나서 이야기하고 싶다고 했으니 꽤나 본격적인 취업활동이었다. 다행히, 주소는 우리 집에서 걸어서 20분 정도의 거리였다.

'오츠카 하루히코'라는 경영자의 이름을 검색해보니 분명히 직업소개소 경영 면허가 발행된 이력이 나와 있었는데, 웬일인지 EsEnEs에서 찾아봐도 얼굴 사진을 확인할 수 없었다. 요즘에는 이름을 알고 있는데 얼굴을 모른다는 건 거의 있을 수가 없는 일이다. 하지만 직업소개소 면허를 가명으로 얻는 것도 마찬가지로 있을 수 없는 일이다.

결코 평범한 인물이 아니라고 생각한 나는 방어 태세를 단단히 갖췄다.

'경력이 확실하고 기계를 다룰 줄 알 것'이라는 조건으로 미루어 짐작건대 지원자도 엄청 많을 것이었다. 뭔가 특별한 대책을 마련하지 않으면 안 된다고 생각했지만 이렇게 의문스러운 상대인 이상, 취업활동의 일반적인 원칙을 따르는 방법밖에 없었다.

취업활동 매뉴얼을 열고, 최신의 비즈니스 매너 항목을 읽었다. '일본 비즈니스 매너 협회'라는 곳에서 매년 새롭게 펴내는데, 확실하게 외우면 취직에 유리하다는 내용들이 담겨 있었다.

시청에 들어간 지 3년이 지났기 때문에 새로운 내용이 몇 가지 추가되어 있었다. '취업활동 관련된 메일 하나에 마침표는 세 개까지만', '발신 시각의 분을 4의 배수로 하지 않는다' 등의 것이었다.

아무래도 상관없는 일들 같지만, 어차피 '일에 도움되는 스킬' 같은 건 거의 없기 때문에, 뭔가 돋보이려면 이런 규칙을 칼같이 지키는 것밖에 없었다.

시청에 지원할 때는, 학력 못지않게 이 규칙을 외우는 것이 중요시되었던 것 같다. 확실히 이런 조항들을 꼼꼼하게 외운 사람이 '책임지고 사임'해준다면, 왠지 만족할 수 있을 것 같은 느낌이 든다. 아무것도 하지 않은 보통 사람이 사직하는 것과 비교한다면.

그리고, 면접 날이 찾아왔다.

욕실의 박스에서 미리 다운로드해둔 '업무용 → 면접' 화장을 했다.

왠지 보통 때보다 표정이 나쁘고 건강하지 않은 느낌도 들었지만, 어쨌거나 최신 비즈니스 매너에 근거한 것이기 때문에 그걸 믿기로 했다.

직업소개소가 있다는 낡은 건물을 향해 걸어가 엘리베이터 앞에 섰다. 원래는 여기서 상대방에게 한 번 연락하는 게 매너라고 하는데, 인터넷으로는 연락처를 알 수 없어서 할 수 없이 생략하고 바로 엘리베이터를 탔다.

4층 '직업소개소'의 문 앞에 서서 좌우를 확인한 뒤, 카메라를 향해 살짝 인사를 하고 나서 문을 세 번 노크했다.

"실례합니다. 사무원 모집에 응모해서 왔습니다."

라고 하자,

"어서 오세요, 일부러 여기까지 와주셔서 감사합니다."

라고 답하는 남자의 음성이 들렸다. 문 너머에서 들려온 까닭에 소리가 분명하지 않아서, 목소리의 주인공이 어떤 인물일지 아직 이미지가 떠오르지 않았다.

'이 문이 열리면 왼발부터 들어가서, 의자의 배치가 이렇게 되어 있으면 이쪽 방향으로 걸어가야지' 같은 규칙을 몇 가지나 곱씹었다.

아무리 기다려도 문은 열리지 않았다. 단지 문 너머에서 뭔가 딸그락거리는 소리가 들릴 뿐이었다.

문 위에 카메라가 설치되어 있어서 사무실 안쪽에서는 이쪽이 보일 것이기 때문에, 자세를 흐트러뜨릴 수는 없었다. 이것도 일종의 시험일까, 내가 벌써 뭔가 실수를 한 건가.

맥박이 빨라지고 있을 때, 다시 안에서 목소리가 들려왔다.

"조금만 기다려 주세요. 안에서 여는 방법이…… 아, 이건가."

라는 음성과 함께 '바슝' 하는 소리가 들렸다. 낡은 스마트 문의 전원이 끊어지는 소리였다.

방재상의 이유로, 이런 타입의 문은 전원이 끊어지면 자동으로 열리는 구조로 되어 있다.

금속제의 문이 열리고 내 시야에 나타난 것은 헤이세이 시대의 탐정사무소 같은 사무실이었다.

정면에 마호가니 재질의 책상이 있고, 종이 서류가 잔뜩 쌓여 있었다. 오른쪽의 철제 책상은 사용하는 사람이 없는지 전원 케이블 외엔 아무것도 놓여 있지 않았다. 그리고 왼쪽에 아마도 응접용일 소파와 테이블이 있었고, 그곳에 남자 한 명이 앉아 있었다.

세로 줄무늬 정장에 화려한 넥타이를 매고, 머리에 왁스를 바른 그 남자는 위압적인 느낌으로 이쪽을 보고 있었다. 왠지 남의 영역에 맘대로 신발을 신은 채 침입해서 멋대로 쳐다보다가 아무것도 뺏지 않고 돌아갈 것 같은 사람이었다.

"처음 뵙겠습니다. 메구로 나츠라고 합니다. 지난달까지 시청 직원으로 일했습니다."

라며 나는 머리를 숙였다. 최신 비즈니스 매너에 따라서,

40도 정도로. 작년까지는 25도였다.

여기서 상대가 "앉으세요"라고 하면, 나는 소파의 오른쪽에 앉고, 면접이 시작되는 거였다. 그렇게 생각하며 얼굴을 들자,

"알레르기는 있습니까?"

라는 그의 목소리가 들렸다. 공기 중에 문자 블록을 늘어 놓듯이 분명한 목소리였다.

"네?"

"알레르기요. 예를 들면, 고양이라든가."

나는 당황했지만, 대답할 말을 생각했다. 예전에 집 먼지 알레르기가 약하게 있었지만, 초등학생 때 면역 세포 편집으로 제거했다.

"아니요"라고 답하자, 그는 날 가리키며 말했다.

"좋아, 채용입니다."

내가 입을 벌린 채로 멍해 있는데, 사무실 구석 탕비실 근 처로부터 "케케켓" 하는, 까마귀가 우는 것 같은 소리가 들렸다.

이렇게 나는 직업소개소의 사무원이 되었다.

미래 가족

"급히 직업이 필요합니다."

의뢰인은 말했다. 20대 후반, 짧은 머리에 키가 큰 남자다. 몸에 딱 붙는 옷을 입어서 근육질의 몸선이 잘 드러난다. 숨을 다소 거칠게 쉬며 앞으로 몸을 기울여 부소장에게 말하는 중이다.

"근력 운동을 하면 일을 할 때와 같은 자기 긍정감을 얻을 수 있습니다. 지금부터 모든 인류는 근력 운동을 하며 살아가야 합니다"라고 틈만 나면 얘기하는 남자들을 가끔 본다. 하지만 얼마 전에 직업소개소를 습격했던 남자들도 꽤나 근육질이었다. 역시 근육의 양만으로 모든 것을 단정지을 수는 없지 않을까.

"'급히'라면 구체적으로 어느 정도로 급하다는 말입니까?"

오츠카 씨는 침착하게 묻는다

"가능하다면 내일부터라도요."

"그리고 단기 알바가 아니라, 무기한의 정규직을 찾고 있다는 말씀이지요?"

라고 확인하자, 의뢰인은 불안한 듯한 얼굴로 묻는다.

"역시 무리일까요?"

"아닙니다, 그럴 리가요. 그런 무리한 의뢰야말로 저희 전문 분야입니다."

오츠카 씨는 싱긋 웃으며 대응한다.

헤이세이 시대 탐정사무소풍의 사무실, 소파에 마주 앉은 오츠카 씨와 의뢰인, 그 옆의 철제 책상에 앉아 있는 나, 책상 위에 웅크리고 있는 소장. 평소와 같은 직업소개소의 풍경이다.

딱 한 가지 달라진 것은, 얼마 전의 직업소개소 습격 사건 때문에 번쩍거리는 새것으로 바뀐 문이다. 오래된 벽과 대비되어 거기만 부자연스럽다. 여닫을 때도 매우 부드럽고, 최신 보안 시스템을 도입했기 때문에 더 이상 아마추어가 패널을 조작해서는 열리지 않는다고 한다. 그렇다고 해도 그런 놈들은 다시는 오시 않길 바란다.

우리들 직업소개소의 일은, 일을 찾는 사람에게 일을 소개하는 것이다. 국민의 99퍼센트가 나라에서 주는 생활기본금만으로 살아가는 시대라고 해도, 그들 중 일부는 돈이 필요하다거나, 사회 공헌을 하고 싶다는 등의 이유로 1퍼센트의 생산자가 되기 위해 전국 각지의 직업소개소를 방문하고, 직업소개소는 중개수수료를 받는다. 민간 기업이지만 면허제다. 면허를 얻기 위해 어떤 심사를 거치는지까지는 모른다.

하지만 대부분의 노동이 기계화된 오늘날에는 소개할 만한 변변한 직업이 없는 경우가 많다. 소비자들도 필수품은 생활기본금만으로 구입할 수 있기 때문에 무리해서 직업을 구할 필요가 없다.

따라서 '급히 일자리가 필요하다'라고 말하는 의뢰인은 아주 드물다.

그리고 여기처럼 성품이 좋지 못한 인간이 운영하는 직업소개소(내가 아니라 오츠카 씨 얘기다. 혹시라도 오해할까 봐)로서는 상대가 무리한 이야기를 하는 것을 오히려 더 반긴다. 이쪽도 무리한 계약 조건을 제시할 수 있기 때문이다. 직업이 필수적인 것이 아니게 된 지금, 직업 중개에 관한 법률은 거의 유명무실해졌고, 상대만 승낙한다면 어떤 조건이든 내밀 수 있다.

"급하다고 하시니 멀리 떨어진 일자리는 가시기 어려울 테고, 그렇다면 도심에서 일하셔야 되겠네요."

라고 하며 오츠카 씨는 나에게 지시한다.

"메구로, 안트레스의 구인, 아직 자리가 남아있는지 알아봐. 아마 비어 있을 테니까."

그는 최근 겨우 내 이름을 외운 건지, 아니면 틀린 이름 부르는 것에도 질린 건지 나를 '메구로'라고 부르게 되었다.

"네."

대답하고 나서 키보드 곁에 웅크리고 있는 소장을 옆으로 치웠다. 숙면을 방해받은 소장은 불만 가득한 얼굴로 느릿느릿 내려가 바닥에서 다시 잠든다.

"급하다고 하시니까 바로 소개해드릴 수 있는 일이 하나 있네요. 방범 카메라에 찍히는 일입니다."

라고 오츠카 씨는 말한다.

"무슨 실험용 데이터를 제공하는 종류의 일인가요?"

"반대입니다. 데이터를 제공하지 않는 것이 일입니다."

"네? ……뭐라고요?"

"대강 설명해드리자면… 메구로, 그 동영상을 좀 보여줘."

"네."

나는 '안트레스 업무 설명용 샘플'이라는 제목의 동영상을 열어서, 소파 테이블 위의 화면에 띄웠다.

콘크리트 부두가 화면에 나타난다. 어딘가에 있는 항구의 방범 카메라로 촬영된 영상이다.

대형 컨테이너선이 입항하고 있다. 컨테이너 바닥에 붙어 있는 거미 같은 소형 로봇이 꿈틀꿈틀 움직여서 무인 트럭의 후방에 고정된다. 트럭은 그것을 인식하여 컨테이너에 쓰여진 목적지를 향하여 출발한다. 단체 체조라도 하듯 규율 잡힌 움직임으로 컨테이너들은 각지로 흩어진다.

"이건 반년 전에 촬영된 영상으로, 컨테이너에 들어 있는 제품은 차페크 로보틱스의 신형입니다. 자위대에 증원이 필요해졌다고 하는데 이번에는 차페크의 제품을 쓰기로 했다고 합니다."

"네에."

의뢰인이 고개를 끄덕였다.

"그러고 보니 뉴스에서 봤어요. 자위대가 국산품을 쓰지 않는다고, 투고란에서 꽤 화제가 되었던 것 같네요."

"맞아요. 잘 알고 계시네요. 훌륭합니다."

오츠카 씨가 과할 정도로 칭찬하자 의뢰인은 만면에 웃음을 띄웠다. 그렇게 칭찬받는 게 좋을까.

"어, 그런데 어떻게 이 화물이 자위대 증원용이라는 걸 알 수 있는 거죠? 수송 경로를 비밀에 부치지 않나요?"

"좋은 질문입니다. 긴말 필요 없게 해주셔서 감사합니다. 이 일의 본질이 바로 그겁니다."

라는 오츠카 씨. 아무래도 이번 의뢰인은 '칭찬해주는 게 좋은 의뢰인'이라고 판단한 모양이다. 의뢰인도 매번 기쁜 표정을 짓는다. 칭찬받는 데 익숙하지 않은 것일까. 소비자 중에는 사회와의 모든 관계를 끊고 집에만 틀어박혀 있는 사람도 많다던데, 그런 사람들은 직업소개소에 오지 않을 테니 나와도 인연이 없겠지.

"물론 운송업자는 고객의 신분을 밝히지 않습니다. 기밀 유지 의무가 있기 때문에요. 하지만……."

그러더니 화면을 전환한다. 오츠카 씨는 이 동영상을 몇 번이고 보았기 때문에 언제 어떤 화면이 나오는지 외워버린 모양이다. 동영상 자체에도 설명하는 음성이 들어 있지만, 그는 그걸 사용하는 게 싫다며 음소거 모드로 해놓고 영상만 사용하고 있다.

"지금 세상의 모든 장소에는 방범 카메라가 설치되어 있고, 그 카메라에 녹화되는 영상 대부분이 인터넷에 공개되어 있습니다. 전 세계의 카메라 데이터를 대량으로 모아서, 어떤 복잡한 알고리즘으로 해석하면 이 컨테이너가 어디서 왔고, 목적지가 어디인지도 알 수 있습니다."

라고 오츠카 씨는 설명한다. 기계를 다루기는 싫어하는 주제에 기계에 관한 정보에는 꽤 밝다.

예전에 어떻게 그럴 수가 있는지 물었더니,

"야구 규칙도 모르지만 야구선수의 팬이라는 놈들도 있잖아. 그거랑 같은 거야."

라고 했는데 뭐가 같은 거라는 건지 전혀 알 수 없었다. 뭐, 몰라도 상관없다. 어쨌든 지금 중요한 것은 눈앞에 있는 의뢰인의 이야기다.

"어, 그러면 곤란하지 않나요? 예를 들어, 국방 면에서요."

"네, 국가나 민간 기업이나 기밀 정보가 마구잡이로 유출되니 여러 가지로 문제가 있어요. 그래서 당신이 하게 될 이 일이 필요한 겁니다."

라고 오츠카 씨가 말하자 화면의 구석에 뭔가 희미한 모습이 나타났다.

아마도 사람인 것 같다.

모자를 쓰고 개를 데리고 있는 할아버지다. 이 해상도로는 개가 살아 있는 진짜 개인지 로봇 개인지는 알 수 없다.

"보세요. 사람이 얼쩡대는 바람에 이 영상은 해석할 수 없게 되었습니다."

"네?"

"인간이 나오는 영상은 개인정보에 해당되기 때문에, 스노든 조약에 따라 이용이 큰 폭으로 제한됩니다. 따라서 아까 말한 해석이 불가능해지는 거죠."

이 설명은 전에도 들었기 때문에 나도 이와 관련된 상세한 내용은 알고 있다. 스노든 조약은 원래 개인의 프라이버시를 보호하기 위해 만들어진 국제 조약으로, 도시의 여기저기에 설치된 방범 카메라의 영상에 일정한 이용 제한을 두었다.

몰래 사용하면 괜찮을 거라고 생각하겠지만, 발각된 경우에는 재판에서 어마어마한 액수의 벌금이 부과된다고 한다.

이런 점을 역으로 이용해 사업화한 것이 이 '안트레스'로, 이용되기를 원하지 않는 영상에 일부러 인간이 찍히도록 해서 영상이 해석 알고리즘에 사용되는 것을 방지한다고 한다. 안트레스에는 기밀성을 중시하는 기업 고객이 많기 때문에, 신뢰할 수 있는 사람이 인력 채용을 담당해야 한다. 오츠카 씨가 어떻게 그런 신뢰를 얻었는지는 수수께끼다.

"내일 중으로 일정표가 전송될 테니, 지정된 시각에 카메라 앞을 걸어다녀 주세요. 실제 근무 시작은 다음주 수요일 즈음이 될 것 같습니다. 잘 부탁드립니다."

라고 하며 의뢰인과 계약을 맺는다. 중개 수수료가 보통의 계약보다 조금 비싼 편인데도, 급하게 일을 찾고 있어서인지 의뢰인은 그 정도쯤은 상관하지 않는 모습이다. 급하게 직업소개소를 나가자 아까부터 쭉 바닥에 웅크리고 있던 소장이 불쑥 고개를 들더니,

"케케켓."

하고 울었다. 이번에도 '한 건 낙착!'이라는 신호다.

"휴우, 어수선한 의뢰인이었네. 왜 저렇게 급할까."

라고 오츠카 씨가 말했다.

"돼지로 바뀔 수 있기 때문이 아닐까요?"

"돼지?"

"몰라요? 헤이세이 시대의 영화 중 하난데, 제목이 뭐더라? 한 여자아이가 이상한 마을에 잘못 들어가서, 일을 찾지 못하면 동물로 변해버리는 거예요. 그래서 온천 여관 같은 곳에서 일을 하게 돼요."

"모르겠는데."

응? 왠지 옛날 영화에 밝을 거라고 생각했는데. 혹시 기계를 못 다루니까 영화도 못 보는 걸까.

"그래서 그 영화의 주제는 뭐야? 어린이를 협박해서 노동을 시키는 건, 아무리 헤이세이 시대라고 해도 꽤 야만적인 이야기 같은데."

"어, 그러니까 뭐였더라?"

기억을 더듬어 봤지만, 어릴 때 텔레비전으로 딱 한 번 봤을 뿐이라 구체적인 내용은 떠오르지 않는다. 시작 부분에 산길을 수동 자동차로 날 듯이 달리는 호쾌한 아버지가 인상적이었다는 것만 뇌리에 강하게 남아 있다.

—

시계를 보니 오후 5시. 퇴근 시간이다.

"난 이제 소장님 밥을 사러 갈게."

라고 하며 오츠카 씨는 가죽 가방을 들고 일어섰다. 선반의 유리문 안에 쌓여 있는 고양이 캔사료는 한 줄밖에 남아 있지 않다.

"남아 있는 일 있어?"

"아니요, 저도 약속이 있어서 금방 나갈 거예요."

라고 난 대답했다. 남아 있는 일은커녕 영업시간 중에도 할 일은 거의 없다.

"그래. 전기 요금 나오지 않게 빨리 들어가."

라고 하며 오츠카 씨가 입구로 다가가자 새로 설치한 문이 스르륵 열렸다.

이 사무소의 전기는 프리미엄 계약을 맺어 공급되고 있다.

진력이라는 건 해변의 융합로에서 무한히 흘러 나오는 것 같은 인상을 주지만, 정말로 무한한 것은 아니기 때문에 지나치게 사용하면 요금이 발생한다. 여름철엔 특히 냉방비가 들 수 있기 때문에 요주의 사항이다.

인류는 이제 석유와 우라늄보다 훨씬 윤택한 에너지원을 사용하게 되었는데, 의외로 가정의 소비 전력은 옛날보다 줄었다고 한다. 모든 가전제품이 에너지 절약형으로 바뀐 것도 있지만, 역시 무료 전기라도 많이 사용하면 유료로 바뀐다는 데서 오는 심리적인 거부감이 큰 영향을 미쳤을 것이다. 애초부터 전기가 유료여서 사용량에 따라 금액이 바뀌었던 옛날과 다르게 말이다.

오츠카 씨가 엘리베이터를 타고 아래로 내려가는 소리를 듣고 나서야 밖으로 나섰다. 밖에서 마주치면 어색하기 때문이다.

하지가 지난 지 꽤 되었지만 밖은 아직 밝다. 약속 장소까지는 자동차로 이동할 거리가 아니어서, 나는 걸어서 역 앞 건물로 향했다.

운전이 자동화되고 철도를 이용하는 사람이 줄어들면서 조금씩 '역 앞'이라는 장소만의 이점은 줄어들고 있지만, 그래도 역에서 가까울수록 땅값이나 건물의 임대료가 비싸고, 역에서 멀어질수록 저렴한 건 여전하다. 경제 구조가 바뀌어도 도시의 구조는 그렇게 간단히 바뀌지 않는다. 인간의 꼬리뼈가 완전히 없어지지 않는 것과 비슷하다.

금요일 저녁이라 거리에는 정장 차림의 생산자가 많다. 상점들도 평소보다 활기차 보인다. 요일 감각이 둔해진 소비자들은 일부러 금요일과 토요일을 골라서 놀러 나가지 않는다.

핸드폰을 꺼내서 일정을 확인한다. 후유와의 약속 시간까지는 아직 조금 여유가 있다.

중학교 1학년 때, 역사 시험에 이런 문제가 나왔다.

문제) 쇼와, 헤이세이 시대에 일어난 다음 사건을 순서에
　　　따라 정렬하시오.
　　　(A) 인터넷의 보급
　　　(B) 일본 인구 감소 시작
　　　(C) 태평양 전쟁
　　　(D) 가전제품의 보급

　교과시스템 단말의 화면 오른쪽 위 제한 시간 표시 막대가
점점 줄어들고 있었다. 주변에서는 다른 학생들이 화면을 터치
하며 문제를 풀고 있었다. 이미 한참 전에 시험을 끝내고 쉬는
아이들도 있었다. 지금까지의 내 점수를 보면, 'B'와 'C'의 갈림
길이었다.

　딱 그때 즈음, 집에 이런저런 어수선한 일들이 생기더니,
결국엔 성마저 '사이토(齋藤)'에서 '메구로(目黒)'로 바뀌어 버렸
다. 획수가 확 줄어든 이름, 새로운 아버지, 집에 이런 일들을 몰
고 온 엄마, 새로운 아버지로부터 어쩐지 사랑받고 있는 듯한
남동생, 이런 것들이 이루고 있는 세상을 속속들이 혐오한 나머
지, 나는 수업을 제대로 듣지 않는 '불량 학생'이 되어 있었다.

　엄마 세대였다면 "수업을 열심히 듣지 않는 불량 학생은
제대로 된 어른이 될 수 없어"라고 혼이 났겠지만, 우리 세대에
게 과연 '제대로 된 어른'이란 무엇인지 나는 언제나 의문스러
웠다.

　'어차피 나 같은 아이가 생산자가 될 리는 없어. 생산자가
되는 애들은 반에서 한 명 정도고, 그 외에는 모두 소비자가 될
텐데 성적 따위야 좋건 나쁘건, 수업을 제대로 듣든 말든 상관

없잖아' 하는 생각이었다.

상식적으로 생각할 때 인구가 줄어드는 원인은 전쟁이겠지. (C) → (B)

태평양 전쟁은 분명히 세계에서 처음으로 핵무기가 사용된 전쟁이다. 설마 냉장고도 없던 시대에 핵무기를 만드는 사람은 없었겠지. (D) → (C)

인터넷이 없으면 가전제품은 사용 못하지. (A) → (D)

됐다. 완벽하지.

나는 '해답' 버튼을 터치했다.

'부~'

헤드폰에서 큰 버저음이 울리며 화면에 커다란 엑스(×)자가 표시되고, 교과시스템에는 다음과 같은 해설이 나왔다.

'태평양 전쟁은 1941년부터 1945년까지 일어난 전쟁이다.'

'일본 인구는 2010년 경의 1억 2700만 명을 정점으로 감소하기 시작했다.'

'인터넷은 1990년대 후반에 보급되었다.'

'3종의 신기(神器, 원래는 일본 황위의 상징인 칼, 구슬, 거울을 이르는 말 — 옮긴이)라고 불리던 텔레비전, 세탁기, 냉장고가 1950년대부터 보급되어, 가사 노동의 기계화가 이뤄졌다.'

음…… 연대순을 보아도 "정말 그랬어요?"라고밖에 할 말이 없었다.

"왜 텔레비전이 인터넷보다 먼저예요?"

교과시스템의 마이크를 향해 작은 소리로 물었더니,

"일본의 텔레비전 방송 개시는 1953년으로, 일본 인터넷의 원형은 1984년에 생겼기 때문에, 30년이나 늦습니다."

라는 설명과 함께 화면에 골동품 같은 상자가 나타났다. 상자 한가운데에는 매우 굴곡이 심한 흑백 영상이 나오고 있었다.

"인터넷이 없는데 어떻게 방송을 할 수 있어요?"

"그 시대의 텔레비전은 공중의 전파를 사용하고 있었습니다."

"전파로 전송했다면 역시 인터넷이 먼저 보급된 거 아니에요?"

"인터넷의 보급은 1990년대 후반의 일입니다."

도무지 알 수가 없네.

이런 이유로 나는 교실에서 가장 머리가 좋은 후유에게 물어보았다.

학급의 성적 순위가 발표되지도 않았는데 왠지 후유의 성적이 가장 좋다는 것은 공공연한 사실이었다. 후유는 20명뿐인 학급에서도 눈에 띄게 왜소한 아이였다. 샴푸 광고에나 나올 법한 탐스러운 머리를 쇄골 부근까지 기르고 있는 모습이, 곱슬머리라 머리를 기르기 어려운 나에게는 너무나 눈부셨다.

"있잖아, 나츠. 옛날 가전제품은 전기로만 작동했어. 지금 같이 복잡한 프로그램은 들어 있지 않았거든."

라고 하며 후유는 옛날 전기밥솥의 사진을 나에게 보여줬다. 타이머조차 없었다. '취사'라는 버튼을 누르면 전류가 흘러서 밥솥을 데우기만 하는 기기였다.

핵무기가 사용되던 시대의 사람이 이런 석기시대 같은 도구를 사용하며 살았다는 사실이 조금 믿기 어려웠지만, 후유가 그렇게 말한다면 그런 거겠지.

그리고 나서 후유는 당시 텔레비전의 구조도 설명해줬지만, 그쪽은 잘 이해할 수 없었다. 지금도 잘 모른다.

같은 학급이라고 해도 교과시스템의 진도는 제각각이었다. 그럼에도 학생들을 20명씩 나눠서 한 교실에 모아놓은 이유는 학생들이 집단행동에 익숙해지도록 돕고, 가끔 교실을 순찰하는 교사가 감독하기 쉽게 하기 위해서였을 것이다. 사정이 있어서 학교에 갈 수 없는 어린이에게는 자택용 교과시스템이 배포되었다. 하지만 그런 아이의 성적은 평균보다 낮았다고 한다.

"그러므로 교과시스템이 있더라도 학교라는 공간은 필요합니다."

라고 교육 위원회 사람들은 주장했지만, 이건 거꾸로 된 이야기다. 학교에 갈 수 없는 사정, 즉 신체나 가정에 문제가 있는 아이는 공부에 집중할 수 없기 때문에 성적이 나빠지는 게 아니었을까?

그렇다고 해서 이미 건물로 지어져 있는 학교를 일부러 폐교할 이유도 없고, 특히 나처럼 집에 있기 싫은 사정이 있는 아이에게 학교라는 장소가 있는 것은 감사한 일이었다.

그날 방과 후,

"집에 가기 싫어."

라고 말하자,

"그럼 우리 집에 올래?"

라며 후유가 웃었다.

우리 집은 학교에서 나와서 동쪽으로 10분 거리였고, 후유네 집은 서쪽으로 10분 거리에 있었다. 거기서부터 20분 더 가면 역이 있고, 좀 더 가면 시청이 있으며, 더 가면 지금의 직업소개소가 있는 낡은 건물이 있었다. 물론 당시 직업소개소는 없었지만.

생각해보면, 그날 후유의 집에 가기 위해 서쪽으로 걸어가던 순간이 내 인생에 있어서 하나의 분기점이었던 것 같은 느낌도 든다. 정면에서 강렬하게 빛나는 태양이 눈부셨다. 어차피 GPS로 내 위치를 알 수 있으니, 굳이 부모님께 연락할 것도 없을 거라 생각했다.

"엄마가 싫은 거야?"

가는 길에 후유가 물었다.

"응. 싫어."

"아빠도?"

"······."

그렇게 물어보면 난 입을 다물었다.

사춘기의 소녀에게는 반항기라는 것이 있어서, 부모가 싫어지는 것은 무척 자연스런 감정이다. 이런 내용을 실제 반항기에 접어들기 전에 배운다.

따라서 나는 엄마가 싫다고 말해도 된다. 그것은 '자연스러운 감정'이라고 사회로부터 인정받고 허락받았다.

하지만, 새아버지에 대해서는 잘 모르겠다.

우리 집에 '메구로'라는 새로운 성을 준 새아버지에게 어떤 감정을 가지는 것이 자연스러운지를 교과시스템은 가르쳐주지 않았다. 새아버지도 새로운 자녀를 어떻게 대해야 할지 알수 없어서 늘 혼란스러워하는 것 같았다. 그렇기 때문에 더욱 그를 싫어해서는 안 된다는 압박감이 집안 여기저기서 느껴져서, 집이 무척이나 갑갑한 곳이 되고 말았다.

"혼자 살고 싶어."

그렇게 말했다.

"나도 그래."

후유는 내 말에 동의했다. 그녀가 정말로 그렇게 생각하고 있는지, 나에게 맞춰줬던 건지는 알 수 없었다.

우리 집은 4인 가족으로 세대주인 아버지에게 4명분의 생활기본금이 입금되고 있었다. 후생노동성의 생활기본금은 혼자서 살기에는 조금 모자란 금액으로 설정되어 있다. 반면에 가족을 만들고 모여서 살면 어느 정도 절약이 된다.

그래서 모두들 결혼하고, 아이를 만들고, 가족 수만큼의 생활기본금을 받는다.

그렇게 해서 이 나라의 인구는 유지되고 있다.

꽤 오랜 옛날부터, 아직 과학기술이 발전하기 전부터 이 나라는 그런 식으로 운영되어 왔다고 한다. 보편적인 생활 방식을 유지하고 있으면 나라가 확실히 돌봐주지만, 거기서 조금이라도 벗어나면 무척 힘들어진다. 그래서 모두들 추운 곳에서 서로의 몸을 껴안듯이 '보통'을 향해 부지런히 나아간다.

후유가 자기 집 단말로 챗봇에 연결했다. 화면 밑에는 '익명'이라고 체크되어 있었다.

Q. 제 친구가 독립하고 싶다고 말하는데, 어떻게 하면
　　좋을까요?

라고 후유는 음성이 아닌 키보드로 입력한다.

A. 신일본 헌법에 명시된 대로, 가족은 상호 부양의 의무가
　　있습니다.
Q. 어떻게 하면 생활기본금을 부모와 별도로 받을 수
　　있을까요?
A. 검색하고 있습니다……

인터넷의 속도가 느린지, 챗봇은 한동안 모래시계 아이콘을 빙글빙글 돌렸다. 나는 과일 케이크를 먹으면서 후유가 검색하는 모습을 봤다. 그런 것을 조사해보겠다는 발상 자체를 한 적이 없는 데다, 있다고 하더라도 우리 집에 있는 단말로 그건 걸 하고 있다가 걸리면 큰일날 게 틀림없었다.

'독립 생계를 영위하고 있다고 인정받을 경우에 부모와
별도로 생활기본금을 받는 것이 가능합니다'

라는 답이 나왔다.

컴퓨터가 생활 실태를 조사해서 부모와 나의 주거지가 다르고, 내게 어느 정도의 수입이 있는 등의 조건을 충족한다면, 부모를 경유하지 않고 내 생활기본금을 내가 직접 받을 수 있다는 것이었다.

즉, 한 반에서 한 명밖에 될 수 없는 생산자가 되는 것이 내가 당시 상황에서 벗어날 수 있는, 현실적으로 가능한 선택지 중 하나였다. 물론 그러기 위해서는 공부를 열심히 해야 했다.

"같이 공부하자."

후유가 말했다. 그때, 뒤쪽에 켜져 있던 텔레비전에서 '새로운 가족법안이 중의원 통과, 향후 의회 일정은'이라는 뉴스가 나오고 있었던 것이 생생하게 기억난다.

—

휴우가 나에게 함께 공부하자고 이야기했던 것이 벌써 13년 전으로, 지금 우리는 역사 내 쇼핑몰 상층부에 있는 세련된 레스토랑에 있다. 야경이 멋진 곳이어서 데이트하러 온 커플뿐만 아니라, 가족이나 친구끼리 온 테이블로 북적인다. 금요일 저녁이라 손님이 상당히 많다.

비싸 보이는 가게지만, 손님을 맞는 종업원의 모습은 보이지 않는다. 전에 직업소개소 의뢰인에게 소개해 준 '일본 식당 같은 분위기를 연출하는 종업원'을 두는 타입의 가게는 아닌 것 같다.

가게의 입구에 발을 들여놓자마자 하얀색 안내 로봇이 불쑥 밖으로 나왔다. 바퀴 위로 매끈하게 빠진 가느다란 봉이 서 있고, 그 위에 화면이 올려져 있다. 한때 유행했던 미니멀 디자인의 로봇이다. 하지만 봉이 넘어지지 않도록 하기 위해 내장된 제어 시스템은 아무래도 미니멀이라고는 말할 수 없는 것 같다.

안내 로봇은 내 얼굴을 인식하고,

"메구로 나츠 씨네요? 간다 후유미 씨가 여기서 기다리고 계십니다."

라고 말하며 모니터에 테이블 위치를 표시한다. 나는 (특별히 서두를 이유는 없는데도) 빠른 걸음으로 후유에게 다가가서,

"후유."

하며 껴안았다. 중학교 때부터 키가 작았던 후유의 몸은 품에 쏙 들어온다. 등까지 내려오는 긴 머리카락이 부드럽게 찰랑거려서 느낌이 좋다.

후유는 회사원이다. 미국의 '비트플렉스'라는 IT기업 소속으로, 인터넷을 통해 원거리 근무를 하고 있다고 한다. 범용 어쩌고저쩌고 하는 지능 개발 팀에 있다고 하는데, 자세한 건 모르니 사전에 검색해보길 바란다. 어쨌든, 나같이 미묘한 생산자와는 다른 '진짜' 생산자다.

"미국 회사라 시차가 있어서 불편하지는 않아?"

라고 내가 물어보자,

"응. 하지만 영상 회의는 가끔 할 뿐이라서, 평상시에는 희
   망하는 근무시간에 맞춰서 팀을 짤 수 있어. 중국이나 호
   주 사람이 많아."

"그렇구나. 생활 리듬이 깨지는 건 아닌지 걱정했어."

"깨지고 있지."

라며 후유가 웃어서 나도 웃었다.

후유는 우리 나이대 소비자들과 비슷한 종류의 원피스를
입고 있다.

나를 포함한 대다수의 생산자들은 그 지위를 나타내기 위
해서 평상시에도 비즈니스 정장을 입는다. 하지만 후유 정도가
되면 오히려 그런 필요를 느끼지 못하는지 소비자의 생활기본
금으로도 구입할 수 있는 수준의 패션을 유지하고 있다. 가게
분위기와는 약간 어울리지 않는 듯하다.

중고등학교를 같이 다닌 우리는 함께 아는 친구들이 많지
만, 그 친구들은 모두 다 소비자다. 일하고 있는 건 나와 후유 뿐
이다. 그리고 결혼하지 않은 것도 나와 후유 뿐이다.

우리가 일 이야기를 하고 다른 친구들이 가정과 육아 이야
기를 하게 되면서 점차 인생의 방향이 달라지기 시작했고, 대화
가 조금씩 엇나가게 되었다.

그런 이유로, 나이를 먹을수록 후유와 둘이서만 만나는 일
이 늘었다.

옛날 친구들이 나와 후유를 두고, "여자 생산자는 역시 결
혼하는 데 문제가 있나 봐" 같은 이야기를 하며 쑥덕거릴 모습
이 눈에 훤하다.

일을 하고 있기 때문에 결혼하지 못하는 걸까, 아니면 결
혼하지 못하기 때문에 일을 하고 있는 걸까. 그 인과관계는 영
원한 수수께끼다. 밝혀지지 않는 편이 낫다는 생각도 든다. 어

짼든 우리는 여자 둘이서 일 이야기만 하고 있다.

안내 로봇과 마찬가지로 온통 하얀색인 서빙 로봇이 가져온 것은 프랑스 음식을 중국인의 입맛에 맞춰 현지화한 요리를 다시 일본인에 맞게 현지화한 요리다. 작은 접시에 놓인 다양한 색과 기하학적인 형태의 음식들이 일정한 간격으로 테이블에 차려진다.

후유는 지금 회사에 연구직으로 있다고 한다.

두뇌 노동은 21세기 전반에 가장 먼저 기계화된 것 같지만, 그럼에도 연구의 가장 마지막 단계에는 인간이 필요한 영역이 남아 있다. 후유가 지금 하는 일은 학습 데이터를 어떻게 줄일지 연구하는 것이라고 한다.

즉, 지금까지는 기계에게 특정한 일을 시키기 위해서 방대한 양의 데이터(예를 들면 전 세계에 설치된 방범 카메라의 영상)를 입력해 학습시켜왔지만, 세계적으로 점점 데이터 사용을 제한하는 법률이 늘어나고 있기 때문에 얼마나 적은 데이터로 기계에게 일을 기억하게 할 수 있는가가 이 산업의 관건이 되고 있다고 한다.

"예를 들면, 장기를 두는 프로그램을 만들 때 인간 프로 기사와 비슷한 역량을 갖추게 하기 위해서 몇만, 몇억 국의 기보를 자동 생성한 다음, 그걸 해석하면서 학습하게 하지. 하지만 프로 기사 한 사람이 둔 장기는 만 국도 안 되잖아? 그 정도의 경험만으로 컴퓨터와 호각을 이룬다는 게, 사실은 대단한 일이야."

듣고 보니 확실히 그렇네.

기계와 인간 중 어느 쪽이 대단하냐고 묻는다면 당연히 기계라고 생각했다. 적어도 우리 세대의 사람들은 모두 그렇게 생각하고 있겠지만, 후유의 얘기를 듣고 보면 '인간의 가능성' 같은 것이 느껴져서 조금 기쁘다.

"그래서 회사에서는 지금 적은 경험으로도 많은 것을 습득할 수 있는 인공지능 개발 방법을 연구 중이야."

라고 후유는 이어 말한다.

방금 막 인간이 대단하다고 생각하고 있었는데, 후유는 기계를 인간 이상으로 대단하게 만들어버릴 생각인 모양이다.

그런 일을 해도 되는 건가 하는 생각과, 그런 걸 만들려고 하는 후유는 더 대단하다는 생각이 동시에 든다.

"해마다 사용할 수 있는 데이터가 줄어들고 있어. 개인 프라이버시에 관한 국제 조약들이 최근 늘어나고 있으니까."

"나도 알아. 스노든 조약 말이지?"

나는 업무상 알게 된 지식을 보여줬다.

"알고 있네? 대단하다."

"응, 사실은 요즘 바로 그런 일을 맡고 있어서."

나는 요즘 하고 있는 일을 설명한다. 날마다 방범 카메라에 찍혀서 데이터 해석을 방해하는 업무를 중개하는 것이 내 일이라고. 어, 그럼 나와 후유의 업무는 서로 적대적인 형태가 되는 건가? 아냐, 오히려 후유의 업무를 꼭 필요한 것으로 만들어주는 건가? 하지만 후유네 회사에 비하면 이쪽의 수단이 너무나도 좀스러워서 비교하는 것조차 부끄럽다.

"시청에서의 일은 재수가 없었네."

후유가 내 전 직장 얘기를 꺼낸다.

"응, 이미 끝난 일이지만, 그건 정말 납득이 안 돼."

"납득이 안 되지. 왜 하필이면 담당 대수도 적은 나츠가 걸리냐는 말이야."

"그래도 좋은 타이밍에 다음 일자리가 구해져서 다행이지."

라고 난 말한다. 직업소개소가 없었다면 난 소비자가 되고,

강세로 가족들에게 돌아가게 되었을 가능성이 높다.

그렇게 생각하면 오츠카 씨의 존재에는 감사해야만 하지만, 그 사람과 '감사'라는 단어는 어떻게 해도 어울리지 않는다.

그래 그래, 오츠카 씨는, 후유와의 대화에서 이야깃거리 역할을 톡톡히 한다. 대충 어떤 얘길 하더라도,

"정말 그런 사람이 있어?"

라며 후유는 놀란다.

"정말이지. 처음 만났을 때, '인증 카드 사용법을 모르니까 가르쳐줘' 이랬다니까."

"할아버지야?"

"아니, 정확한 나이는 모르지만 아마 30대일 걸?"

"그거 연기하는 거 아냐? 어떤 이유로…… 예를 들면 나츠를 채용하고 싶어서 일부러 기계를 못 다루는 척 한다거나."

"그럴 리 없어. 공통된 지인이 있어서 소개받은 거니까."

나는 반사적으로 대답했지만, 연기일 가능성도 없지는 않다. 이유는 알 수 없지만 말이다. 고양이를 소장으로 둘 정도로 괴짜다. 어떤 희한한 이유가 있더라도 불가사의한 일은 아니다.

나는 그저 일자리만 주면 그만이므로 오츠카 씨가 날 속이고 있다고 해도 딱히 불만은 없다.

생산자로 살다 보면 날마다 다양한 사건과 부딪히기 때문에, 서로의 근황을 얘기하는 것만으로도 시간이 후딱 지나가 버린다.

'직업소개소 털이'가 침입했던 일은 당시에는 무서운 체험이었지만, 2개월 정도 지나니 이미 웃긴 얘기가 되어버렸다. 그들이 소장의 고양이 캔사료를 먹은 얘길 하자, 후유는 가게 분위기에 어울리지 않을 정도로 깔깔거리며 웃었다.

그러고 나서 화장실에 갔는데 남자 화장실 쪽에서 키가 크

고 짧은 머리에 근육질인, 언젠가 본 적이 있는 남자가 나왔다.

"앗."

"어?"

서로 엉겁결에 소리를 내고 말았다. 아까 직업소개소에 왔던 의뢰인이다. 난 말없이 꾸뻑 고개를 숙였다. 상대방도 고개를 숙였다.

정말 어색하다.

특별히 문제될 만한 짓을 한 건 아니지만, 업무상 만난 사람과 업무 외 개인적인 시간에 마주치는 건 왠지 싫다.

—

"좀 더 나은 일자리는 없을까요?"

그 다음 주 월요일, 점심을 먹으면서 나는 오츠카 씨에게 물었다. '이것이 바로 더위다'라고 외치고 있는 듯한 날씨로, 냉방이 안 되는 곳으로 나가는 것만으로 에너지가 팍팍 줄어드는 날이다. 직업소개소에 올 사람의 기척도 예보도 없어서 오전 내내 멍하게 있다 보니 벌써 낮이 되었다.

"왜, 대우가 불만인가? 아니면 임금 인상 요구인가?"

오츠카 씨는 소파에 기대서 펜치 같은 도구로 소장의 발톱을 잘라주면서 대답한다. 육식동물로서의 자부심이 티끌만큼도 느껴지지 않는 소장은 야생의 흔적이 지워지고 있는 자신의 모습을 졸린 눈으로 쳐다보고 있다.

"아뇨, 급여는 괜찮아요(괜찮지 않지만). 그보다 저번처럼 직업소개소 털이가 쳐들어올까봐 무서워요."

라며 번쩍거리는 문을 본다.

물론 급여는 적지만, 그건 단순히 이 직업소개소의 이익이 적기 때문이다. 아무리 그래도 고용주인 오츠카 씨보다 더 받겠다고 말할 수는 없지 않은가.

이 직업소개소는 오츠카 씨의 인간 관찰 취미가 심해져서 생긴 거지만, 나에게는 엄연한 직장이기 때문에 직장으로서의 규칙은 제대로 지키고 싶다. 업무 자체는 일관성이 없이 제멋대로니, 적어도 기록에 남는 것만이라도 원칙대로 하고 싶은 거다. 그런 걸 똑바로 하지 않으면 인생의 축이 흔들릴 것 같은 생각이 든다.

"음, 네가 직업소개소의 손님으로서 일자리를 찾아달라고 하는 거라면, 못 찾아 줄 것도 없지."

소장은 오츠카 씨의 품에서 수염을 뻣뻣이 세우고 크게 하품했다. 소장은 하루에 반은 졸린 듯한 모습을 하고 있고, 나머지 반은 자고 있다.

"하지만, 내 정보 분석에 의하면, 지금 소개할 수 있는 일자리 중에 너한테 가장 잘 맞는 것은 여기 사무직이야. 너도 딱히 인도에 가거나 방범 카메라 앞에서 서성거리는 일을 하고 싶은 건 아니잖아."

"그런 것보다는 사무직이 낫겠네요."

나는 대답했다. 식당 종업원이나 카메라 앞을 서성대는 행인은 직업소개소 털이의 습격을 받지는 않겠지만, 그 나름대로 위험한 조직의 표적이 될 수 있는 직업이다.

오츠카 씨는 제멋대로 흩어진 소장의 발톱을 휴지 위에 모은다. 그걸 보면서 '그러고 보니 고양이 발톱 깎는 일은 자동화되지 않았네'라고 생각한다.

무엇보다 고양이 자체가 기계화되어 버렸기 때문에, 살아 있는 고양이와 관계된 도구를 자동화하는 수요는 줄어들어버린 것이다. 자동화로 이익을 내기 위해서는, 어느 정도의 수요가 전제되어야 한다.

　여기에 인간의 일자리를 찾아내는 힌트가 있지 않을까 하고 잠깐 생각한다. 인간 자체가 적어지면, 일을 자동화하는 수요가 줄어드니까 그만큼 인간의 일자리가 늘고…… 문득 머릿속에 '고용 창출을 위한 대량 학살'이라는 엄청난 문구가 튀어나와서 쓱 지워버린다.

　좀 더 건전한 아이디어로 정리하자면, '인간에게 필요한 것들이 다양해지면 일자리가 늘어나는 데 유리하다'는 것이다. 모두가 다른 것들을 원한다면, 각각의 수요가 적기 때문에 일일이 자동화할 수 없으므로.

　하지만, 후유네 회사 직원들 같은 대단한 사람들이 적은 데이터를 가지고도 기계로 자동화하는 기술을 개발해버릴 거라고 곧 생각한다.

　후유의 얼굴을 떠올리니 문득 지난주의 대화가 떠오른다.

　"그러고 보니 오츠카 씨, 좀 여쭤보고 싶은 게 있는데요."

　"뭔데."

　"기계를 못 다뤄서 사무원을 모집한다고 들었었는데, 어제 안트레스를 설명하는 걸 보고 있으면, 오츠카 씨가 기계를 못 다룬다는 것이 아무리 생각해도 거짓말 같아요. 데이터 해석 같은 어려운 기술도 잘 아시잖아요."

　"그건 직업소개소 업무에 필요하니까. 따로 공부도 한다고."

　"기계 사용법도 공부하면 되잖아요."

　"간단하게들 말하지만, 변화구의 이론을 공부하는 것과 실제로 던지는 것은 완전히 다른 거잖아. 세상에는 이론의 분야와 실천의 분야가 있고, 각각에 맞는 사람들이 있는 거야."

　라고 한다. 버튼만 누르면 작동하는 기계에는 이론도 실천도 없다고 생각하는데.

그런 얘길 하던 중, 갑자기 '딩동' 하고 알림음이 울린다. 밖에 사람이 와 있는 모양이다. 나는 다 먹은 도시락 용기를 얼른 치우고 문을 열었다. 오츠카 씨는 고양이 발톱을 싼 휴지를 휴지통에 버리고,

"어서오세요."

라며 인사한다.

문밖에서 나타난 이는 특이한 차림을 한 귀부인이었다. 아시아 어딘가의 산중에 사는 소수민족이 행사가 있을 때나 입을 것 같은, 다양한 색의 천이 여러 겹 겹쳐진 옷을 입고 있다. 이런 더위에 옷을 저렇게 입으면 열사병이라도 걸리지는 않을까.

"실례합니다. 전화도 하지 않고 갑자기 찾아와서 죄송합니다만, 상담받고 싶은 일이 있는데 시간 괜찮으신지요?"

라고 귀부인은 귀부인다운 목소리로 말한다.

"들어오세요. 지금 막 시간이 나서 괜찮습니다. 두 시간 정도라면."

이라고 오츠카 씨는 말한다. 두 시간이 뭐야, 영업 끝날 때까지 다섯 시간은 족히 한가할 텐데, 나름대로 바빠 보이고 싶기도 하겠지. 이 남자는 숨 쉬듯이 영업용 거짓말을 한다!

귀부인이 사무소 안으로 간들간들 들어오자, 뒤에서 졸래졸래 따라오는 복슬복슬한 하얀 물체가 있었다.

차페크 로보틱스의 신형 네코포이드다. 일본에서는 아직 발매하지 않았으니 아마 수입품일 것이다. 상당한 부자인 모양이다. 이런 걸 왜 알고 있냐면, 내가 상당한 네코포이드 마니아이기 때문이다. 매월 발매되는 신제품을 꼬박꼬박 확인하고 있다. 부자가 직업소개소를 찾아오다니 조금 이상한 일이다.

소장은 갑작스런 손님에 놀란 듯 바닥을 쓸며 기어가다시피 걸어가, 기계화된 동족을 마주하고 그 주위를 빙빙 돌더니

(지금까지는 진짜 고양이의 동작이 더 기민하다) "하악" 하고 적대감을 드러낸다.

귀부인은 소파에 앉자마자 사무실 인테리어를 눈으로 훑어본다. 아무래도 이곳의 주인이 믿을 만한 사람인지 탐색하고 있는 듯했다.

알루미늄 선반에는 대량의 서류 케이스가 줄지어 있고, 그 옆에는 고양이를 위한 캔과 모래가 잔뜩 쌓여 있다. 다시 보아도 초현실적인 광경이다. 신용할 수 있을지 없을지는 차치하더라도 괴짜 같은 인간이 운영하고 있다는 건 분명히 알 수 있다.

탕비실로 연결되는 문이 조금 열려 있어서 그 안에 고양이용 변기가 있는 것도 보인다. 변기에는 전원 코드가 붙어 있으나 전력은 공급되고 있지 않다. 저렇게 해두면 네코포이드의 충전기로 보일 거라는 게 오츠카 씨의 아이디어다.

"아들이 결혼하게 되었어요."

귀부인이 갑자기 입을 열었다.

옷과 마찬가지로 소수민족의 행사 때나 볼 수 있을 것 같은 화장(아마도 수동) 때문에 나이를 짐작할 수 없지만, 아들이 결혼한다는 것으로 보아 50대나 60대 정도겠지. 자신의 직업을 찾을 나이로는 보이지 않는다.

"진심으로 축하드립니다."

오츠카 씨가 건조하게 답한다.

"아니요, 부끄러울 따름입니다. 좀처럼 좋은 상대를 찾지 못하고 스물여섯이나 되어버려서."

"그렇군요."

스물여섯. 나와 같은 나이다. 확실히 그 나이에 한 번도 결혼하지 않은 사람은 드물다. 배우자가 있는 편이 생활기본금과 세금 등 여러 면에서 특혜가 많기 때문에 소비자는 학교를 마치면 바로 결혼하는 것이 일반적이다. 그 뒤로 몇 번인가 헤어지고 재혼하기를 반복하면서 적당한 시기에 일생을 함께할 반려자를 정한다.

"그런데 상대방이 말이죠, 요즘 젊은 사람 중에는 무척 훌륭해서요. 뭐더라, 안도건설? 이라는 곳에서 일하고 있다고 해요."

"오오."

"결혼이라고 말씀드렸지만 식을 올리기까지는 아직 꽤 시간이 남았어요. 그쪽도 외동, 이쪽도 외동이라, 충분한 여유를 두고 준비하려고 해요."

"저기."

하며 오츠카 씨가 말을 끊었다.

"실례지만, 여기는 직업소개소, 즉 직업을 소개하는 곳이라는 점은 알고 계신 거죠?"

"물론이죠. 젊은데 이렇게 훌륭한 사무실을 가지고 계시다니 대단하세요. 하지만 이렇게 변두리에 있는 것보다는 좀 더 역 근처에 있는 편이 손님들도 더 모일 것 같은데 어떻게 생각하세요?"

'알 게 뭐야'라고 생각하지만 말하진 않는다.

나는 사무원으로서 최대한 존재감을 지우고, 앞에 있는 데스크톱으로 일하는 분위기를 내면서 두 사람의 대화에 귀를 기울인다. 하얀 네코포이드는 대화에 방해가 되지 않도록 자동으로 웅크려서 수면 모드가 되어 있고, 그 옆에 있는 소장도 자연스럽게 웅크린 자세가 되어 있다.

"하던 얘기로 다시 돌아가면, 상대가 회사원이에요. 정말로 훌륭한 분이죠. 그렇게 생각하지 않으세요?"

"네, 그렇게 생각합니다."

귀부인의 이야기는 계속된다. 언제나 대화를 자신의 방식 대로 끌고 가는 오츠카 씨가, 이번에는 보기 드물게 영업용 미소를 유지하고 듣는 역할에 충실하면서 상대방이 어떻게 나올지 탐색 중인 것 같았다. 나는 호기심 어린 표정으로 귀부인의 옆모습을 보고 있다. 귀걸이가 이상할 정도로 크다. 지하철 손잡이 같다.

'도대체 뭘까, 이 사람은. 직업소개소에 예비 며느리 자랑을 하러 온 건가?'라고 생각하고 있지만, 인간을 관찰하는 취미에 푹 빠져서 직업소개소까지 만든 오츠카 씨니까, 이번 건이야말로 확실히 상대를 보고 적절한 판단을 하겠지.

"잘 알겠습니다. 아드님의 결혼을 앞두고, 상대방과의 균형을 의식해서 아드님에게도 경력을 만들어주고 싶기 때문에 직업을 소개해주었으면 한다, 이런 말씀이지요."

"어머, 균형이라니요, 저는 그런 건 별로 신경 쓰지 않아요. 그런 건 젊은 두 사람의 자유죠. 그렇게 생각하지 않으세요? 다만, 상대에게는 생산자의 경력이 있는데 우리 아들에게는 없다면, 그쪽의 양친이나 친척 중에 모양새가 좋지 않다고 생각하는 분도 있지 않겠어요?"

귀부인은 잠깐의 틈도 주지 않고 대답한다. '균형'과 '모양새'의 어디가 다른지 난 잘 모르겠다.

"그런 얘기라면 저희가 전문이니까 문제없습니다. 하지만, 실제로 직업을 소개해 드리기 전에 먼저 아드님을 만나 뵙고 싶은데요. 최적의 직업을 소개해드리기 위해서는 역시 당사자와 이야기해봐야 할 것 같습니다."

"어머, 그런데 저희 아들이 잘 모르는 사람과 이야기하는 걸 좀 꺼려해서요. 가능하다면 저와 얘기해주셨으면 합니다."

"아……네, 그렇게 하죠."

"그럼 검토 부탁드립니다. 다음에 다시 올게요."

라고 말하고 귀부인은 떠났다. 하얀 네코포이드도 그 뒤를 깡충거리며 뒤따라갔다.

"대단한 사람이네요."

라고 내가 말하자,

"대단한 사람이네."

라고 오츠카 씨도 말했다. 오늘처럼 이 사람과 의견이 일치하는 일은 드물다.

평소에는 오츠카 씨와 의뢰인의 발언량이 4대1 정도인데, 이번에는 느낌상 1대4 정도의 비율이였던 것 같다. 뛰는 사람 위에 나는 사람이 있는 법이다.

다만, 의뢰인이 말하고 싶었던 건 결국 오츠카 씨가 요약한 한 줄이었던 것 같다.

"1년 후에 결혼하는 아들에게, 생산자 경력을 만들어주고 싶다."

그리고 직업소개소의 업무 수행상 문제는, 그 아들이 이 자리에 없다는 것이다. 데리고 오게 만들기도 어려울 것 같다.

"뭐, 당사자가 오고 싶어하지 않는 경우는 전에도 있었어."

"'전'이라면, 제가 여기 오기 전에요?"

"응."

하고 오츠카 씨는 답한다. 나에게 이 직업소개소를 소개해 준 시청 선배에 따르면, 전에 있던 사무원은 바로 그만둬버렸다고 한다. 정확한 이유는 모르지만 어느 정도 짐작은 간다.

"자주 있는 일이에요? 본인이 안 오는 게."

"자주는 아니지만. 원래 자기가 일하고 싶다는 사람보다는 자기 가족에게 일을 시키고 싶은 사람이 세상에는 더 많거든. 생활비 때문이거나, 단순히 상대방이 집에 없었으면 하거나."

나도 단순히 집에 있고 싶지 않아서 생산자가 되길 원했다. 하지만 다른 사람에게 그걸 강제하다니, 도대체 무슨 생각일까? 그런 사람들까지 가족을 이루고 사는 게 잘 이해되지 않는다.

"하지만 이 건은 꽤 돈벌이가 되겠는데."

라는 오츠카 씨.

"경력을 위해 직업을 필요로 하는 사람은 꽤 있거든. 생산자 경험이 있다는 것만으로도 꽤 괜찮은 지위를 갖게 되고, 다음 직업으로 연결되기도 하니까. 유명 기업이 뒤에서 그런 자리를 팔았던 적도 있었지. 꽤 큰 수입이 됐다고 하더라고."

"아, 들어본 적 있어요."

라며 나는 고개를 끄덕였다. 사무실에 책상과 의자만 준비해서 형식적으로 급여를 주고, 뒤에서 그보다 더 많은 돈을 받는다. 그런 식으로 2~3년 계속하면, 엄연한 대기업 근무 경력을 가진 인간이 출하되는 것이다.

"그런 건 위법 아니에요?"

"그렇긴 한데, 결국 노동법은 유명무실하니까. 게다가 보통은 다 발각되니 요즘 그런 꼼수는 잘 부리지 않지."

그러고 보니 예전에, EsEnEs에서 유명인의 '가짜 경력'이 자주 화제가 되곤 했다. 프로필에 ○○소속이라고 적혀 있고, 팔로워가 무척 많았는데 나중에 조사해보니 근무시간이 월 2시간이었다는, 그렇고 그런 이야기였다. 그런 사람은 인터넷에서는 '반납'이라고 불리며 바보 취급을 받았다. 받은 월급을 그대로 돌려줬다는 뜻이다.

하지만 나도 직업소개소의 이익에 따라 자율반납을 하고

있기 때문에, '반납'의 일종으로 분류될지도 모른다. 내가 철저하게 정시 출근을 유지하고 있는 것도, 그런 의혹을 받을 가능성을 피하기 위함이다. 기록에 남는 일은 성실하게 하고 싶다는 태도는, 가치관 때문이라기보다는 단순히 위험을 피하기 위해 현실적으로 택한 것이다.

"말하자면, 그 돈 많아 보이는 아주머니의 아들에게 그럴듯한 '경력'을 만들어주면, 통상적인 중개 수수료로는 생각하기 어려울 정도의 돈이 들어올 가능성은 있지. 그렇게 되면 지난달 문 수리에 들어간 비용을 보전할 정도의 흑자는 낼 수 있을 거야. 좋아, 한번 해보지 뭐."

라고 말하더니 오츠카 씨는 양손으로 주먹을 쥐고 가슴 앞에서 부딪혔다. 의지를 다질 때의 자세. 이익을 목적으로 하는 게 아니라고 한 것 치고는, 한 건 할 수 있는 기회가 올 때마다 당차게 의지를 다지곤 한다. 물론 그러지 않으면 내가 곤란하긴 하다.

그런 이유로, 만난 적도 없는 아드님을 위한 직업 찾기가 시작된다.

당사자와 그 어머니의 이름이라도 안다면 얼굴 사진과 연락처쯤은 인터넷에서 금방 찾을 수 있다. 하지만 사진에 나와 있는 얼굴은 전부 다 어릴 적 모습으로, 최근 모습이 담긴 사진은 거의 찾을 수가 없었다. 인터넷에 별로 얼굴을 알리고 싶지 않은 타입의 사람인 모양이다. 그렇다면 직업을 찾는 건 더 어려울 것 같다.

우리가 연락해서 당사자와 상담하는 것도 가능할 것 같았지만, 오츠카 씨는 그렇게 생각하지 않았다.

"그 아주머니의 태도를 볼 때, 아들 자신은 직업을 구할 생각이 별로 없는 것 같아. 그렇다면 괜히 당사자의 얘기를 듣다가 반감을 사느니, 우리가 조사할 수 있는 최대한의 데이터를 모아서, 최적의 일자리를 찾아 만반의 준비를 하고 있는 게 좋을 것 같아. 몇 번이나 얘기하지만 우리 일은 스피드가 생명이야. 좋아, 메구로, 빨리 시작해."

"네네."

라고 대답하고 나는 단말을 두드린다.

모을 수 있는 범위의 개인정보를 모두 모아서, 아들이 어떤 사람인지 조사한다.

지구상의 모든 기계류(혹은 기계라고 생각되지 않을 듯한 것)가 인터넷에 연결되어 있기에 공개되어 돌아다니는 정보량은 해마다 늘어나지만, 그 이용을 규제하는 법률 역시 해마다 늘어난다. 따라서 정보는 점점 더 뿔뿔이 흩어지게 되어 있다. 그런 것들을 부지런히 긁어모으는 일은 기계로 자동화하기 어려운 단순 작업이다.

알 수 없는 화법을 구사하는 귀부인이 무슨 말을 하려는지 알아내기 위해서는 오츠카 씨 같은 관찰력이 필수겠지만, 도구와 시간만 있다면 나라도 불가능한 건 아니다. 결국, 인간의 재능과 기술을 도구와 시간의 문제로 바꾸는 것이 문명사회다.

몇 시간 동안 링크를 클릭하다 보니, 아들의 현재 위치와 가장 가까운 공중 카메라까지 알게 되었다. 이 얼마나 엄청난 문명사회인가.

카메라가 있는 전신주 바로 밑에서 둘은 싸우고 있는 듯했다. 한쪽은 낮은 해상도로도 한눈에 알아볼 수 있다. 바로 그 귀부인이다. 상대가,

"엄마! 쓸데없는 일 하지 말라고 얘기했잖아!"

라고 소리치는 걸 보니 아마 아들인 모양이다.

공중 카메라라서 마이크는 없지만, 내 단말이 아들의 입 모양을 보고 화면에 대사를 표시한다. 인터넷에서 찾은 프로필 사진은 전부 다 어리게 보였는데, 사진이 오래된 것이 아니라 실제로 동안인 듯하다. 미남이라기보다 미소년이다.

귀부인도 맞받아치고 있는 듯하지만, 카메라에 등을 돌리고 있어서 무슨 말을 하는지는 알 수 없다. 아마도 "어머, 난 널 생각해서 한 거란 말이야" 같은 얘길 하고 있을 거다.

"어이쿠, 우리가 개입하기도 전에 얘기가 틀어지고 있는 것 같네."

라고 뒤에서 그걸 보고 있던 오츠카 씨가 말했다.

"어떻게 하죠?"

"음, 우선 양쪽이 하는 말을 듣고 싶은데."

라고 오츠카 씨는 말한다. 이 시점에서 직업 소개는 어려워 보이는데, 대박 고객이 될 가능성이 있기 때문에 그렇게 간단히 포기하지는 않겠지.

"아, 그러고 보니까 저 아주머니가 데리고 다니는 네코포이드를 통해서 음성을 들을 수 있을지도 모르겠네요."

"그런 것까지 인터넷에 돌아다니는 거야, 지금은?"

오츠카 씨는 맘에 안 든다는 표정으로 말한다.

"취미로 올리는 사람은 많이 있어요. 매일 매일을 기록하는 용도이기도 하고요."

라고 나는 답한다. 처음에는 일기, 이어서 사진, 그리고 생활의 모든 것들을 사람들이 인터넷에 생방송하게 된 지 수십 년. 생각해보면 프라이버시를 지키는 것은 일부 까다로운 사람들의 취미 같은 것이 되어버렸다. 그렇기 때문에 더욱 법률로 확실히 제재하지 않으면 안 되는 거겠지.

참고로 '라이프 로깅'(개인의 일상을 디지털 공간에 기록하는 일 — 옮긴이)을 하는 사람들에는 '자신이 본 것을 기록하고 싶은 사람'과 '기록에 자신도 포함하고 싶은 사람' 두 부류가 있고, 후자가 네코포이드를 데리고 다니는 경우가 많다. 그 귀부인이 후자라는 것은, 화려한 외모만 봐도 확실하다.

인터넷으로 하얀 네코포이드의 음성을 연결하자,

"그래 알았다. 그 일은 타카히토 씨와도 의논해보자."

라고 말하는 귀부인의 목소리가 들려왔다. 지면과의 거리가 있어서 음질은 다소 좋지 않지만.

"타카히토 씨?"

라고 오츠카 씨가 반응한다.

"아버지이거나 하지 않을까요?"

"아니, 그러고 보니 지난주에 온 의뢰인의 이름이 타카히토 였었네, 하고 생각한 것뿐이야."

"지금은 관계없겠네요."

라고 내가 얘기하는 동안, 모자는 그대로 느릿느릿 걸어서 가까운 카페로 이동한다. 네코포이드가 종종거리며 뒤따라간다 (카메라의 흔들림으로 추정한 표현이다).

주인의 지시로, 주인의 프라이버시를 대중 앞에 드러내는 일에 이 하얀 고양이는 의문을 품지 않을까. 물론 네코포이드에게는 그런 철학적인 질문을 하는 기능은 없고, 우리의 진짜 고양이인 소장에게도 없다. 인간만이 끊임없이 부질없는 것에 대해 생각하고 있다.

두 사람이 가까운 카페에 들어가 주문을 입력하고, 네코포이드가 발밑에서 테이블 상판의 아랫면을 비추고 있다.

10분 정도 기다리자 카페 입구가 슥 열리면서 만나기로 한 타카히토 씨라고 생각되는 인물이 안으로 들어왔다.

아버지가 아닐까 생각했는데 확실히 다르다. 20대 정도의 젊은 남성이었다.

짧은 머리에 키가 큰 근육질의 남자다.

왠지 본 적 있는 듯한 얼굴이다.

자세히 보니 지난주에 우리와 안트레스에 취직하기로 계약하고 방범 카메라에 찍히는 일을 시작하기로 한 사람이다.

내가 틀렸다. '타카히토'라는 이름은 이번 의뢰와 관계없는 게 아니었다.

"어,"

라는 오츠카 씨.

"대략 이해했다. 이건 우리가 가는 편이 이야기가 빠르겠네. 어이, 가자, 메구로."

"네? 앗, 네."

가방을 들고 나가는 오츠카 씨를 나는 쫓아간다.

—

"이야기는 얼추 들었습니다."

오츠카 씨가 말한다. 왜 방금 나타난 우리가 자신들이 지금껏 했던 이야기를 쭉 듣고 있었는지에 대해서는 아무도 의문을 가지지 않는 모양이다. 4인용 테이블을 다섯 명이 둘러싸고 앉아 있다. 아마 이 자리에서 가장 불필요한 인물일 내가 주인공 자리에 앉았다.

"그러니까, 아드님의 결혼 상대⋯⋯인 남성이 생산자이기 때문에, 균형, 아니 실례했습니다, 모양새를 의식해서 아드님도 취직시키려는 거네요."

"네, 그런데요."

라고 귀부인이 말하자,

"그런데, 여기 계시는 타카히토 씨의 직업이, '안트레스'라
는 회사에서 일하는 건데, 바로 지난주에 저희가 중개해드
린 곳입니다."

"어, 거짓말이었던 거야?"

라고 아들이 놀란다.

"거짓말은 하지 않았어. 다만, 지난주에 계약해서 아직 일을
시작하지 않은 것뿐이야."

라고 타카히토 씨는 맞받아친다.

"왜 그런 거야?"

"그건, 네가 일하는 남자가 멋있다고 했잖아."

"그건 그냥 비유로 한 얘기잖아. 말하자면, 아이돌이 멋있다
고 하는 것과 아이돌과 결혼하고 싶다는 것은 다르잖아."

"아니, 그래도 너한테 칭찬받을 거라고 생각했는데……."

"그래도 그런, 카메라에 찍히는 일? 그런 일을 하면 집에 있
는 시간이 줄어들 거 아냐. 게다가 우리 엄마는 상대방이
생산자라고 나까지도 생산자가 되라고 하지를 않나."

"어머, 둘 다 생산자가 되면 멋있지 않겠니?"

이런 대화가 반복되고, 나는 1초라도 빨리 이곳에서 사라
지고 싶다고 간절히 원하고 있다. 이 세상에서 가족 간의 갈등
보다 거북한 일은 아마도 우주가 종언을 고할 때까지 존재하지
않을 것이다.

"그만들 하세요. 두 분과 어머님 생각은 대략 이해했습니다.
그래서 제 의견은,"

오츠카 씨는 양손을 움직이며 충고하듯 말한다.

"타카히토 씨는 안트레스의 계약을 해지하고, 두 분 모두
소비자인 상태로 결혼하는 것이 가장 좋지 않겠습니까? 그
렇지요, 어머님?"

라며 오츠카 씨가 귀부인 쪽을 보자,

"네, 조금 아쉽지만, 저로서도 그게 모양새가 좋을 것 같네요."

"그렇지요. 저희 직업소개소도 의뢰인 분들이 가장 좋은 결과를 얻기를 바라고 있으니, 안트레스와의 계약은 취소합시다."

라고 오츠카 씨가 말하자,

"죄송합니다, 이번엔 정말 큰 폐를 끼쳤습니다."

라며 타카히토 씨가 고개를 깊이 숙인다.

"어, 저기, 이렇게 해도 괜찮아요?"

내가 작은 목소리로 끼어 들었다.

"그럼, 이것으로 모두가 행복해지고, 좋잖아."

"그건 물론 좋지만, 직업소개소의 수입은 어떻게 되나요?"

"문 수리비 할부, 사무실 임대료와 제반 경비를 내고, 그러면… 뭐 조금 아슬아슬해도 모자라진 않겠지. 이번 달은 전기 요금도 안 나올 거고."

'아슬아슬하면 내 급여는 못 줄 거 아냐'라고 말하고 싶었지만, 그런 말을 할 분위기는 아니었다.

"그런데 그런 고전적인 사고방식을 가진 아주머니가, 동성혼은 상관없어 하는 게 의외네."

직업소개소로 돌아와서 오츠카 씨가 말한다. 그건 나도 동감이다.

"이미 법이 개정된 지 13년 지났으니까요. 그때 저는 중학생이었어요."

나는 일부러 맞받아치듯이 대답한다.

법 개정 뉴스는 마침 후유의 집에서 보았다. 국회의사당

앞에서 수많은 동성 커플이 환성을 지르고 있던 것을 기억한다. 그 아들은 나랑 같은 나이이므로, 사춘기 즈음에 그 뉴스를 봤을 것이다.

그렇다면 그 아들은 자신의 성적 지향을 자연스럽게 말할 수 있는 기회를 타고난 행운아일까?

그 덕에 그 귀부인은 동성애에 대해서만은 이상할 정도로 이해심이 큰 어머니가 된 것일까? 등등 내 맘대로 상상한다.

"13년? 그렇게 옛날 일인가. 나이를 먹으니 시간 감각이 없어지네."

"저기 죄송한데, 오츠카 씨는 몇 살이세요?"

"분명히 열두 살이지."

"아니요, 진지한 질문이에요."

"왜 내 나이를 진지하게 알고 싶은데?"

"……됐어요."

나는 업무로 돌아간다. 안트레스와의 계약을 해지하는 절차를 진행한다. 다행히 요즘은 위약금이 발생할 것 같은 계약은 하지 않아서, 돈이 빠져나가지는 않는다. 한동안 손님이 올 예정이나 예보도 없어서 오츠카 씨는 소파에서 빈둥거리면서 소장과 놀아주고 있다.

나는 후유 같은 전문적인 지식도 없고, 그렇다고 다른 친구들처럼 소비자로서 가족을 꾸려 행복하게 살 타입도 아니니, 명확한 결함이 있는 오츠카 씨 곁에서 그 결함을 메워주는 것이 가장 적절하다고 생각할 수밖에 없다. 따라서, 그 결함이 진짜이기를 바란다.

그렇게 생각하면 "넌 여기 사무원이 제일 잘 어울려"라는 오츠카 씨의 분석은 틀리지 않은 거겠지. 어쩐지 분하지만.

미래 작가

직업소개소에서 걸어서 15분 거리에 있는 '후루츠 파라'(Fruits parlor, 과일을 주재료로 하는 케이크와 음료를 제공하는 카페 — 옮긴이)에 앉아, 나는 인류에게 남겨진 최후의 난제를 골똘히 생각 중이다.

조금 전 찍은 케이크 사진을 EsEnEs에 올려도 괜찮을까.

명백히 '소비자 대상'이 아닌 가격대의 가게에 간 것을 EsEnEs에 여봐란듯이 올리는 것이 나중에 나의 인간관계에 악영향을 주지는 않을지 고민하는 것이다.

인터넷상에서의 자신의 이미지 관리는, 온갖 기계에 의존해 안전을 보장받고 있는 우리의 생활 중에서 스스로 책임져야 하는 얼마 남지 않은 분야다.

내가 문자 그대로 불의의 사고로 시청을 퇴직한 뒤 다행히도 직업소개소에 재취업한 것은 친구들 모두가 알고 있지만, 이곳의 특이한 급여 형태 때문에 내 수입이 상당히 줄었다는 사실은 나와 오츠카 씨밖에 모른다.

그런 사이비 생산자가 오랜 습관과 약간의 과시욕, 그 외에 말로 다 표현하기 힘든 꿈틀거리는 감정으로 아직도 이 카페에 드나들며, 여기서 찍은 사진을 인터넷에 올리는 행위에는 여러모로 구린 구석이 있는 것 아닐까?

이건 무척 어려운 문제다. 무엇보다 이 핸드폰에 탑재된 컴퓨터는 지능이야 나보다 훨씬 높겠지만, 이런 문제에는 전혀 만족스러운 답을 주지 않는다. '멋진 사진을 찍었다면 EsEnEs에 올리라고!' 할 뿐이다.

역시 아무리 똑똑해봤자 깡통 같은 기계에 불과한 건가. 그렇게 사람들의 EsEnEs 활동량을 기계적으로 늘려서, 제조사의 평가 가치를 높이는 것만이 목적이고, 내 인간관계 따위는 조금도 생각해 주지 않는다.

사진은 아주 잘 나왔다. 오늘날에는 필터와 구도 조정 기능 덕에 뭘 찍든 예쁘게 보이므로 사진이 예쁘다는 개념이 무엇인지 잘 알 수 없게 되었지만, 그래도 이런 예쁜 사진을 사람들에게 보여주면 뭐가 뭔지 잘 알 수 없는 내 인생도 예쁘게 느껴진다. 그렇다면 세상의 어딘가에는 '사람들이 다른 사람에게 보여주고 싶은 것을 봐주는 일'도 있지 않을까.

이런 생각을 하고 있는데, 문득 시야의 가장자리에 언젠가 본 적 있는 색조가 들어온다. 세상에는 '본 적 있는 색조'라는 게 있다. 매일 보다 보면 일부러 기억하지 않아도 머릿속에 새겨져서 혼잡한 속에서도 금방 눈에 들어오는, 그런 색이다.

지금 내 시야에 들어온 '본 적 있는 색조'란, 화려한 넥타이와 세로 줄무늬 정장의 색이다.

오츠카 씨다. 이 카페에서 차도 건너편 건물 안에 있다. 선반을 향해 걸어가는 옆모습이 보인다.

그 가게는 뭘 파는 곳인지 궁금해서 창밖을 내다보지만, 낡은 간판에 쓰여 있는 글자는 눈을 가늘게 떠봐도 읽을 수가 없다. 별수 없이 핸드폰으로 검색해본다. 실물보다 인터넷을 신뢰하는 것이 현대인의 도시 생활이다.

'타마치 서점'

지도가 알려준다.

세상에나, 서점이네.

종이로 된 책만을 전문으로 취급하는 서점이다.

생각해보니 이상한 일이다. 나는 몇 년이나 이 카페에 드나들고 있었는데도 맞은편에 무슨 가게가 있는지를 전혀 알지 못한 것이다. 인간에게는 그런 능력이 있다. 관심 없는 것을 무시하는 능력. 그렇지 않다면 이렇게 정보가 과다한 사회에서 버터널 수 없다.

그나저나 기계를 제대로 다룰 줄 모르는 오츠카 씨와 서점은 지나칠 정도로 잘 어울리는 조합이 아닌가. 도대체 저 남자는 무슨 책을 읽을까?

휴일에 만나고 싶은 타입의 사람은 아니지만, 호기심에 이끌려 카드를 테이블에 스캔해서 계산을 했다. 크림색의 식기 회수 로봇이 다가오는 것을 곁눈으로 보며 가게를 나섰다. "감사합니다"라는 음성이 들려온다.

차도를 건너려고 하자 달려오던 자동차가 내 움직임을 인식하고 멈춰 선다. 안에 타고 있던 사람이 귀찮다는 얼굴로 이쪽을 본다. 뒤에서 사람이 타고 있지 않은 빈 택시가 오더니 사람이 타고 있는 택시를 제치고 간다. 일요일이라 자동차가 많다. 비어 있는 차들은 사람이 타고 있지 않아 조심할 필요가 없으니 움직임이 좀 더 빠르다.

서점 앞에 서서 창 안을 들여다보니, 오츠카 씨는 꽉 들어찬 서가의 책들을 힐끔힐끔 물색하고 있다. 서점의 책은 더럽히지만 않는다면 공짜로 볼 수 있다.

휴일임에도 그는 늘 입는 화려한 정장을 입고 있었다.

그런 사람은 드물다. 특히 남성 생산자는 출근할 때만 지위를 과시하기 위해서 정장을 입는 사람이 많다. 요즘 나오는 정장은 입고 있는 편이 시원할 정도여서 평소에도 입을 만하지만 말이다.

서점 안에 늘어서 있는 철제 서가(굉장한 위압감이 있다) 안쪽에는 카운터가 있고, 그 안에는 앞치마를 두른 할아버지가 앉아 있다. 아마도 점원인 모양이다. 점원! 서점이라는 것만으로 놀랐는데, 유인 상점이라는 데 두 번 놀란다. 방금 전 내가 있었던 카페조차도 무인인데.

식당 중에서도 사람이 일하는 식당은 일부 생산자밖에 가지 못하는 고급 레스토랑이거늘. 서점인데다가 심지어 사람이 지키고 있다니 어떻게 된 걸까? 답은 하나밖에 없다. 이곳의 주인은 이익이 나든 말든 신경 쓰지 않는 거다.

즉, 이 점포는 저 할아버지의 소유로, 지금껏 취미로 모아 온 종이책으로 장사를 하고 있는 거겠지.

꽤 멋있는 노후가 아닌가.

옛날에 읽은 적이 있는데, 저 할아버지(아마도 헤이세이 출생일 거다) 정도의 세대가 젊었을 때에는 아직 인간이 일하는 직장이 여전히 많아서, 학교를 졸업하면 모두 생산자가 되는 것이 당연했다고 한다. 젊을 때에는 조직에서 일하고, 노후에는 이런 가게를 만들어서 반은 취미(전부 취미일지도 모른다)로 장사를 하고 있는 것이다.

우리 세대는 마땅한 일자리도 없이 생활기본금만으로 근근이 살아가고 있는데, 이 무슨 사치스러운 인생이람? 요즘 노인들은 이렇다니까!

알지도 못하는 서점 주인을 속으로 실컷 욕하고 있는데 오츠카 씨가 책을 든 채로 고개만 돌려 이쪽을 쳐다보았다. 큰일 났다, 들켜버렸네. 그는 마네키네코(앞발로 사람을 부르는 형태를 한 고양이 장식물 — 옮긴이) 같이 손을 움직이며 내게 서점 안으로 들어오라고 했다.

"오, 이런 데서 보다니 희한한 우연이네."

서점의 유리문을 열자마자 그가 말한다.

"뭐 그렇게까지 우연은 아니에요. 시청에 있을 때 자주 왔었거든요. 저기 있는 가게의 케이크가 맛있어서요."

"그래? 난 집이 가까워서."

라고 그는 대답한다. 그랬구나, 이 사람도 자기 집이 있겠구나. 일상생활을 하는 모습이 좀처럼 그려지지 않는 사람이라, 집이 있다는 사실도 상상이 안 될 정도로 어색하다.

서점 안에는 평소에 맡을 일 없는 냄새로 가득하다. 잉크 냄새에 할머니 댁에서 나는 냄새가 합쳐진 것 같은 느낌이었다. '헌책의 냄새'라고 불러야 할까?

"저는 종이책방은 처음 와봤어요."

"그래? 꽤 재미있어."

"보통 책이랑은 달라요?"

내가 묻자, 그는 의아한 얼굴로 날 쳐다본다. 그러고 보니 이 사람은 종이책이 아닌 보통 책은 읽지 않을 것이기 때문에 뭐가 다른지도 알 수 없을 것이다.

오래된 책만 있는 줄 알았는데 눈앞을 보니 비교적 최근에 나온 책도 있다.

『직업 의존 – 사회와 연결되지 않으면 안심할 수 없는 젊은이들』

분명히 2년 전 유료 도서 분야의 베스트셀러다. 이 정도로 인기 있는 책은 종이책으로도 나오는 모양이다. 읽어보지는 않았지만 제목만 봐도 우리 직업소개소와의 입장과는 상반되는 내용이라는 걸 알 수 있다.

"뭐 좋은 책 있나요?"

"글쎄."

오츠카 씨는 잠깐 생각하는 듯하더니 서점 주인 할아버지를 힐끗 보고 옆의 서가로 가서 책 한 권을 가져다 내민다.

"자, 우선 이걸 읽어 봐."

오츠카 씨가 내민 책은 1센티미터 정도의 빳빳한 종이 묶음이다. 이렇게 두꺼우면 종이라 해도 제법 묵직하다.

표지에는 '사쿠라지마 전기(상)'이라는 제목이 평범한 명조체로 쓰여 있다. 그 아래에는 'Machita'라는 글자가 둥근 고딕체로 쓰여 있다. 아마도 필명이겠지.

"펴봐도 되나요?"

"넌 책을 안 펴고도 읽을 수 있어?"

속으로는 어휴, 하고 한숨이 나왔지만 겉으로는 티를 내지 않는다.

표지는 얇지만 의외로 딱딱하다. 표지를 넘기자 뭐라고 형용하기 어려운 냄새와 함께 테두리 선과 제목만 적힌 페이지가 나타난다. 한 페이지 더 넘기니…… 이것은 만화책이다.

나는 낡은 페이지를 잡고 천천히 넘겼다. 어느 정도 힘을 줘야 하는지 감이 오지 않아서 펼쳐진 채 쌓여 있는 책들 위에 올려놓고 신중하게 읽어나갔다. 마법을 쓸 수 있는 주인공 여자아이가 '사쿠라지마'라는 섬을 모험하는 이야기인 것 같은데, 모험 장면에서 갑자기 새로운 등장인물이 몇 명이나 나와서 좀처럼 누가 누군지 파악하지 못한 채로 이야기를 읽어나갔다.

"어떻게 생각해?"

5분 정도 읽었을 때 오츠카 씨가 물었다.

"읽기 어려워요."

"인쇄된 거라서?"

"인쇄된 거라 그런 것도 있지만, 내용도 그래요. 장면이 여기저기로 널뛰듯 하고 설명은 변명 같고, 사람 얼굴은 전부 똑같아 보여요. 그림이 흑백이라 뭘 그린 건지도 잘 모르겠어요."

라고 나는 감상을 말한다. 좋은 점을 칭찬하는 건 어렵기만 한데, 나쁜 점은 꽤나 술술 나온다.

"그렇구나, 잘 알았어."

라고 그는 크게 고개를 끄덕인 후에, 카운터 뒤에 있는 할아버지 쪽을 보고 말한다.

"그렇대요, 타마치 씨."

그러자 할아버지는 면목이 없는 듯이,

"죄송합니다. 가능하면 손으로 직접 만들려고 하다 보니 그렇네요. 툴을 사용하지 않으면 아무리 이해하기 쉽게 만들려고 해도 이해하기 어려운 부분이 생기고 말더라고요……."

라고 대답한다. 호리호리한 겉모습과는 어울리지 않게 옛 배우가 낼 법한 강단 있는 목소리였다.

그런 목소리로 면목 없다는 말을 하는 건 어딘가 어울리지 않았다.

"저기, 무슨 말씀을 하시는 거예요?"

라고 내가 물어보자,

"아, 저기 계신 분이 이 만화의 작가인 타마치 씨야."

"네?"

'당했다'라고 생각했지만 역시 얼굴엔 티를 내지 않는다. 목소리에 이미 다 드러나 버렸지만.

"이쪽은 우리 직업소개소에서 사무를 보고 있는 메구로입니다."

라고 오츠카 씨가 타마치 씨 쪽을 향해서 말했다. 어떻게 반응해야 할지 몰라 곤란해진 나는 고개만 까닥하며 애매하게 인사했다.

"사무원? 그렇다면 그쪽도 사회인입니까?"

"사회인?"

내가 묻자,

"옛날에 생산자를 부르던 말이야."

라고 오츠카 씨가 조그만 목소리로 덧붙여 설명해 준다. 그게 뭐야? 마치 소비자는 사회의 구성원이 아니라는 것 같잖아. 참 잔혹한 단어가 다 있었네.

이야기를 들어보니 타마치 씨는 만화가를 지망했었다고 한다.

"내가 그린 만화가 서점에 진열되는 것이 어릴 때부터 꿈이었어요."

라고 그가 말한다.

타마치 씨의 젊은 시절에는 아직 만화라는 것은 펜으로 한 칸 한 칸 그려가는 것으로, 메인 작가 외에도, 배경 같은 것들을 그리는 '어시스턴트'라는 사람들이 있었다고 한다. 그렇게 완성된 원고는 출판사(출판사가 하는 일을 편집이라고 했었다)라는 곳에서 인쇄한 종이책 형태로 전국의 서점에 배포했다고 한다.

하지만 작화와 스토리 구성이 해마다 점점 자동화되면서 만화 제작 비용이 낮아졌다. 결국 인터넷으로 재미있는 공짜 만화를 얼마든지 읽을 수 있게 돼버렸고, 종이책은 물론 서점도 사라졌다는 것이다.

"그래서 어쩔 수 없이 직접 서점을 만들었어요. 10년쯤 전이었습니다. 예전부터 모아둔 종이책을 진열하고, 거기에 인쇄업자에게 주문해서 제작한 제 책을 더해놓았어요. 보잘것없기는 해도 꿈을 이룬 기분입니다."

타마치 씨는 멋쩍은 듯이 말했다. 내 부모님보다도 한 세대 위의 어르신인데 무척 정중한 말투로 이야기한다.

"요즘 같은 세상에 종이책방을 운영하며 자신의 만화를 팔겠다고 하는 열정에는 깊이 감동하고 있습니다."

라고 오츠카 씨는 말한다. 그래, 그건 나도 동감이다.

"감사합니다."

타마치 씨는 수줍은 듯 볼을 붉적거렸다.

"하지만, 이렇게 꿈을 이루고 보니까 다시 욕심이 생기고 말 았어요. 제 책이 팔리는 순간을 보고 싶고, 다른 서점에도 진 열되었으면 좋겠고, 많은 사람들이 읽어줬으면 하는……. 이 제 나이도 먹을 만큼 먹었으니, 이 정도에서 만족해야 한 다고는 생각하고 있습니다만."

"아니에요, 나이가 몇 살이건 목표를 가지고 있다는 것은 대단한 일입니다."

오츠카 씨가 말한다.

"괜찮으시다면, 여기 있는 선생님 작품을 판매하는 일을 저 희 직업소개소에 맡겨주시겠습니까? 이런 열정을 가지고 계신 분이라면 저희가 협력할 만한 일이 있을 것 같습니다."

"네? 직업소개소가 그런 일도 합니까?"

타마치 씨가 물었다. 나도 같은 생각을 하고 있었다.

"일의 경계가 뚜렷하게 정해져 있는 건 아닙니다. 요컨대, 직업의 가능성을 구체적인 직업으로 만드는 게 저희 업무 니까요."

오츠카 씨는 자신만만하게 말한다.

"하지만, 제 만화에 그 정도의 가능성이 있다고는……."

타마치 씨는 내 쪽을 힐끔 보며 말했다. 나는 어색해져서 슬그머니 눈길을 피했다.

"뭐, 분명히 요즘의 젊은 층에게는 다소 이해하기 어려운 그림체와 형식일지도 모르겠지만, 구식이라는 것을 역으 로 활용하는 전략도 가능하다고 생각합니다. 지인 중에 만 화를 잘 아는 친구가 있으니까 의견을 들어보겠습니다."

오츠카 씨가 대답했다. 내가 '요즘 젊은 층'이라니 좀 애매 하지 않나.

—

다음 날.

직업소개소에서 월요일 오후의 통상 업무를 하고 있는데 (즉, 아무 일도 하지 않고 있는데), 입구의 카메라 앞에 인형 옷을 입은 것 같은 윤곽의 남자 하나가 나타났다.

"안녕하세요, 정말 오랜만이네요 선배. 우에노예요. 문 열어 주세요."

라며 손을 흔들어서, 나는 버튼을 눌러 문을 열어주었다.

"늦었잖아. 10시에 오라고 했으면 적어도 11시까지는 와야 지."

오츠카 씨는 무표정하게 말했다. 시계는 오후 1시 20분을 가리키고 있다.

"거 참, 선배 쪽에서 먼저 불러내는 건 드문 일이잖아요. 설마 저한테 일을 소개해 주시려는 건 아니죠? 전 정말 싫어요."

라고 우에노는 말한다. '보쿠'(남자가 자신을 일컬을 때 쓰는 대명사 — 옮긴이)의 '쿠'에 악센트를 두는 특이한 말투다.

그는 오츠카 씨의 후배다. 어떤 후배인지는 모르지만, '스카이노트'의 데이터에 따르면 나보다 나이가 어리다고 한다. 학교를 졸업한 후 계속 소비자로 공영 주택에 살면서 가끔씩 직업소개소에 놀러 온다. 그 외에는 거의 외출하지 않는지 눈사람처럼 하얗고 둥글다.

"너한테 일을 소개했다가는 우리 소개소의 신용에 문제가 생기니까, 그건 안심해도 돼."

"선배도 인터넷을 배우면 좋을 텐데요. 인터넷상에서라면 저도 시간 지킬 수 있어요."

"넌 좀 밖에 돌아다녀야 돼."

"네~에."

그는 빠른 걸음으로 가더니 응접용 소파에 털썩 앉았다.

웬일인지 우에노는 나처럼 '한 식구'로 간주되고 있는 모양이다. 오츠카 씨는 고객이라고 판단된 사람에게는 친절하지만, 한 식구에게는 유달리 말투가 딱딱하다. 그리고 후자 쪽이 그의 본모습에 가까운 느낌이 든다.

"오늘 용건은 간단해. 만화를 좀 읽어줬음 하는 것뿐이야."

"호오, 만화를? 희한한 용건이네요."

"거기 놓여 있는 거야."

오츠카 씨는 소파 테이블을 가리킨다. 『사쿠라지마 전기』 전 3권이 놓여 있다.

"근데 웬 만화책이에요?"

"간단히 말하자면."

라며 오츠카 씨는 말을 잇는다.

"내가 아는 분이 직접 그린 만화를 팔고 싶어하는데, 어떻게 홍보하고 유통할지 고민되어서 말이야."

"흠. 직업소개소도 꽤 다각화되고 있네요. 좋아요. 하루에 50권은 읽는다고 알려진 제가 한번 읽어 볼게요."

우에노는 가장 위에 놓인 상권을 집어서 날렵한 손놀림으로 페이지를 넘기기 시작했다. 그는 종이책에 꽤 익숙한 모양으로, 페이지를 넘기는 게 나보다 훨씬 매끄럽다.

"흠. '인쇄 네이티브' 느낌의 칸 나누기인데."

우에노는 누구에게 말하는지 모르게 중얼거리더니,

"아, '인쇄 네이티브' 느낌이라는 것은 즉, 페이지 크기가 정해져서 변경이 불가능한 것을 전제로 한, 칸의 배치라는 의미입니다."

라며 스스로 해설을 넣는다.

"알았으니까 빨리 읽어."

오츠카 씨가 재촉한다.

그때, 손님의 기척을 느낀 건지 오츠카 씨의 책상 밑에서 자고 있던 소장이 느릿느릿 소파 뒤로 와서,

"아함."

하고 소리를 낸다.

"악!"

하고 우에노가 몸을 뒤로 젖히고, 체격과는 맞지 않는 민첩한 동작으로 반대쪽 소파 뒤에 숨는다.

"앗, 이 녀석 아직도 있었어요?"

"당연하지. 소장이니까."

"전 살아 있는 동물은 정말 싫어요. 좀 봐주세요. 앗, 악!"

"너도 살아 있는 동물이잖아."

"사람은 매일 보잖아요. 고양이처럼 익숙하지 않은 동물에
는 면역이 없다고요."

"그럼 익숙해져봐. 자, 자."

오츠카 씨는 소장의 몸을 잡고 우에노에게 내밀려고 한다.
우에노는 정신없이 도망친다. 나잇살 먹은 남자 둘이서 하라는
일은 안 하고 뭐하는 짓이람?

라고 생각하지만, 현시점에 특별히 할 일이 없다는 점에서
는 나도 할 말이 없다.

제발 고양이를 밖으로 내보내달라고 우에노가 애원해서 오츠
카 씨는 할 수 없이 소장을 안은 채로 복도로 나갔다. 졸지에 사
무실이 조용해지고, 우에노는 진지한 표정으로 책장을 넘긴다.
나는 할 일이 없기 때문에 단말의 화면을 보면서 힐끔힐끔 그가

있는 쪽을 엿본다.

"전부터 생각했던 건데요, 메지로 씨,"

우에노는 만화책의 페이지를 넘기면서 말한다.

"메구로예요."

"네? 아, 그랬나요? 실례했습니다, 메구로 씨. 메구로 씨는 왜
이 직업소개소에서 일하고 있나요?"

"왜라니요?"

"까놓고 얘기해서, 저 사람이랑 같이 일하기 힘들지 않아요?"

"네, 아주 힘들죠."

"요즘 시대에 인터넷도 사용할 줄 모르고 말이죠."

아니, 그런 건 별 상관없는데. 그것보다 인간성 쪽이 문제
다. 오히려 기계 다루기에 그렇게 무능한 덕분에 인간성 쪽을
견딜 수 있는 것이다. 나는 무력해서 도움이 필요한 사람을, 나를
필요로 하는 사람으로 생각해버린다. 이것도 집안 내력이다.

"게다가, 직업소개소는 그렇게 이익이 많이 나지도 않잖아
요? 이런 시대에는 일자리를 찾는 사람이 그렇게 많지 않
으니까요."

"네, 정답."

"그렇죠. 저는 생산자가 되겠다고 생각해 본 적은 인생에
한 번도 없어요."

"그렇군요."

"별로 얘기하고 싶지 않은 이유라면 말하지 않아도 돼요.
그냥 호기심에 물어본 것뿐이니까요."

"음, 딱히 얘기하기 싫은 건 아닌데, 얘기하자면 좀 길어서요."

"혹시 오츠카 씨와 특별한 관계예요?"

"그런 건 절대 아니에요."

라고 가능한 한 단호하게 말한다.

"그렇죠, 저 사람, 무성애자이기도 하고."

"……그래요?"

나는 조금 얼빠진 소리를 냈다. 무성애자, 에이섹슈얼. 성소수자 중에서도 꽤 드문 쪽이다.

"네, 딱히 숨기고 있지는 않았을 거예요. 요즘은 모두들 자기 성정체성도 내놓고 얘기하니까요."

'모두'라는 게 누구를 말하는 건지 알 수 없지만 일단 그러려니 한다.

"그렇구나. 사람을 관찰하는 것이 취미라고 해서 눈치를 못 챘네요."

"무성애자인 것과 다른 사람에 대한 관심은 별개래요. 오히려 저 사람은 성적인 흥미가 없기 때문에 순수하게 사람을 취미로 관찰할 수 있는 것 같은데요. 생각해봐요, 장수풍뎅이를 관찰하는 사람도 있잖아요. 같은 거죠."

사실 여부는 차치하더라도, 곤충을 관찰하는 기분으로 사람을 보고 있다는 것은 납득이 간다.

초등학교의 교과시스템에서 곤충 도감 페이지를 보고 처음부터 끝까지 암기하는 것이 반 남학생들 사이에서 유행한 적이 있다. 무슨 계, 무슨 문, 무슨 강, 무슨 목, 무슨 과 같은 것들을 닥치고 외우는 거다.

그 남자애들의 모습은 확실히 "직업소개소에 오는 녀석들은 세 종류가 있다", "저 녀석은 무슨 무슨 계다"라고 말을 꺼내는 오츠카 씨의 모습과 겹쳐진다.

"그런데 그렇게 말을 하면서 만화가 읽혀요?"

"그럼요. 저는 엔터테인먼트 소비의 전문가이니까요."

"그런 전문가가 있어요?"

"있지요. 전문가란 그걸로 생계를 유지하는 사람이란 뜻이잖아요. 엔터테인먼트 콘텐츠를 소비하는 것만으로 삶을 유지하고 있다면, 엔터테인먼트 소비의 전문가라고 해도 되는 거죠."

"그런 거 소비하지 않고도 살아갈 수는 있는 거 아니에요?"

"무리입니다."

우에노는 진지한 얼굴로 말하고, 왼손으로 만화책을 잡은 채로 오른손으로 바지 주머니에서 핸드폰을 꺼냈다.

"예를 들어서 이 게임이 엄청 재미있는데요, 하루 세 판까지는 무료고 그 다음부터는 유료예요."

"흐음."

"저는 유료 게임을 할 돈이 없기 때문에 매일 세 판만 즐기고 있어요. 그렇게 하면 내일이 오는 것이 무척 즐거워져요."

그는 눈을 반짝이며 말한다. 말도 안 되는 얘기만 한다는 점에서는 그도 오츠카 씨와 비슷한 타입이지만 얼굴만은 오츠카 씨와 달리 묘하게 어린애 같다.

"그건 돈이 없기 때문에 얻을 수 있는 즐거움이라고 할 수 있죠. 만약에 생산자가 되어서 유료 게임을 할 수 있는 돈이 생기면 내일의 즐거움이 없어지지 않겠습니까?"

"하지만 내일의 즐거움이 게임 회사가 정한 규칙에 좌지우지된다는 게 갑갑하지 않아요? 게임 회사의 방침이 바뀌면 하루아침에 그 즐거움을 잃어버릴 수도 있잖아요."

"사회가 개인의 인생을 어느 정도 통제하는 것은 어떤 입장에 있는 사람이든 마찬가지 아닐까요? 메구로 씨도 그렇지 않나요?"

"그건 그렇지만."

"생산자인 메구로 씨는 모를 수도 있겠지만, 요즘은 소비자도 값싸고 맛있는 음식을 얼마든지 먹을 수 있어요. 어차피 얼마 안 가서 식량 생산도 완전히 기계화되겠죠. 점원이 있는 분위기 좋은 레스토랑에서 식사를 할 수 있다거나 하는 겉으로 보이는 지위에 신경 쓰지 않는다면, 생산자가 되어야 할 특별한 이유 따위는 없다고 생각해요. 뭐랄까, 모처럼 모두가 노력해서 기술을 진보시키고 일하지 않아도 되는 세상을 만들었는데, 이제 와서 자기 욕심을 채우기 위해 일하려는 것도 문명에 실례를 범하는 행동이라고 생각하는데요."

이렇게 자신의 일을 부정당하면 화가 날 법도 한데, 딱히 그런 기분이 들지는 않는다.

나 스스로도 이 직업소개소가 그렇게 세상에 도움이 되는지 잘 모르겠다.

다만 내가 이렇게 돈도 안 되는 직업소개소에서 사무원 노릇을 하고 있는 것은 가족에게서 떨어져 살고 싶다는 극히 현실적인 바람 때문이지, 문명이 어쩌고 저쩌고 하는 거창한 얘기와는 상관없다.

하지만 잠깐,

소비자인 내 옛날 친구들도 우에노처럼 당당한 태도를 가지면 되지 않을까? 그들은 나를 만날 때는 모두 한결같이 자신들이 일하지 않는 게 면목 없는 것처럼 굴다가 시청에 이어서 솜씨 좋게 현재의 일자리도 얻게 된 나를 질투하듯이 바라본다.

나는 내 개인 사정으로, 그들은 그들의 사정으로 각자의 인생을 살아가는 거니까, 좀 더 긍정적으로 받아들여도 좋지 않을까? 나만 교활하게 굴거나, 소비자인 친구들이 게으른 게 아니라, 주어진 조건하에서 할 수 있는 일을 할 뿐이다.

결국 약 20분(소장을 챙기느라 잡아먹은 시간은 빼고)만에 우에노는 타마치 씨의 만화책 전 3권을 다 읽었다. 오츠카 씨도 소장을 안고 실내로 돌아왔다. 편의점에 다녀왔는지, 캔 커피가 든 봉투를 들고 있다. 락토-오보 채식주의자이기 때문에 커피는 우유가 들어 있는 카페오레다.

우에노는 오츠카 씨의 얼굴을 보고는,

"어렵겠는데요."

라고 온순한 얼굴로 말하고, 하권을 다른 두 권 위에 올려놓았다.

"어렵다는 건 좀 조심스럽게 얘기한 거고, 까놓고 말해서 이 책을 파는 건 무리예요."

"정말 그렇게 생각하는 거야?"

"네. 이 책은 과거의 호시절을 배경으로 하는 판타지 같은 게 아니고, 단순히 옛날 얘기에 불과해요. 이런 작품은 인터넷에도 많이 유통되고 있는 데다가 새로운 작품보다는 리믹스 판이 훨씬 수요가 많아요. 그런 것들은 이미 무료로 대량 유통되고 있기 때문에 절대로 이길 수가 없어요."

"리믹스 판? 그건 뭐야?"

오츠카 씨가 묻는다.

"저작권이 없어진 만화를 도구를 사용해서 그림만 현대풍으로 변환한 거예요. 테즈카 오사무('아톰'의 작가 — 옮긴이) 작품이나 후지코 후지오('도라에몽'의 작가 — 옮긴이) 작품 같은 거요. 출간되던 당시에 이 만화들을 읽은 사람은 거의 없지만, 역시 한 시대를 풍미한 작품이 주는 보편적인 재미가 있잖아요. 어떤 세대에도 일정한 수의 팬이 있는가 봐요."

미래
직업소개소

"오호, 그런 것들이 나돌고 있는 거야? 그럼 오래되었다는 것만으로 팔기는 힘들겠네."

"그렇죠, 무리예요."

오츠카 씨가 타인의 의견을 순순히 받아들이는 것은 드문 일이다.

"그럼 우에노, 지금은 어떤 게 잘 팔려?"

"유료 서적으로 말입니까?"

"어느 쪽이라도 상관없어."

"그게 말이죠, 제 추천은 아니지만, 어디까지나 일반 독자층에게 팔리는 걸로 말하자면, 『시시포스의 구제』라는 작품이 잘 나가요."

"어떤 이야기야?"

"절망적인 이야기예요."

라며 우에노는 히쭉 웃는다.

『시시포스의 구제』는 나도 조금 읽은 적이 있다. 처음에는 무료였기 때문에.

초능력을 가진 주인공이 1년 후에 인류가 멸망할 것을 예지하고 멸망을 막기 위해 노력한다. 처음에는 잘 될 것 같았지만, 최후의 최후에 이르면 전부 물거품이 되어버리고, 그 후에 주인공이 기억을 간직한 채로 1년 전으로 돌아온다……는 내용이 끝없이 반복되는 이야기다. 이미 5년 정도 계속되고 있는 장편으로, 엄청나게 길다. '종이책으로 만든다면 서가 하나를 꽉 채운다'고 쓰여 있었지만, 그런 표현으로는 어느 정도로 길다는 건지 감이 오지 않는다.

"그런 절망적인 이야기가 팔린다고?"

"네. 모두 절망을 보고 싶은 거 아닐까요? 소비자로 살다 보면 절망이란 게 뭔지 알 수 없게 되거든요. 어디서 굴러 먹든 그 나름대로 여유가 있고 즐겁게 살 수 있죠. 그래서 이 야기에서만큼은 절망을 요구하는 겁니다. 매회마다 인류가 멸망하는 내용이 주는 안도감이 꾸준한 인기의 비결이지요. 사람들은 유료 만화에는 예상한 이야기가 나오기를 기대하거든요. 소비자로서는 귀중한 돈을 내는 거니까 기대에 어긋나는 게 나오면 싫은 거죠."

우에노는 계속 떠들어댔다.

그런 점에서도 타마치 씨의 만화는 현대 독자들이 찾고 있는 종류는 아닌 것 같다. 타마치 씨가 만든 이야기는 희망과 의외성으로 넘쳐나고 있기 때문이다. 아마도 타마치 씨가 자란 시대는 그런 이야기가 필요할 정도로 사람들이 현실 속에서 느끼는 고뇌가 컸나 보다.

"그럼 타마치 씨에게는 죄송하지만, 이 일은 없던 걸로 할까요?"

라며 내가 타마치 씨의 연락처를 묻자,

"아니, 그래도 팔 수 있는 방법은 있어."

라고 오츠카 씨가 말한다.

"타마치 씨에게 연락해 줘. 서점이 한가할 때 직업소개소로 와줬으면 한다고."

"네? 정말로 이걸 팔 생각이에요?"

우에노가 묻자, 오츠카 씨는 양팔을 벌리고 "저런 저런." 하며 한숨을 내쉰다.

"이봐 우에노. 만화를 보는 네 안목은 신뢰하고 있어. 네가 그렇게 말한다면, 이 만화는 재미없는 거겠지. 하지만 우리 일은 만화를 파는 게 아니야. 인간을 파는 거지."

'인간을 팔다니. 최소한 노동력이라고 할 수는 없는 건가'라고 나는 생각한다.

며칠 후, 타마치 씨가 직업소개소를 방문했다.

앞치마를 두르고 지쳐 있던 서점에서의 모습과는 다르게, 말쑥하게 재킷을 입어서 그런지 꽤 열의에 차 보였다. 오츠카 씨의 이야기를 상당히 기대하고 있는 거겠지.

오츠카 씨가 차를 건네자, 타마치 씨는 인사를 한 후,

"저건 진짜 고양이입니까?"

라고 소장 쪽을 보며 물었다.

"잘 아시네요. 저희 소장입니다."

"진짜 고양이는 오랜만이네요. 역시 네코포이드와는 움직임이 어딘가 달라요. 저도 고양이는 좋아합니다."

라고 타마치 씨는 수줍은 듯 말했다.

대단한 관찰력이다. 네코포이드 마니아를 자처하는 나도, 최근에는 기계의 움직임이 너무 자연스러워서 말해주기 전까지는 알아채지 못한다. 손으로 만화를 그리는 사람은 그런 미세한 부분까지 알아보는 뛰어난 관찰력을 가지고 있는 걸까.

"그런데 이런 상가 건물에서 진짜 고양이를 키워도 되는 거예요? 제가 젊었을 적에는 대부분의 건물이 반려 동물 출입 금지였다고 기억하는데요."

"소장 얘기는 일단 접어 두고, 만화 이야기를 하시죠."

오츠카 씨는 이야기가 불리한 방향으로 흐르는 것을 감지하고, 재빨리 화제를 바꾼다.

"먼저 돈 얘기를 하죠. 『사쿠라지마 전기』 판매를 저에게 맡겨 주시고, 그 대가로 이 정도의 마진을 받았으면 합니다."

사전에 준비한 문서를 타마치 씨에게 보여준다. 저자인 타마치 씨보다 '직업소개소'가 받는 금액이 더 많게 책정되어 있

다. 이 무슨 악덕 중개업자인가. 하지만 타마치 씨는 다른 부분에 주목하고 있는 듯했다.

"저, 판매와 관련된 모든 비용은 '직업소개소'가 부담한다는 이야기인가요?"

"네, 실례되는 말씀이지만 만약에 전혀 팔리지 않는다고 하더라도 타마치 선생님께 금전적인 손해는 없습니다."

오츠카 씨는 속보이게 타마치 씨를 '선생님'이라고 부른다.

"정말 괜찮겠습니까?"

"네, 안심하시고 저희에게 맡겨 주세요."

라고 말한다. 타마치 씨는 안심한다기보다는 오히려 면목 없는 표정을 하고 있다. 이 사람은 아마 자신의 책이 팔릴 수 있다는 사실이 잘 믿기지 않는 모양이다. 우리가 손해 보는 것을 걱정하고 있겠지.

"그래서, 도대체 어떤 판매 방법을 생각하고 있습니까?"

"판매를 위해 타마치 선생님께 부탁드릴 일이 있습니다."

라고 오츠카 씨가 말하자, 소장이 타마치 씨가 앉아 있는 소파로 다가온다. 타마치 씨는 매우 자연스럽게 소장의 머리를 쓰다듬는다.

"신작을 써주셨으면 합니다."

"……흠, 신작이라."

타마치 씨는 살짝 고쳐 앉았다.

"그렇게 길지 않아도 됩니다. 20페이지 정도면 괜찮습니다. 가능하면 한 달 안에 그려 주세요."

"그건 무리예요. 지금부터 시작하려면 도구도 사야 하고, 충분히 생각해서 그릴 경우 반년 정도는 걸립니다."

"충분히 생각하고 그리지 않으셔도 됩니다. 오히려 대충 하는 게 낫습니다. 중요한 건, 전부 손으로 그리는 것입니다."

"전부?"

라며 타마치 씨는 놀란다. 전에 본 『사쿠라지마 전기』도 상당히 많은 부분을 툴을 써서 제작 과정을 자동화했다고 하니까, 전부 손으로 그리려고 하면 꽤 많은 품이 들 것이다.

"한 달 동안 그릴 수 있는 범위로 충분합니다. 너무 정성 들여 그려도 오히려 잘 안 될 수 있어요."

"흠, 그런가요."

라며 타마치 씨는 복잡한 표정을 지었다. 꽤 무리한 요구라 곤란해 하면서도 약간은 기쁜 듯한 마음을 읽을 수 있었다. 아마도 누군가로부터 부탁을 받고 만화를 그리는 것은 처음이겠지.

"알겠습니다. 어떤 이야기가 좋겠다든가 하는 의견이 있으십니까?"

"그게, 실례지만 타마치 씨는 헤이세이 출생이지요?"

"네."

"그럼, 헤이세이 시대의 이야기를 그려주세요. 가능하면 자신의 체험을 바탕으로 한 게 좋습니다."

"하지만 제가 기억할 수 있을 만한 나이가 된 건 헤이세이 시대가 끝난 후인데요."

"어차피 꾸며내는 이야기니까, 적당히 해도 돼요. 야산에서 벌레를 잡았다던가 뭐 그런 얘기가 좋아요."

"아니요, 전 신도시에서 자라서, 그런 건⋯⋯."

"그럼 학교 얘기 같은 건 어때요? 아직 종이로 된 교과서를 사용했지요?"

"제가 살던 곳은 그런 쪽으로 선진적이었어서, 이미 초기의 교과시스템이 도입된 후였어요. 지금처럼 대화도 가능한 건 아니었지만."

"으음."

오츠카 씨는 잠시 침묵한 후,

"어쨌든, 헤이세이에 태어난 분이 그릴 수 있는 것을 그려 주셨으면 합니다. 헤이세이 시대의 거리 풍경이나, 분위기나, 숨결이 전해지는 그런 거 말입니다."

"자료를 찾아보면 가능할 겁니다."

"그럼 그 방향으로 부탁드립니다."

이런 식으로 이야기를 정리하고 나서 타마치 씨는 들어올 때보다 조금 더 열의에 찬 얼굴로 직업소개소를 떠났다. 평소에 서점에서 서서 일하기 때문인지, 노인이라고 보기 어려울 정도로 힘찬 발걸음이었다.

—

원고를 기다리는 동안에도 (당연하지만) 직업소개소 업무는 계속되었다. 타마치 씨 다음으로 찾아온 사람은 40대 여성이었다. 얼마 전에 유행했던, 자연생활주의자 같은 소박한 패션의 사람이었다.

가게를 열 자금을 모으려고 융자를 신청했는데 "요즘 시절에 유인 상점 같은 걸 운영해서는 성공할 리가 없다"며 거절당했기에, 우선 일을 해서 돈을 모으고 싶다는 얘기였다. 오츠카 씨의 의뢰인 유형 중 '돈이 필요한 타입'이다.

오츠카 씨는 이런 타입의 의뢰인에게는 언제나,

"특별한 기술 없이 돈을 벌려고 하면 역시 위험 부담을 감수할 필요가 있습니다."

라고 설명한다. 재산이 없는 소비자에게 금전적 위험 부담이란 건 있을 리가 없으니까 물론 신체적인 면에서의 위험 부담이다.

미래
직업소개소

처음에 설명한 건 사람이 살지 않는 폐촌에서 사는 일이다. 여기서부터 차로 두 시간 정도 걸리는 산 속에 있다고 한다.

마을이 소멸되면 지자체에 지급되는 국가 보조금이 줄어들기 때문에, 지자체들이 몰래 아르바이트생을 고용해서 마을을 유지하고 있다고 한다. 생활이 불편한 만큼 급여는 꽤 괜찮은 모양이다. 시청에 있는 선배로부터 그런 아르바이트가 있다는 말을 들어본 적은 있지만, 그게 농담이 아니라는 걸 안 건 이 직업소개소에서 일하게 된 후의 일이다.

"그 마을에 인터넷은 연결되어 있나요?"

라고 의뢰인이 묻자, 오츠카 씨는 자료를 보면서,

"위성 전파는 잡혀요. 물건은 주문하면 두 시간 안에 배달되고요. 콘크리트로 포장된 도로도 있고요. 아, 거기는 곰도 지나다닌다고 하네요."

라고 말한 순간, 의뢰인은 고개를 격렬하게 저었다. 곰은 이 사람이 사랑하는 자연생활에 포함되지 않는 모양이다.

비슷하게 위험한 일을 몇 가지 더 설명하고 의뢰인이 한껏 겁을 집어먹은 뒤에,

"좀 더 안전한 일도 있습니다."

라고 말하고, 화성 개척민과 통신 대화를 하는 일자리를 소개했다.

화성에서 적은 수의 사람들만 뭉쳐서 살면 정신적으로 문제가 생기기 때문에 모르는 사람과 하는 정기적인 대화가 필수라는 연구 결과가 있다고 한다. 인공지능으로 작동하는 인격은 아직 인간과 자유롭게 대화할 수 있을 만큼 똑똑하지 않고, 기계와 대화하고 있다는 것을 상대가 알아채버리기 때문에 화성 개척민들의 대화 상대로는 실제 사람을 쓴다.

장거리 통신이라 시간 제약이 꽤 크기 때문에 정규 직원

대신 아르바이트생을 쓰고 있다. 제법 인기가 있는 업무라서 (시장의 수요 공급 원리에 따라) 임금은 낮은 편이다. 따라서 이 의뢰인이 원하는 만큼의 자금을 모으기 위해서는 약 200살까지 계속 일할 필요가 있다.

"가능한 일부터 착실하게 해나가다 보면 기회가 찾아올 거예요. 시작하지 않으면 언제까지나 지금 상태 그대로겠죠."

라는 오츠카 씨의 설득에 눌려서 그녀는 계약을 체결했다.

자신만의 가게를 갖고 싶어하는 사람은 내 지인 중에도 꽤 있다. 하지만 이렇게 구체적인 목표를 세우고 준비를 해나가는 사람은 거의 없을뿐더러, 이 의뢰인 역시 실제로 그 목표를 이루기는 상당히 어려울 것이다.

다음 일요일에 '타마치 서점' 앞을 지났지만, 서점은 셔터가 내려져 있었다. 아마 타마치 씨가 창작에 집중하기 위해서 서점 문을 잠시 닫았을 것이다. 누가 뭐라 해도 오츠카 씨의 계획을 믿고 최선을 다하고 있는 것 같다.

이 가게는 원래부터 타마치 씨 집안 소유라고 한다. 타마치 씨의 할아버지(쇼와 시대의 사람이라고 한다)가 이 자리에서 철물점을 했었고, 그 다음 대에 폐점한 후 셔터 내린 상점 거리의 일부가 되어 있던 것을 타마치 씨 대에 다시 서점으로 열었다고. 조금만 노력하면 일을 해 돈을 벌 수 있는 세대에 자산까지 있었으니, 꽤 좋은 환경을 타고난 사람이다.

목표를 향해서 노력할 수 있다는 게 무척이나 부럽게 느껴진다. 우리 세대는 목표를 가지는 일과는 한참 멀다.

—

한 달 후, 다시 그 재킷을 입고 타마치 씨가 찾아왔다. 놀랍게도 정말로 한 달 만에 전편을 손으로 그린 만화를 완성해서 가져온 것이었다.

『송전선 아래에서』

라는 제목의 24페이지짜리 이야기였다.

한 달 동안 만든 것치고는 군더더기 없는 알찬 내용이다. 꽉 채워서 그리지 않은 만큼 『사쿠라지마 전기』와 비교하면 오히려 읽기 편하다는 느낌이 들었다. 거리의 여기저기에 걸려 있는 낡은 송전선과 그 위의 까마귀, 도로 표지판이 헤이세이 시대의 거리 풍경을 상상하게 했다.

주인공인 소년은 아마도 타마치 씨 자신일 것이다.

같은 반 친구들이 방과 후에 공원에 모여서 핸드폰으로 게임을 하며 놀고 있다. 어린이들의 부모는 모두 생산자여서 집에는 아무도 없다.

이렇다 할 명확한 스토리는 없는, 어린이들의 일상 스케치 같은 내용이다. 만화를 보니 거리 풍경은 꽤 다르지만 어린이란 존재는 어느 시대에나 대체로 비슷한 고민을 안고 있었나 보다.

"왜 공원에서 뛰어놀지 않고 게임을 하고 있어요?"

오츠카 씨가 묻는다.

"공을 가지고 노는 게 금지돼서 그랬어요. 놀다가 도로로 뛰쳐나가서 차에 치이는 어린이들이 있었거든요."

"아, 사람이 운전을 하던 시절이니 그랬겠네요."

라고 오츠카 씨가 대답한다.

사람이 운전하는 자동차가 사람을 쳐서 죽게 한다. 옛날에는 그런 일이 일상적으로 일어났었다고 시청 교통과에서 몇 번이나 배웠지만, 상상하는 것만으로도 심장이 터질 듯이 아프다. 차에 치인 사람은 어떻게 그런 일을 받아들였을까?

"알겠습니다. 감사합니다. 이 정도면 잘될 겁니다. 여기서부터는 저희에게 맡겨 주세요."

라고 말하며 원고를 받자, 타마치 씨는 반신반의하는 듯한 표정으로 오츠카 씨에게 인사를 하고 돌아갔다.

소장은 바닥에 앉은 채로,

"케케켓."

하며 까마귀 같은 소리를 낸다.

"아직 이야기는 끝나지 않았어요, 소장님."

라며 오츠카 씨가 소장을 향해 양손을 저으며 말리는 시늉을 한다. 늘 하던 직업 중개 업무라면 계약을 체결한 걸로 끝이지만, 이번에는 업무 성격이 조금 다르기 때문에 소장도 어느 시점에 "한 건 낙착!"이라고 외쳐야 할지 알 수 없을 것이다.

"그런데, 이거 정말로 잘될까요?"

내가 묻자,

"그럼."

이라고 오츠카 씨는 언제나처럼 자신만만하게 대답한 후에,

"사실은 인터넷 보급 이전의 이야기를 읽고 싶었지만, 헤이세이 시대 후반에는 이미 다 보급됐다고 하니까. 이걸로도 괜찮지."

라고 했다. 그가 말한 '읽고 싶었다'라는 건 장삿속에서 한 얘기가 아니라 자기 자신의 취향을 얘기한 건가 보다. 기계를 싫어하는 그에게 인터넷 없이 문제를 해결하는 시대는 틀림없이 지금보다 좋은 시대로 비치는 거겠지. 하지만 오츠카 씨가 일과 개인의 취향을 명확하게 구별하는 편이라는 점을 생각하면, 이번 일 처리 방식은 조금 의아하다.

"그럼, 여기부터가 우리 일이야. 우에노, 잘 부탁할게."

라고 연락하자 우에노는,

"네! 맡겨만 주세요."

라고 답하고, 미리 의논해둔 순서대로 일을 진행한다.

우선 적당한 이미지 공유 사이트에 계정을 만들고 타마치 씨가 그린 『송전선 아래에서』를 업로드한다. 이어서 우에노가 자신이 관리하고 있는 인터넷 사이트(30개 정도 있다고 한다) 몇 개에,

'헤이세이 출생의 노인이 전편 손으로 그린 만화가 화제'

라는 제목의 기사를 올린다. 24페이지 중에 제대로 그려져 있는 부분을 몇 페이지 정도 골라 올리고 나서 이미지 사이트의 링크를 첨부한다.

지금 막 공개한 작품에 '화제'라는 제목을 붙이다니, 속이 너무 들여다보이지만 아무도 신경 쓰지 않는 것 같다.

우에노가 한가한 시간에 느긋하게 만들고 있는 사이트들은 이용하는 사람들이 꽤 있어서, 그 사이트 내에서 적당히 화제가 되면 그 다음부터는 인기 있는 콘텐츠를 자동으로 골라주는 서버(인터넷에 차고 넘칠 정도로 많다) 중 몇 개가 반응을 한다. 지금의 컴퓨터는 '인간이 재미있어 하는 것'을 자동으로 찾아낼 수는 없고, 인터넷상에서의 인기를 잣대로 재미있는 정도를 판단할 수밖에 없기 때문에 어떤 서버에 콘텐츠가 올라오고 그게 화제가 되면, 그 화제가 다시 화제가 되어 기하급수적으로 퍼져나간다.

"보세요, 이런 식으로 확산되어가는 상황을 알 수 있어요."

라고 우에노가 확산 상황 그래프를 움직여 보인다. 콘텐츠가 어느 사이트에서 어떻게 확산되고 전재되는지를 시간에 따라 집계해준다고 한다.

"마치 펌프처럼 움직이네."

"시간대별로 보여주는 거예요. 소비자는 각자 깨어 있는 시간이 다르거든요. 아침형 인간들이 화제로 삼은 것을, 점심

형 인간들이 찾아내서 화제로 만들고, 그걸 저녁형 인간들이 또다시 화제로 만드는, 뭐 이런 흐름이에요."

"왜 그런 식으로 나눠져 있는 거예요?"

나는 물었다. 생산자는 그런 걸 생각할 겨를 없이 업무 시간에 따라 생활 시간이 정해지지만, 소비자에게도 그런 시간 구분이 있다는 게 잘 이해되지 않는다.

"저도 잘 모르겠는데요, 이를테면 각자 하고 있는 게임의 이벤트 시간 같은 것에 따라서 그냥 그렇게 나눠진다는 이야기가 있어요. 메구로 씨도 소비자 생활을 한번 체험해보면 좋을 거예요. 여러 가지를 알 수 있을 걸요."

"노후의 즐거움으로 남겨둘게요."

라고 나는 말한다.

내 '노후'에는, 아마도 내 (호적상의)부모는 간병 로봇의 수발을 받으며 자연 수명이 다하기를 기다릴 것이다. 그때는 나 역시 소비자가 되어도 괜찮다. 그때까지 생산자로 일할 수 있을 거라고는 생각하지도 않고 말이다.

하지만 그 나이가 됐을 때, 난 무엇을 목표로 살아가야 할까?

타마치 씨처럼 취미와 일을 병행하는 가게를 운영할 수 있다면 정말 멋지겠지만, 나에게는 그런 취미도 없다. 생각해보면 나는 쭉 가족으로부터 도망칠 궁리만 하며 살아왔다. 부족한 머리를 최대한 써서 생산자의 끝자리라도 차지하기 위해 모든 것을 바쳐온 것이다.

이틀 지나자 '지금 화제인 헤이세이 만화를 리믹스해 봤다', '동영상으로 만들어봤다', '소리를 넣어봤다' 같이 원본에 변화를 준 버전이 점점 공개되어서, 일종의 인터넷 밈(인터넷을 통해 사람들

미래
직업소개소

사이에서 전파되는 생각, 스타일, 행동 등을 말한다 — 옮긴이)을 형성하고 있다. 그 중에는 원본보다도 조회수가 더 많은 버전도 있었다. 전편 수작업이라는 점을 내세우고 있는 작품을 리믹스하다니 도대체 어쩌자는 건가 싶기도 하지만.

"오호, 그런 식으로 퍼지고 있는 건가."

우에노의 보고를 받은 오츠카 씨가 반응했다.

대부분의 작전을 짠 것은 오츠카 씨지만, 정작 그 자신은 인터넷에서의 콘텐츠 확산이 어떤 식으로 이루어지는지 거의 모르는 듯하다.

"그러니까 인터넷도 인간의 집합이잖아. 개개인의 적성이나 호기심은 본인을 만나봐야 알 수 있지만, 많은 사람이 모이게 되면 그런 각각의 개성이 평균화되어서 사라지니까 파악하기가 더 간단하지. 안 봐도 알지."

라고 태연하게 말한다.

"사람들은 일반적으로 뭘 보고 싶어한다고 생각해?"

"글쎄요."

어차피 그의 정답은 정해져 있을 테니까 굳이 답하려고 애쓸 필요는 없다.

"그럴 것 같은 거."

"어떨 것 같은 거요?"

"그러니까 세상의 대다수 인간은, 고릴라는 우하우하 하면서 가슴을 두드리기 원하고, 캥거루는 새끼를 주머니에 넣고 뛰어다니기를 원한다고. 고릴라다운 고릴라, 캥거루다운 캥거루를 보고 싶은 거지. 똑같이, 노인은 노인다운 일을 하기 바라는 거지. 손으로 직접 만화를 그린다거나."

"뭔가 색다른 걸 찾는 사람도 많다고 생각하는데요."

"그야 많지. 고릴라가 철학적 사고를 하는 걸 보고 싶다는 놈도 있겠지. 하지만 어떤 방향의 색다름을 기대할지는 개인마다 다 다르지. 다수파의 지지를 받기 위해서는 가장 일반적인 기대에 맞게 행동해야 해."

라고 오츠카 씨가 말하지만, 그 말의 진위를 알 방법이 없기 때문에 난 철학적 사고를 하는 고릴라를 희미하게 떠올렸다.

그렇게 해서 충분히 타마치 씨의 이름(필명: Machida)이 알려진 시점에 『사쿠라지마 전기』를 팔기 시작한다.

타마치 씨가 종이책으로 파는 것을 고집했기 때문에 우리도 온라인으로는 앞부분만 공개하고 판매는 종이책으로 하게 되었다.

원래 '직업소개소'이기 때문에 물건을 팔아본 경험이나 노하우 같은 건 없지만, 인터넷에서 조금 조사해보니 자신이 만든 것을 팔 수 있는 웹사이트가 얼마든지 무료로 공개되어 있었다. 이러니까 사람의 일자리가 없어질 수밖에 없다.

우선 인터넷에서 판매하기로 한다. 상품 사진을 찍고 가격만 지정해 놓으면, 그다음부터는 웹사이트에서 거의 모든 절차를 알아서 해준다.

책은 개인만 사가는 게 아니라, 잡화점 등이 대량으로 구매하는 경우도 꽤 있다. 알아보니, 종이책을 인테리어 소품으로 활용하고 싶다는 사람들이 세상에는 꽤 있나 보다. 특히 이런 헤이세이 시대를 추억하는 레트로 스타일의 책은 수요가 꽤 있다고 한다.

다음은 타마치 씨가 줄곧 바라던 대로, 시 내에 있는 서점 몇 군데에 타마치 씨의 책을 진열했다. 서점이라는 건 잡화점과는 달라서 직접 판매하는 게 아니라 위탁 판매를 한다는데 타마치 씨에게 그 이유를 물어봤지만, 옛날부터 그랬다는 것밖에는

미래
직업소개소

모르는 것 같다.

　　　　—

　"메구로 씨, 그때는 정말 감사했습니다."

　라고 타마치 씨가 인사를 하러 직업소개소를 찾은 것은, 그로부터 한 달 뒤의 일이었다. 그대로 무릎을 꿇는 게 아닐까 싶을 정도로 깊이 고개를 숙였다.

　"실은, 요전에 역 앞에 있는 서점에 가봤는데요, 그 책이 한 권 팔렸어요."

　"정말이에요? 축하드려요!"

　나는 최대한 기뻐하는 모습을 보였다.

　"오츠카 씨는 안 계세요?"

　"아, 지금 잠깐 자리를 비우셨어요."

　"그렇군요, 그럼 말씀 전해주세요."

　그러더니, 나가는 길에 "괜찮다면 드셔보세요"라며 과자가 든 상자를 두고 갔다.

　직업소개소의 사무원을 시작한 지도 꽤 됐지만, 일부러 감사 인사를 하러 사무실까지 찾아오는 사람은 처음 봤다. 짧게 한마디씩 감사하다고 연락해온 사람은 가끔 있지만 말이다.

　한 시간 정도 지나서 오츠카 씨가 나타났다.

　잠시 자리를 비웠다는 말은 다소 부적합한 표현으로, 정확히 말하자면 아직 출근하지 않았던 것이다. 요즘 들어 그의 출근 시간이 조금씩 늦어지고 있었다.

　이대로라면 의뢰인이 먼저 와버릴 수도 있다. 게다가 늦게 와서도 평소 같은 쾌활함은 찾아보기 어려운 모습으로 오토만(두툼한 쿠션이 있고 등받이가 없는 소파 — 옮긴이)에 다리를 올리고 소장을 무릎에 올리더니, 어딘가 먼 데를 바라보는 눈을 하고 있다. 실내에서 그렇게 멀리까지는 보이지도 않는데도.

"으음."

하며 신음 소리를 낸다.

타마치 씨는 책이 팔렸다는 사실 자체에 꽤 기뻐하고 있었지만, 실제로 어느 정도 이익이 났는지 따져보면 흑자와 적자 사이의 아슬아슬한 경계에 있었다.

조금 더 구체적으로 말하자면, 이 매출을 직업소개소의 수입으로 삼고 이번 달의 월세와 그 외 제반 경비를 제하면, 여느 때처럼 직업소개소는 적자가 될지 흑자가 될지 불명료한 상태다. 어쩌면 이번 달은 엄청난 보너스가 나올지도 모른다는 나의 기대는 덧없이 깨져버렸다.

"작가는 분명 꽤 유명해졌는데, 이익이 그만큼 안 난 이유는 매일 쓰나미같이 새로운 콘텐츠가 넘쳐나기 때문이에요. 조금만 시간이 지나도 모두가 잊어버리거든요."

이해관계가 없는 우에노는 웃으며 말했다.

"역시 선배는 인터넷에 좀 더 익숙해지는 게 좋지 않을까요? 거기와 여기는 유행이 뜨고 지는 주기가 상당히 다르니까, 염두에 두지 않으면 곤란할 때가 있다고요. 메구로 씨가 선배에게 이해하기 쉽게 잘 얘기해 주세요."

그렇지만 이런 내용을 그대로 전해도 될지 조금 고민스러웠다.

"으음,"

오츠카 씨가 다시 신음 소리를 낸다. 그는 그대로, 어쩌면 나보다 훨씬 더 높은 매출을 기대했던 모양이다. 판매상의 위험 부담을 직업소개소가 떠안는 계약 조건으로 한 것도 자신의 생각에 엄청난 자신이 있었기 때문이겠지. 평소의 그라면 그런 일은 하지 않는다.

"미안하게 됐어, 메구로. 계획이 좀 빗나갔어."

라고 오츠카 씨는 먼 곳을 보는 눈을 한 채로 말한다. 그가 나에게 사과하는 건 처음 봤기 때문에 나는 오히려 동요하고 말았다.

"하지만, 타마치 씨는 무척 기뻐했어요."

"그렇군."

"저, 이 일을 한 지 꽤 되었지만, 의뢰인이 그렇게 기뻐하는 것은 처음 봤어요."

"그렇지."

라며 영혼 없는 대답을 한다. 꽤나 풀 죽은 듯했다.

기대한 만큼의 이익이 나오지 않았다고 해서 좌절할 사람이라고는 생각하지 않는다. 원래 이 직업소개소는 취미라고 거침없이 말하는 사람이기도 하고.

전에 귀부인과 그 아들의 결혼 문제가 있었을 때는 직업소개소의 이익이 사라지는데도 '모두가 행복해지니까 다행이다'라고 말하기까지 했다.

그렇다고 해서 그가 의뢰인의 행복을 최우선으로 생각하는 것도 아니라고 생각한다. 상대의 약점을 파고들어서 계약 조건을 바꾸는 일을 아무렇지 않게 하기도 하거니와, '고객의 행복이 우리의 행복입니다' 같은 걸 경영 신조로 삼는 타입은 절대 아니다.

그럼 뭘까.

나는 그처럼 인간 관찰에 정통한 건 아니지만, 이렇게 매일 일을 같이하다 보면 오츠카 하루히코라는 사람이 무엇에 동기부여가 되는지 어렴풋이 알 것도 같다. 무성애자에 채식주의자로, 그렇잖아도 생리적인 욕구를 억제하고 있는 사람이기 때문에 이렇게 직업소개소를 운영하며 자기 나름대로 타인을 분석하는 것을 인생의 즐거움으로 삼는지도 모른다. 그래서 이렇게 계획이 빗나가버리면 자신이 쌓아 올린 인생을 부정당하는 것처럼 느끼는 건지도 모르고. 그렇다면 나는 지금 이런 종류의 위로를 건네야 하지 않을까.

"그런데 오츠카 씨, 지금 제가 뭘 하고 싶은지 아세요?"

"갑자기 뭐야."

"그냥 퀴즈예요."

라고 말하자 그는 역시 먼 곳을 보면서 뜸을 들이다가 대답했다.

"타마치 서점 앞 '후루츠 파라'의 케이크를 먹고 싶다?"

"정답입니다."

"메구로, 너, 나를 위로하려고 하는 거지. 이런 이상한 퀴즈를 내는 건 그런 의도지. 분명 저번에 타마치 씨 서점에서 그 케이크 얘기를 했으니까 말이야."

"네, 잘 기억하고 계시네요."

"너도 내가 어디까지 기억하는지 잘 알고 있네."

라며 오츠카 씨는 작게 웃었다. 나도 같이 웃었다.

"괜찮으면 드시겠어요? 실은 타마치 씨가 가져와 주셨어요."

라고 말하며, 나는 냉장고를 연다.

"그럴까."

그는 오토만에서 다리를 내린다. 소장도 오츠카 씨의 무릎에서 내려온다.

미래 의료

가을 초입에 몸이 아파서 2주간 시립 병원에 입원했었다.

쓰러지던 순간에 집에 혼자 있었는데, 몸에 이상이 생긴 것을 손목시계가 알아차리고 바로 구급차를 불러줬다. 손목시계는 시청에 다니던 시절에 산 것이다. 너무 무거워서 손목에 자국이 생길 정도라 처음에는 사놓고 살짝 후회했지만, 이번에 긴급 경보 기능 덕을 톡톡히 보고 나니 사기를 잘했다는 생각이 든다. 독신 생활의 필수품이다.

병원에 입원한 건 처음이다. 하지만 병원은 학교와 다를 게 거의 없는 장소였다. 300개의 병상이 있는 시설인데도 몇 명 안 되는 간호사들이 근무하며 로봇으로는 대처할 수 없는 문제만 처리한다. 입원해 있는 2주 동안, 입원하고 퇴원할 때 인사한 것 말고는 병원 직원들과는 마주칠 일도 몇 번 없었다. 그저 매일 정해진 시간에 검사를 받고, 주사를 맞고, 환자식(그래봤자 병원 밖의 음식과 거의 똑같다)을 먹으며 지냈다.

"일이 힘들어서 쓰러진 거야?"

문병 온 친구들이 물어보길래 허세를 담아 "응, 정말 힘들어"라고 대답했지만, 특별히 그런 것도 아니다. 업무는 딱히 힘들지도 않고, 이번 입원은 꽤 오래 전부터 예정되어 있던 것이다.

초등학교 때 받았던 유전체 검사의 결과 보고서에는, 아주 정확하게 '25~30세 즈음에 1개월 정도 입원할 필요가 있겠습니다'라고 적혀 있었다.

어린이에게 한 달간의 입원은 종신형과 같은 것이기에. 나는 집에서 엄마를 붙잡고 울었다. 그때 엄마가 어떤 표정을 짓고 있었는지는 잘 기억나지 않는다.

당시는 아직 내 친아버지가 계셨을 때지만, 아버지의 반응도 전혀 기억나지 않는다. 반응을 했는지 안 했는지조차 모르겠다.

막상 어른이 되어 병원에서 지내보니 아파트에서 혼자 사는 것과 입원 생활을 하는 것은 그다지 차이가 없는 것 같았다. 오히려 임신과 출산을 경험하는 친구들 쪽이 훨씬 더 힘들 것이다. 게다가 입원 기간이 예정된 1개월이 아닌 2주로 끝난 것은 내가 20년간 어느 정도 건강하게 자랐다는 증거라고 할 수 있겠다. 아니면 단순히 의학의 진보 때문인지도 모르고.

하지만 솔직히 말해서 입원 기간이 좀 더 길어도 좋았을 것이다.

의료보험으로 보장되는 범위 내의 입원이라 의료비는 무료이고, 식비와 침대 이용료가 들 뿐이었다. 게다가 최근 소원해졌던 친구들이 문병을 많이 와줘서 병실은 작은 동창회 분위기였다. 이참에 아파트 임대 계약을 해지하고 병원에서 살고 싶다는 생각까지 했다.

내가 생산자가 되면서 조금씩 소원해진 친구들이기 때문에, 일을 쉬고 병원에 누워 있으니 일시적이라고는 해도 그들과 같은 입장이 된 것 같은 기분이었다.

오히려 곤란해진 쪽은 직업소개소다.

"어이 메구로, 새로 설치한 문을 잠그는 방법을 모르겠어."

오츠카 씨에게서 전화가 온 것은 입원한 지 이틀째 되는 날 저녁이었다. 수개월 전의 '직업소개소 털이 사건' 이후 설치한 새 문에는 다양한 기능이 추가되었다.

"'잠겼습니다'라는 안내말이 뜨는데, 밀면 열린다니까."

"그 문은 얼굴 인식 기능이 있어서 저나 오츠카 씨가 오면 자동으로 열리는 거예요."

"그런가, 그럼 멀쩡히 잠겨 있던 거네. 잘 몰라서 안에서 전원을 껐더니, 열린 채로 닫히지 않게 되었어."

"그건 당연하죠. 그렇지 않으면 정전이 되었을 때 곤란해지잖아요."

"그래서 다시 전원을 켰는데, 지금 작동하는 건지 아닌지 모르겠어."

"우에노를 부르는 건 어떠세요? 한가한 것 같던데."

"그 녀석을 부르면 내일이나 되어야 오겠지."

"그건 그렇겠네요."

피식, 웃음이 나왔다.

언제나 그렇듯 나를 귀찮게 하는 고용주이지만, 내가 없으면 곤란해지는 걸 보니 기분이 나쁘지 않다. 이것도 내 유전자에 새겨진 결함 중 하나다. 유전체 검사에서는 검출되지 않는 모양이지만.

병원 시스템은 대부분 기계화되어 있지만, 필요에 따라 전문의가 직접 진료를 보기도 한다. 나의 경우 일반적인 치료만 받을 뿐이니 딱히 전문의를 만날 일이 없었지만 말이다.

입원한 첫날에 간호사가 순회를 와서, "불편한 건 없나요?"라고 물어왔다. 얼굴의 주름을 보면 이미 환갑을 넘긴 것 같은 사람이었는데, 의료계 종사자라 그런지 신체는 매우 건강해 보였다. 그래서 그 건강한 몸을 낭비하지 않으려고 그 나이가 되도록 일을 하는 듯한 인상을 받았다.

나는 한 가지 부탁을 했다.

"가능성은 낮지만, 어쩌면 저희 부모님이 오실지도 몰라요. 그때는 적당히 둘러대서 돌려보내 주셨으면 합니다."

"어머, 그래요? 그럼 접수처에 그렇게 입력해둘게요."

그녀는 문병객 관리 시스템에 명령어를 입력해줬다. 나 같은 환자들이 꽤나 많은지, 이런 일에는 익숙해 보였다. 감사한 일이다.

기계는 당연히 융통성이 없다. 하지만 인간 중에도 기계처럼 융통성 없는 치들이 있다. "어머, 뭐라고 하시는 거예요? 가족을 소중하게 여기셔야죠" 하며 훈계하는 사람들 말이다.

입원처럼 특별한 사건을 계기로 서먹하던 가족 사이가 돈 독해진다든가, 사이가 틀어진 인간관계라도 마음을 터놓고 얘기하면 동화 같은 해피 엔딩이 찾아온다고 믿는 사람들이 있다. 행복한 결말이라니. 그런 말을 하는 생산자들이라면 모두 기계로 대체되는 편이 낫겠다.

그런데 퇴원 전날, 가족이 문병을 왔다.

"누나."

병원 로비를 배경으로 한 화면에 동생이 비친다. 그러고 보니 내게는 부모님 말고도 남동생이 있었지. 까맣게 잊고 있었다.

물론 남동생의 존재야 알고 있었지만, '문병 오면 곤란한 사람 리스트'에 넣는 것을 까먹었던 것이다. 융통성이 없는 것은 내 상상력이었다.

"서아프리카 어쩌고저쩌고 바이러스에 감염되어서 격리 상태라고 엄마한테 들었는데, 이제 괜찮아?"

동생이 물었다. '적당한 구실'이 지나치게 적당해요, 간호사님.

나는 머리맡에 붙어 있는 단말을 향해, "큰일은 아니야. 내일 퇴원하니까 걱정 안 해도 돼"라고 설명했지만, 일부러 집에서 여기까지 온 남동생을 차마 그냥 돌려보낼 수도 없어서, 일단 병실로 들어오게 했다.

4년 만에 만난 남동생의 얼굴은 나와 동생 중 어느 쪽이 환자인지 모를 정도로 허옇다. 기억에 남아 있는 모습보다는 살이 좀 붙었다. 동생을 계속 단단히 조이고 있던 일들이 느슨해진 듯하다.

마지막으로 만났을 때 아직 고등학교에서 야구를 하고 있던 동생은 동남아시아계로 보일 정도로 검게 타 있었다. 프로

스포츠 선수가 되는 것이 그의 꿈이었다. 기계로 대체될 가능성이 거의 없는 직업이다. 결국에는 동아리에서조차 정식 선수는 되지 못했지만.

"밥은 잘 챙겨 먹니?"

내가 묻자,

"잘 먹고 다니지. 보면 알잖아."

라고 그는 자랑스레 말한다. 중고생 때 스포츠를 하던 사람이 어른이 되면, 운동량은 줄어들어도 먹는 양은 그대로여서 살이 찐다. 특히 돈이 없으면 먹는 것이 편중되기 때문에 살찌기 쉽다. 그래서 비만인 사람 중에는 생산자보다 소비자가 많다고 한다.

"내가 집을 나와서 생활기본금이 모자라지는 않아?"

"괜찮은 것 같아. 아빠 엄마도 그런 얘기는 하지 않고."

라고 한다. 남동생은 부모님을 '아빠 엄마'라고 망설임 없이 붙여 부를 수 있다. 나는 끝내 그걸 못 했다.

같은 부모한테서 태어나 같은 집에서 자란 동생인데, 그는 새아버지와 같은 투로 말한다. 그런 데서 어쩔 수 없이 나와 가족 사이의 거리를 실감한다.

"누나는 일하는 덴 문제없어?"

라고 그는 걱정스러운 듯 묻는다.

"집안일도 늘 힘들어 했잖아."

"전혀 문제없어. 세상에는 내가 없으면 안 되는 사람이 있거든."

"그런데 지금 입원했잖아."

"이건 예정돼 있던 일이야. 유전체 검사에서 그렇게 나왔었잖아. 검사표가 집에 있을 테니까 너도 한번 봐."

라고 대꾸하자 그는 입을 다물었고, 나도 아무 말 하지 않왔다.

그러고 있으니 병원의 설비 중 하나가 멀리서 신음처럼 웅웅거리는 소리를 내는 것이 들린다.

남동생과 4년 만에 만났는데 무슨 얘기를 해야 할지 전혀 모르겠다. 남동생은 그 사이에 병원 설비를 두리번거리고 있다. 평소에 못 보던 것들에 신경 쓰느라 이런 침묵 따위는 전혀 어색하지 않은 것처럼 연출하고 있는 듯한데, 그러는 게 더 어색하다.

"지금 뭐하고 있어?"라고 묻는 것은 적절치 않다. 설마 생산자가 되었을 리는 없을 테고, 나이로 볼 때 학교는 이미 졸업했을 것이다.

내가 시청을 그만두고 이상한 민간 직업소개소에서 일하고 있는 걸 가족들은 알고 있을까? 물론 EsEnEs를 보면 금방 알 수 있겠지만.

"저기 누나, 집에 한번 오지 않을래?"

라고 하길래 나는 그 말을 틀어막듯이,

"야, 거기 있는 거 아무거나 맘에 드는 거 있으면 집에 가져가. 친구들이 가져온 건데 혼자서는 다 먹지도 못하니까. 아깝잖아. 엄마랑, 그 뭐야 아버지께도 안부 전해주고."

라고 황급히 말하며 테이블에 놓여 있는 햄이나 과일을 적당히 가리켰다. 편의점에서 팔고 있는 '문병 세트'가 세 상자 있고, 캔맥주도 있다. 26년 동안 나 자신이 어떤 캐릭터를 만들어 왔는지 알 수 있다.

장례식은 인생의 성적표로, 조문객들의 반응을 보면 죽은 사람이 어떤 인생을 살아왔는지 알 수 있다는 식의 말을 들었다. 하지만 죽은 뒤에 성적표 같은 거 받아봐야 소용도 없고, 그런 게 궁금하면 입원하는 걸로도 충분하다.

"올가을 들어 가장 춥겠습니다"라는 뉴스 음성과 함께 나는 퇴원 날을 맞았다. 가을 들어 가장 추운 날이라면 '겨울'이라고 해도 되는 게 아닐까 생각했지만, 그런 것까지 하나하나 신경 쓰고 산다면 이런 정보과잉 사회에서는 숨이 막히고야 말 거다.

퇴원 수속을 마치고 간호사로부터 마지막 주의사항을 듣는다.

"메구로 씨는 생산자이지요?"

간호사가 걱정스러운 얼굴로 나를 보며 묻는다.

"개인적으로 강한 스트레스나 정신적인 충격을 받은 일이 있나요?"

"인간관계로 받는 스트레스는 있는데요(주로 고용주 때문에). 충격받은 일은 잘 생각나지 않네요."

"그래요. 체질상 과호흡 증후군이 오기 쉬우니 조심하세요. 요즘 아이들은 일을 하지 않아서 이전 세대에 비해 스트레스에 내성이 약하기도 하거든요."

간호사 세대가 볼 때, 나는 '요즘 아이'인가 보다. 이미 스물여섯 살인데.

"어떤 일을 조심하면 될까요?"

"예를 들면, 번지점프는 안 하는 게 좋아요."

"안 해요."

"신경접속형 게임도요."

"안 해요."

"가장 좋아하는 밴드의 라이브 공연에 가서 제일 앞 열에 서는 것도요."

"……"

미래
직업소개소

"길가에서 엄청 잘생긴 남자와 마주치는 것도 마찬가지고요."

"네? 그것도 피하지 않으면 안 되는 거예요?"

라고 하자 간호사는 조금 망설이다가,

"뭐, 그럴 때는 그 남자에게 병원까지 데려다주라고 하세요."

라고 장난스레 말한다. 나도 작게 웃으며 깊이 고개 숙여 인사를 하고 병원을 나섰다.

아직 단풍이 든 나무나 길가에 핀 코스모스처럼 바뀐 계절의 풍경을 거리에서 찾아보기는 힘들기에, 가을이라고 해도 그저 온도계 수치만 하염없이 내려가는 날에 불과하다. 북풍이 가로수의 잎을 흔들고 몸에 남아 있던 병원 침대의 온기마저 빼앗아 간다.

병원에서 집까지는 거리가 꽤 멀어서 택시를 이용한다. 시립병원은 시내 중심부에서는 조금 떨어진 곳에 있기 때문에 도로에 나가도 빈 택시를 찾기 힘들다. 나는 핸드폰으로 가까운 곳에 있는 택시를 부른다.

몇 분 후, 내 뒤에서 나타난 택시의 차 번호를 힐끗 보니 시청에 근무하던 시절의 내 책임 차량이다.

차의 쿠션에 몸을 기대자,

"행선지를 지정해 주세요."

라는 안내음이 흐른다. 내가 우리 집 주소를 말하자 요금이 표시된다.

"그럼 출발합니다. 안전 운전을 하려고 유의하고 있지만, 안전벨트는 반드시 착용해주세요."

라고 말하고, 모터가 부드럽게 속도를 높인다.

시청에 있었던 건 겨우 반년 전 일이지만, 내 책임담당이던 차 번호를 보게 되는 날이면 불현듯 그때가 그립다. 내가 시청을 퇴직한 후에 이 차는 다른 누군가의 책임담당이 되었을 것이다. 누굴까. 그 선배일까.

획획 서늘한 바람이 부는 길을 달려서 차는 아파트 앞에 도착해 서서히 멈춘다. 카드를 스캔해 요금을 지불했다.

"이용해주셔서 감사합니다. 갑자기 추워졌으니 감기 걸리지 않도록 주의하세요."

스피커에서 기계음이 들린다. '너도 사고 일으키지 않도록 주의해'라고 나는 생각한다.

엘리베이터로 6층까지 올라간다. 집을 비운 동안 빈집 털이범이라도 들지 않았을까, 벌레가 생기지는 않았을까 하고 잠깐 걱정했지만, 현관문을 열고 전등을 켜자 집 안은 마지막으로 기억하고 있는 그대로의 상태, 즉 물건들이 어지럽게 널려 있는 모습이었다. '혼자 사는 생산자를 위한 집'을 표방하는 만큼 보안은 완벽하다. 집을 비운 동안 누군가 몰래 들어와서 치워주면 좋았을걸.

싱크대에 쌓여 있는 그릇들을 보고 얼굴을 찌푸린다. 그러고 보니, 저녁 설거지를 하기 전에 쓰러졌다. 그릇에 정체 모를 세균이 번식하고 있을 것 같아서, 여느 때보다 많은 양의 세제를 넣고 식기세척기를 돌린다. 그러고 나서 식탁 위에 놓인 쓰레기와 쓰레기가 아닌 것을 크기별로 나눠 정리한다. 그것만으로 약간의 공간이 생긴다.

컵과 물에 전열 봉을 넣어서 물을 끓이고 냉장고에서 꺼낸 생강을 갈아 넣는다. 거기에 벌꿀을 더해서 찻숟가락으로 젓는다. 한 모금 마시며 북풍으로 차가워진 몸을 안쪽에서부터 덥힌다.

친구들이 올 때를 대비해 산 4인용 식탁이지만 최근에는 친구들을 부르는 일도 드물어졌기 때문에 정리할 때에도 한 명 분의 공간만 남겨둔다.

아무래도 나이를 먹어가면서 눈감을 수 있는 더러움의 정도가 커지는 것 같다. 다른 것에 좀 더 너그러워지고 싶지만, 사람은 자기 마음조차도 마음대로 할 수 없는 존재다.

어디에 사용하는 건지 불명확한 외국산 조미료(후유가 출장 기념 선물로 줬다), 세일을 하길래 샀던 건강 기구(상자에서 꺼내지도 않았다), 친구의 결혼식 식순(아무리 생각해도 이젠 필요 없는데, 왠지 아직 버리면 안 될 것 같다).

그리고, 얼마 전에 '타마치 서점'의 타마치 씨로부터 받은 종이책 몇 권이 벽돌처럼 테이블 반대편 구석에 쌓여 있다.

서점을 운영하는 사람이 책을 공짜로 주는 건 자기가 하는 일과는 정반대되는 행동이라는 생각도 들지만, 노인이 되면 젊은이에게 자기 세대의 문화를 전하는 일을 사회적인 사명으로 느끼는지도 모른다.

'어디 한번 그 사명감을 만족시켜줘볼까' 하는 생각으로 가장 위에 있는 책 한 권을 집어들고 페이지를 넘겨본다.

『약속의 장소』 저자: 로라 후쿠시마. 번역: OpenNaom 4.2.

제목 아래에 둘러져 있는 길고 가느다란 종이에는,

'21세기 중반의 로보틱스 혁명에 의해 인류의 역사는 최종 지점에 도달했다'

라고 쓰여 있다. '이 길고 가느다란 종이는 벗겨버려도 되는 건가. 들고 읽을 때 거추장스러운데'라고 생각하면서도 벗기지 않고 읽기 시작한다.

'인간의 역사는 노동력을 그 대가와 교환하는 방법이 어떻게 변해왔는가의 역사로 설명할 수 있다. 수렵과 채집의 시대에서 농업의 시대를 거쳐, 몇 차례의 산업 혁명을 지나며 그 교환 비율이 서서히 변화했다. 즉 적은 노동으로부터 큰 가치를 얻을 수 있게 되었다. 현대로 접어들며 그 비율은 무한대가 되었고, 인간은 노동을 하지 않고도 충분한 대가를 얻을 수 있게 되었다. 이것이 역사의 완성형이고, 향후에 이 체제를 파괴할 수 있는 큰 전쟁이나 사건은 일어나지 않을 것이다.' 이런 내용이 서문에 서술되어 있고, 그 뒤로 이어지는 본문에서 각론으로 들어가는 것 같았다.

시선을 위아래로 움직이며 글자를 따라가지만, 왠지 조금도 머리에 들어오지 않는다. 종이책은 앉아서 읽자니 양손을 마음대로 쓸 수 없고, 침대에 누워서 읽자니 어떻게 하는 게 적절한 자세인지 모르겠다. 인쇄된 글자는 읽히지 않고 톱니처럼 뾰족한 종이 가장자리나 페이지 구석의 작은 얼룩, 용지를 절약하기 위한 좁은 행간 따위에 신경이 분산된다.

어쩐지 종이책은 나, 그러니까 현대인의 생활 방식에 어울리지 않는 듯하다. 타마치 씨에게는 죄송하지만, 세상에는 다음 세대에도 살아남을 수 있는 문화와 그렇지 않은 문화가 있는 모양이다. 책을 테이블에 다시 쌓아놓는다. 조그맣게 하품을 하고 멍하니 실내를 돌아본다.

무릎 위쪽으로는 멋대로 어질러져 있지만, 마루만은 반짝반짝해서 부자연스러울 정도로 눈에 띈다. 사람이 살지 않으면 먼지도 일지 않는다. 청소기는 마루를 핥듯이 광을 낸 후 한가한 듯이 충전 포트에 들어가 있다. 마치 의뢰인이 오지 않는 날의 내 모습 같아서 청소기에게 친근감을 느낀다.

친근감, '부모(親)와 같이 가까운(近) 느낌(感)'이라고 쓰지만, 나는 부모보다도 이 플라스틱제 동거물(物)이 한층 더 가까운 느낌이 든다.

모두가 쉽게 가족을 이루는 시대에 오히려 가족으로부터 도망치는 인생을 살고 있지만, 이렇게 물건과 기계에 둘러싸여서 살아가는 것도 나쁘지 않을지도 모른다. 돈이 모인다면(언제?) 네코포이드를 한 대 길러 볼까? 아예 진짜 고양이를 기를 수도 있다. 아니지, 오츠카 씨가 대량 구매해놓은 고양이 캔사료를 낱개로 사기는 어려울까?

어쨌든 충분히 요양했으니까, 내일부터 다시 힘내서 일하자.

이런 생각을 하며 오츠카 씨에게 전화를 걸어야겠다고 다짐하는 순간에 마침 오츠카 씨로부터 전화가 왔다.

"내일 오는 거지?"

전화를 받자마자 그가 말한다.

"네, 지금 막 퇴원했습니다."

"알았어. 가능하면 10시까지 와줘. 잘 부탁해."

라는 말과 함께 전화가 끊겼다. 보통 "퇴원 축하해" 정도 인사는 하는 게 예의 아닌가 싶었지만, 집에 있을 때와 비교해 입원 중인 때가 특별히 더 힘들었다고 할 수도 없는 데다가, 오츠카 씨에게 축하의 말을 듣는 편보다는 필요한 노동력으로 생각되는 쪽이 더 낫다.

―

자고 일어나니 어젯밤과는 딴판으로, 아침부터 더운 날이었다. 겨울과 여름이 스위치를 켰다 끄는 것처럼 금방 왔다 갔다 하는 것이 이곳의 가을이다.

직업소개소의 새로운 문은 얼굴 인식 기능이 있기 때문에, 나나 오츠카 씨가 오면 카메라가 인식해서 자동으로 열린다. 여전히 고양이 얼굴은 인식할 수 없으므로 소장이 맘대로 어디론가 가버리는 일은 없다.

"어서 와. 몸은 괜찮아?"

라고, 드물게 나보다 먼저 와 있던 오츠카 씨가 말한다. 책상 위에 평소와는 달리 큰 가방을 두고, 서랍의 내용물을 획획 뒤집어 엎고 있다. 소장은 책상 구석에 웅크린 채 변함없이 소장으로서의 관록을 보여준다.

"덕분에 부활했어요. 뭐 찾고 계세요?"

"여권."

"어떤 거요?"

"여권은 그냥 여권이지."

그 말에 적당히 고개를 끄덕이고 탕비실 쪽을 보니, 이전에 본 적 없는 새 빗자루가 나와 있다. 마트에서 계산할 때 붙여주는 스티커가 붙어 있으니까 아마 최근에 산 것이겠지. '그렇다면 원래 있던 청소기는?' 라는 생각이 들어서 부엌의 싱크대 밑을 보니, 전원만 켜져 있으면 자동으로 돌아다니며 청소하도록 설정된 청소기의 전원이 꺼져 있다.

최근 알아차린 거지만, 오츠카 씨가 '기계를 만지지 않는 사람'이라는 건 적절하지 않다. '최대한 기계 전원을 끄려고 하는 사람'이라는 게 실제에 더 가깝다. 기계에 대한 지식이나 기술이 부족해서라기보다는, 일종의 신경증이 아닐까 하는 생각이 든다.

"여기 있었네."

오츠카 씨는 한숨을 쉬더니 서랍에서 빨간 수첩을 꺼냈다. 낯선 서체로 '일본국 어쩌고저쩌고'라고 쓰여 있는 글씨 아래에 국화 문양이 각인되어 있다.

"아, 맞다 메구로. 갑자기 미안한데, 이번엔 내가 나갔다 올 테니까, 그동안 고객 응대를 부탁할게."

"네? 네"라고 대답하고 핸드백을 책상에 놓는다.

"자리는 몇 시간 정도 비우시게요?"

"그렇게 오래 걸리지는 않을 거야. 길어야 2주 정도."

"네?"

그는 색이 연한 선글라스를 끼고 큰 합성가죽 가방을 챙기더니,

"이상한 손님이 아니면 선반에 쌓아놓은 일자리들을 소개해주면 돼. 이상한 손님이 오면 전화하고. 그럼."

이라는 말만 남기고 부리나케 사무실 밖으로 나갔다. 이렇게 해서 직업소개소에는 나와 소장만 남게 되었다.

———

시각은 오전 9시 반.

서둘러 떠난 것치고 오츠카 씨의 책상은 깔끔하게 정리되어 있었다. 이상한 데에 성실한 사람이다.

부엌 쪽 쓰레기통에 빈 캔이 있는 걸 보니 아마도 소장에게 아침밥은 주고 간 모양이다. 전원을 켜자 청소기는 졸린 듯이 느릿느릿 움직이기 시작했지만, 막상 청소할 만큼 더러운 곳이 없다는 걸 알아채고는 다시 느릿느릿 충전 포트로 돌아간다. 오츠카 씨는 내가 사무실을 비운 동안 새로 산 빗자루로 제대로 된 청소를 했던 걸까? 마녀 외에 빗자루를 쓰는 사람은 처음 봤다.

선반에 쌓아놓은 서류는 내 단말에도 데이터로 입력되어 있기 때문에, 나는 단말을 켜고 그 내용을 위에서부터 훑어 내려간다. 세상에는 하루만에 끝나는 일자리도 엄청 많고, 그런 편의점 같은 일자리를 찾아서 직업소개소에 오는 의뢰인도 마찬가지로 많다. 이런 일자리를 소개해서 직업소개소가 얻는 이

익은 거의 없다. 하지만 이런 일자리부터 꾸준히 소개해나가야 장기 근무가 가능한 일자리들의 구인 공고도 들어온다고 한다.

'표정 인식 알고리즘 검증에 사용할 얼굴 데이터 제공자 모집, 동아시아인 한정'

스노든 조약 때문에 이런 종류의 데이터를 모으는 것도 많이 힘들어졌다고 한다.

'도시 부흥 행사에 출연할 단역 모집'

이전에는 컴퓨터 그래픽으로 시민을 연출해 문제가 되었다고 한다. 그렇다고 해서 아르바이트생을 쓰는 건 괜찮은 걸까.

'신형 네코포이드와 인간의 상호작용 데이터 수집을 위한 지원자 모집'

이건 좀 해보고 싶네.

이런 건 인터넷에서 공개적으로 모집하는 편이 효율적일 것 같은데, 그랬다가 너무 이상한 사람이 올까봐 염려되는지 직업소개소에 공고를 낸다. 말하자면 면접을 외주로 맡기는 것이다. 오츠카 씨가 여러 방면에서 꽤 신뢰를 받고 있다는 뜻이다. 어딜 봐서 그 남자가 그 정도로 신뢰를 받을 만하다는 거야. 지금도 일개 사무원인 나에게 업무를 내던져놓고 외국으로 떠났잖아.

한 번 다 훑어보고 나니까 더 이상 할 일이 아무것도 없었다.

분명히 장부상에는 출근해서 일하는 중으로 되어 있지만, 이건 병원에 누워 있는 것과 큰 차이가 없다.

'아무것도 할 게 없다'라는 사실이 주는 중압감은 병원에 있느냐 직장에 있느냐에 따라 꽤 다르다. 병원에서는 무리하게 움직이면 안 되니까 아무것도 하지 않는 것이 올바른 태도이지만, 직장에서 아무것도 안 하고 있으면 뭔가 잘못을 저지르고 있는 듯한 불안감에 시달린다.

시청에 다닐 때도 아무것도 안 하는 건 마찬가지였지만, 그 때는 별로 중압감을 느끼는 일 없이 시간을 보냈던 것 같다. 교통과의 모두가 유쾌한 사람들이었고, 왠지 그곳에 출근해 시간을 보내는 것만으로 뭔가 의미 있는 일을 하고 있다는 기분이 들었다. 그저 직장에 다닌다는 사실만으로도 좋았던 것이다. 요컨대 나는, 그리고 아마도 세상 대부분의 사람들은 자신이 있는 장소의 분위기에 따라 살아가는 듯하다. 시청의 교통과가 그랬듯 우리가 만약 '존재 자체만으로 좋은 사람'이라고 여겨진다면, 무언가에 쫓기는 기분에 휩싸이거나 힘들어하는 일 없이 행복하게 살 수 있지 않을까.

"소장님, 어떻게 생각하세요?"

라고 소장에게 물어봤지만, 그는 오츠카 씨의 서류 위에 있는 큰 문진처럼 묵직하게 웅크리고 있다. 소장은 자기 스스로를 '존재 자체만으로 좋은 고양이'라고 뼛속 깊이 믿고 있는 것처럼 보인다.

―

오후 1시에 오늘의 첫 의뢰인이 찾아왔다.

"처음 뵙겠습니다. 고탄다 아키노리라고 합니다."

호리호리하고 키가 큰 30대 남자다. 소비자는 잘 입지 않는 비즈니스 캐주얼을 입은 데다가, 직업소개소에 오는 의뢰인으로는 특이할 정도로 낭랑한 말투여서 영업사원이 아닐까 의심했지만, 의뢰인이다.

영업사원들은 여기 직업소개소에도 가끔 찾아온다. 요즘 대부분의 영업은 화면 속 영상으로 진행되기 때문에, 실제 사람을 상대하는 데 익숙하지 않은 사람들은 눈앞의 영업사원을 보면 두려움에 쉽게 계약을 해줘버리는 경우가 많다. 그래서 기업 입장에서는 인건비가 들어도 영업사원을 두는 편이 오히려 이익이 남기도 한다. 법으로 규제할 필요가 있다는 의견도 있지만, 그렇지 않아도 적은 인간의 일자리를 더 줄일 수는 없는 데다가, 따지고 보면 오츠카 씨도 비슷한 방식으로 일을 하고 있기 때문에 나는 불만을 얘기할 입장이 못 된다. 나는 차를 준비하면서 평소 같으면 이 직업소개소의 부소장인 오츠카라는 사람이 상담해드리겠지만, 오늘은 사정이 있어서 자리를 비우고 있다, 일부러 와주셨는데 죄송하다, 라고 상황을 설명했다. 그러자,

"아니에요, 그분도 여러 일로 바쁘시겠지요."

라고 웃으며 넘겨줬다. 좋은 사람이다.

"이 직업소개소 얘기는 친구한테 들었어요. 다른 직업소개소에는 없는 미묘한 일자리까지 취급하신다던데요."

"아니요, 그렇게까지 이상한 건……."

부정하려다가 입을 닫았다. 일자리는 물론이고 오츠카 씨가 이상한가 이상하지 않은가 묻는다면, 고민할 것도 없이 이상하다. 빗자루를 사용하기도 하고.

"사실 여기 소장은 야쿠자들의 세계와 연결되어 있다는 소문이 있던데 정말이에요?

라고 고탄다 씨가 농담처럼 말해서 나도 쓴웃음을 지으며,

"글쎄요, 저는 일개 사무원에 지나지 않아서요."

라고 답한다. 이 직업소개소의 소장은 현재 오츠카 씨의

책상 위에서 야쿠자 세계가 아니라 수면 세계와 연결되어 있다.

우선 이야기를 들어보고 무난해 보이는 상대라면 쌓여 있는 일자리 중에서 적당한 곳을 소개해주고, 성가실 것 같으면 전화하라는 오츠카 씨의 설명을 떠올렸다.

아직 사무원을 시작한 지 몇 달밖에 안 됐지만, 그가 얘기하던 '직업소개소에 오는 사람들의 유형'은 대략 이해하고 있다. '돈이 필요한 타입', '사회 공헌을 하고 싶은 타입', 그리고, '따분한 타입'. 오츠카 씨가 생각하는 직업소개소 의뢰인 3대 유형이다.

'따분한 타입'은 얼굴만 봐도 알 수 있다. 뭔가에 쫓기는 듯한 표정으로 눈의 초점이 잘 안 맞는다. 이런 타입은 쌓여 있는 일자리들 중에서 적당한 것을 소개해주면 되니까 제일 간단하다. 하지만 어딜 봐도 고탄다 씨는 '타분한 타입'과는 거리가 멀다.

"어떤 일자리를 찾고 계세요?"

"의료비가 필요해요."

라고 말한다. 아, 이 분은 돈이 필요한 타입이네. 알기 쉬워서 다행이다. 하지만 그는 어딜 보아도 환자로 보이지는 않는다. 하물며 의료비가 필요한 '보험 외 의료'의 대상으로는 전혀 보이지 않는다.

"의료비가 필요한 건 본인이세요?"

"네."

"실례지만, 일자리를 소개해드릴 때 뭔가 건강상 주의해야
   할 게 있으면……."

"아, 아니요, 병이 있는 건 아니에요."

고탄다 씨는 고개를 젓는다. 내가 고개를 갸웃거리자,

"단지, 아이를 원해서요."

라고 대답한다. 통상적인 출산이라면 보험이 적용되기 때

문에 아이를 갖기 위해서 돈이 필요한 경우는 동성 커플이 가장 많고 그 다음이 불임 치료다. 의료 서비스가 무료화되었기는 해도, 불임 치료의 상당 부분은 변함없이 돈이 든다. 이번 의뢰인이 불임 치료를 받기 위해 돈이 필요한 거라면 여러 가지가 얽힌 복잡한 문제이기 때문에, 의뢰인이 불임 당사자가 아니면 자세히 파악하기가 힘들 것이다.

"고탄다 씨 본인의 문제인가요, 아니면 상대방의······?"

"아니요, 배우자는 없어요."

"············?"

"싱글 부모가 되고 싶어서요."

싱글 부모. 즉, 혼자서 아이를 만드는 것을 의미한다. 최근 자주 듣는 '다양한 친자 관계' 중 하나다. 작년에 텔레비전에서 특집 방송을 본 적이 있다.

유전체 전체 합성이 가능해지면서 유명인의 유전체와 자신의 유전체를 합쳐 아이를 만드는 사람이 많이 나타났다고 한다. 할리우드의 유명 배우가 자신의 DNA를 모두 공개하자 그것과 자신의 유전체를 합성하여 아이의 유전체를 만드는 사람들이 속출해서 현재 그 배우의 '아이'가 수만 명 있다고 한다. 아무리 그래도 이건 도리에 어긋나는 일이라는 여론이 대부분이었기에, 유전체 소유권에 관한 법률이 급히 정비되었다.

그 외에도 여성 커플이 자신들의 유전체에 Y염색체만 합성해서 남자아이를 가진다거나, 3인 이상이 함께 아이를 만드는 경우도 있다. DNA에서 유전체 합성에 사용되지 않는 부분에는 무엇이든 써넣을 수 있기 때문에, 아이의 DNA에 사랑의 말을 써넣는 부모도 있다고 한다. 상상하는 것만으로 닭살이 돋는다.

싱글 부모는 그 중 가장 단출한 형태로, 한 명의 부모로부터 한 명의 아이를 만든다. 말하자면 '클론'이다.

"실례지만, 왜 싱글 부모가 되려고 하시는지요?"

라고 나는 묻는다. 직업소개소 업무라기보다는 내 개인적인 관심이다. 상당히 부정적인 의미의.

"네? 자기 유전자를 남기고 싶다는 바람은 생물로서 보편적인 일 아닌가요?"

그는 비가 오면 우산을 쓰잖아요, 같은 말을 하는 얼굴로 대답한다.

"하지만 딱히 함께 아이를 갖고 싶은 상대도 없고, 게다가 유전자를 남기는 것 자체가 목적이라면 누군가의 유전자와 제 유전자를 반반씩 섞는 것보다는 제 유전자만 온전히 남기는 쪽이 나은 것 같아서요."

"그렇군요."

나는 싫어하는 채소를 넘기지 못할 때 같은 얼굴로 추임새를 넣는다.

"일본에서는 법적으로나 사회적으로나 싱글 부모가 되기가 어렵기 때문에, 중국에 가서 시술받을까 생각 중이에요. 그러려면 항공비와, 현지 체재비, 인공 자궁을 비롯한 이런저런 처치비 등 관련된 모든 비용을 합쳐서, 중국 돈으로 이 정도이고, 일본 엔으로 하면……."

고탄다 씨가 내민 대략적인 비용을 보고 나는 깜짝 놀란다. 같은 생산자라도 버는 돈은 천차만별이지만, 적어도 이렇게 수입이 불안정한 직업소개소의 사무원으로는 몇십 년이 걸려도 모을 수 있을 것 같지 않은 큰 금액이다.

"이왕 하는 거 세 명 정도 만들어서 오려고 생각하고 있어요. 자식 수가 늘면 생활기본금 액수도 늘어나니까, 나중에 여러 가지로 효율적이잖아요. 세 명의 자식을 만들 돈을 몇 년 안에 모을 수 있는 일을 찾고 있어요. 그러던 중에 이 직업소개소에 대한 소문을 들었고요."

라고 말하며 그는 웃었다. 지금 보니 원래 웃는 상인가보다.

그의 프로필에 있는 대학명은 본 적이 있다. 후유와 같은 대학이다. 졸업생의 30퍼센트가 생산자가 되는 곳이라고 후유가 말했었다. 그렇다면, 그는 나머지 70퍼센트 쪽인가.

"직업소개소에서 이런 말씀을 드리는 것은 상당한 실례라고 생각합니다만."

이라고 나는 말한다. 왠지 오늘은 '실례'라는 말만 계속 하고 있는 기분이다.

"이 정도의 학력과 자격증이 있다면, 직업소개소에 오는 것보다 제대로 된 회사에 취직하는 것이 좋지 않을까요?"

우리 직업소개소는 오츠카 씨가 어딘가에서 찾아내온 장단기를 망라한 의심스러운 일자리(아마도 합법과 불법의 경계에 있는)가 대다수고, 이렇게 정식으로 회사에 취직할 수 있을 정도의 능력을 갖춘 사람들을 위한 일자리는 거의 취급하지 않는다.

"음, 하지만 일반 회사에 취직한다면 본격적으로 생산자가 되는 거잖아요."

"그렇게 되겠죠."

"한번 생산자 생활에 익숙해져 버리면 다시 그만둘 수 없지 않나요? 그렇게 되면 직업을 유지하는 데 시간과 에너지를 쓰지 않을 수 없게 되어버려요. 그럴 바엔 돈이 없더라도 자유롭게 사는 편이 낫다고 생각해요."

의뢰인은 이어서 말했다.

"생산자인 대학 선배 하나는, 자신이 국민 중 특별히 선택을 받아서 생산자를 하고 있으니 좀 힘들더라도 참고 열심히 일해야 한다는 마음을 가지고 있었는데, 그런 식으로 인생이 일에 구속되는 것은 싫다고 생각했어요."

"그렇군요."

나는 고개를 끄덕였다. 이번에는 진심이 담긴 '그렇군요'다. 분명히 나는 생산자를 계속해야 한다는 생각에 묶여 있다. 하지만, 무언가에 묶여 있음으로써 다른 무언가로부터 도망갈 수 있으니까 그걸로 됐다고 생각한다. 인생이란 묶일 기둥을 선택하는 거다, 같은 얘기를 오츠카 씨가 예전에 했다.

선반에 쌓여 있는 일자리를 소개할 상대는 아니라는 게 확실하기 때문에, 의뢰인에게는 나중에 한 번 더 방문해 달라고 말했다.

소장은 잠든 채로 아무런 반응도 없다. 계약이 성립됐을 때는 '케케켓' 하는 소리를 내는데, 지금은 아직 그럴 때가 아니라는 걸 이해하고 있는 모양이다. 이 직업소개소에 떠다니는 특이한 분위기를 자기 나름대로 느끼고 있는지도 모른다.

성가실 것 같으면 전화하라는 말에 따라 오츠카 씨에게 전화를 건다. 1분 정도의 긴 통화 대기음이 울린다. 전화를 받자 오츠카 씨는

"오호, 그건……거네. 거물일 것 같은……이네."

라고 한다. 전파가 약한지 소리가 칙칙거리며 끊기는데, 좋아하고 있다는 것만은 목소리를 통해 확실히 전해진다. 고탄다 씨가 직업소개소의 손님으로 거물이라는 건 틀림없다. 아무리 나와 가치관이 다른 상대라 해도 손님인 이상은 아무런 문제도 없는 것이다.

"요지는, 그……일상에………참치를……"

오츠카 씨는 뭔가 긴 문장을 말하고 있지만 낮게 웅웅거리는 잡음 탓에 목소리가 잘 들리지 않는다. 그는 전화의 소음 방지 기능을 사용할 줄 몰라서 평소에 통화할 때도 잡음이 시끄러운데, 지금은 특히 심하다.

"오츠카 씨, 지금 어디에 계세요?"

"러시아 상공이라고 방금 말했는데."

"어디로 가는 중이세요?"

"독일. 급하게……가 불러서."

'급히 독일에 불려가지 말아주세요'라고 나는 생각한다.

기침 소리가 한 번 들리더니, 오츠카 씨의 목소리가 아까 보다는 한결 크고 또렷하게 들린다.

"요지는, 그 의뢰인은 일상생활에 일을 끼워 넣기가 싫어서 일확천금을 하고 싶다는 거네. 마치 옛날의 참치 어선처럼."

"그런 것 같네요"라고 나는 대답한다.

"그렇게 말씀하시니 왠지 의뢰인이 자기만 생각하는 것처 럼 들리는데요."

"뭐, 그게 나쁜 건 아니지. 지금 시대엔 일한다는 것 자체가 이기적인 것처럼 생각되기도 하잖아."

"직업소개소 경영자가 그런 말을 하면 어떡해요?"

"자기만 생각하는 사람들에게 원하는 답을 주는 것이 우리 일이야."

휴우, 하고 나는 한숨만으로 대답을 대신한다.

"그래서, 이 안건은 어떻게 할까요? 꽤 큰 안건인 데다가, 의뢰인도 오츠카 씨의 능력을 기대하고 의뢰해온 거니까, 오츠카 씨가 돌아올 때까지 2주 정도 기다려달라고 해도 될 것 같은데요"라고 나는 묻는다. 후유는 미국에 있는 회 사에 원격 근무하고 있지만 오츠카 씨에게 그런 일이 가능 할 거라고는 생각되지 않는다.

"마침 잘 됐네. 이번에는 네가 해봐."

"……무슨 뜻이에요?"

"네가 그 녀석한테 이 시대의 참치 어선을 찾아주면 되지."

"무리예요. 오츠카 씨가 희한하면서도 나름대로 적당한 일을 찾아오기 때문에 우리 직업소개소가 돌아가는 거잖아요. 이번 의뢰인도 그런 소문을 듣고 온거고요."

"우리 직업소개소는 소장 아래에 모두가 다 평등한 거야."

"처음 듣는데요."

"실제로 급여가 평등하잖아."

그건 그렇다.

형식적으로는 오츠카 씨가 고용주, 내가 피고용인으로 되어있지만, 실제로는 그런 구별 없이 중개를 통해 얻은 수입을 나와 오츠카 씨(그리고, 소장)가 나눠 갖는다.

"무리예요."

"어렵게 생각하지 마. 기껏해야 일을 소개해주는 것뿐이잖아."

"아니요, 무리예요."

오츠카 씨가 아무나 쉽게 할 수 없는 일을 한다는 것은 나도 알고, 의뢰인에 지나지 않는 고탄다 씨도 안다.

어쩌면 지난달, 만화가인 타마치 씨의 작품을 판매하려던 계획이 빗나갔던 게 오츠카 씨에게 영향을 끼치고 있는 걸까.

"어떻게 되든 전 몰라요."

"간단한 일이야. 상대를 잘 보고, 상대가 가진 능력을 활용할 수 있는 일자리를 찾는다, 이것뿐이야."

적어도 나에게 이번 의뢰인이 '잘 보기'가 어려운 상대임은 확실하다.

그도 그럴 것이, 생각이 안 맞아도 너무 안 맞는다. 일본어는 통하지만 일본어 외에는 무엇 하나도 통한다는 느낌이 들지 않는다.

—

"이건 누구여도 상관없는 일 아니에요?"

시청 교통과에 근무할 때, 나는 선배에게 이렇게 물어본 적이 있다.

"그렇지도 않아. 물론 그만두는 건 아무나 할 수 있지. 하지만 아무것도 아닌 평범한 사람이 퇴직해봐야, 사고 당사자나 사회는 납득해주지 않아. 그래서 그만두는 것이 그만큼 중대한 일로 보이는 훌륭한 사람이 아니어서는 안 되는 거지."

내가 그런 사람이 되었던 건가 돌이켜보면, 전혀 자신이 없다. 그래도 근무시간을 확실히 지키고 기록에 남는 일들을 성실하게 하는 것만큼은 주의를 기울였다고 생각한다.

확실히 소비자들은 하는 일 없이 규칙만 지키고 있으면서 생산자 지위를 유지하는 것이 부당하다고 생각했을지도 모르고, 그런 내가 사고에 '책임'을 지고 퇴직함으로써 정의가 실현되어 통쾌하다고 느꼈을지도 모르겠다.

시청 일과 달리 직업소개소의 업무는 아무나 할 수 있는 일은 아니다.

하물며 나보다 훨씬 더 능력 있는 사람에게 직업을 소개하라니.

먼저 후유에게 연락했다. 고탄다 씨 같은 사람이 어떤 일을 하는지, 내가 아는 한 가장 잘 알고 있을 듯한 사람이다.

"퇴원 축하해! 미안해 나츠. 요즘 좀 일이 밀려서, 한동안 만나기 힘들 것 같아"라고 한다.

"응, 괜찮아. 그럼 언제 만날 수 있어?"

"3주 정도 뒤일 것 같아."

"알았어, 고마워."

나는 전화를 끊는다. 세상은 너무 지루해서 일을 하려는 사람들로 넘쳐나는데, 내가 필요로 하는 사람만 바쁘다.

그러고 보니 후유가 근무하는 비트플렉스는 자동차의 자율주행 시스템을 개발하는 회사이다. 만일 우리 시 내에서 사고가 발생했을 경우, 책임지고 퇴직해야 하는 사람은 후유 같은 기술자인가, 아니면 나같이 시청 교통과에 출퇴근만 하는 사람인가 묻는다면, 나 같은 사람으로 답은 정해져 있다.

—

전혀 실마리를 찾지 못한 채 시간이 흘렀다. 내가 다른 사람에게 그런 좋은 일자리를 찾아줄 수 있다면, 나부터 더 나은 직장으로 이직했겠지. 내 고용주는 하는 짓이 너무 터무니없다.

직업소개소는 나에게는 꼭 필요한 직장이지만, 오츠카 씨에게는 취미의 일환일 뿐이다. 그게 애초부터 어긋나는 이유다.

직업소개소가 실직 후 가족에게 돌아갈 위기에 처한 나를 구해줬지만, 생각해보면 언제까지나 여기 있어야 할 이유는 없다. 다음 직장을 찾을 때까지 거쳐가는 곳으로 생각하면 되는 거다.

다음 직장을 찾아? 어디서?

그러고 보니, 얼마 전에 오츠카 씨가 했던 말이 떠오른다.

"네가 직업소개소의 손님으로 일을 찾아달라고 한다면 못 찾아줄 것도 없지. 다만, 내 정보 분석에 의하면 지금 소개해 줄 수 있는 일 중에 너에게 가장 잘 맞는 것은 여기 사무원이야."

라고 했었지. 그건 분명히 귀부인과 그 아들 커플의 의뢰를 다뤘던 때였다.

그렇구나. 그 커플의 의뢰가 결국 어떻게 끝났는지 떠올려

본다. 직업소개소라고 해서 꼭 직업을 소개해줘야 할 필요는 없는 거다. 인간 관찰 취미의 일환으로 직업소개소를 운영한다는 오츠카 씨의 논리에 맞춰서 나도 의뢰인을 관찰한 다음, 일자리가 아니더라도 그가 원하는 답을 주면 되는 거지.

고탄다 씨의 연락처에 접속한다. 오츠카 씨라면 직업소개소로 오라고 하겠지만, 그가 자리를 비운 상태니 나는 내 방식대로 한다. 예스러운 수화기 아이콘에 '호출중……'이라는 문자가 흔들리고, 잠시 후에 목소리가 들려온다.

"네, 고탄다입니다."

"직업소개소의 메구로입니다. 지금 시간 괜찮으세요?"

라고 묻자,

"네. 소비자라서 대체로 언제든 괜찮습니다."

라고 그는 답한다. 카메라가 켜지자 얼굴이 보인다. 아마도 집인가 보다. 뒤로는 큰 모니터 몇 대가 일정한 간격으로 놓여 있고, 한 대는 숲, 다른 한 대는 바다, 또 다른 한 대는 설산의 화면을 보여주고 있다. 갑자기 연락했음에도 방은 깔끔하게 정돈되어 있어 실제 사람이 살고 있는 느낌이 거의 들지 않는다.

"직업을 소개하는 원래 업무와는 거리가 있지만, 자녀가 필요하시다면 이런 방법은 어떨까 해서 안내드리려고 하는데요."

나는 인터넷 페이지를 열어 화면을 보여준다.

입양을 중개하는 민간 단체 사이트다.

원래 입양이란 경제적인 사정 등으로 친부모가 키울 수 없는 아이를 위해서 양부모를 찾아주는 제도였다고 한다.

하지만 지금은 조금 사정이 다르다. 어떤 가정이라도 아이는 일단 태어나기만 한다면 생활기본금의 지급 대상이 된다. 따라서 경제적 사정이 어려워서 아이를 키울 수 없는 가정은 거의 존재하지 않는다. 오히려 생활기본금을 늘려 경제적 사정을 나아지게 하려고 육아를 시작하는 사람 쪽이 더 많다.

따라서 부모를 필요로 하는 아이는 어지간히 어려운 사정을 가진 아이인 것이다. 그런 아이의 양부모라면 조금 특수한 사정이 있는 사람이라 하더라도 후보가 될 수 있지 않을까.

이런 내용을 나는 몇 번씩 더듬어가면서 설명했다. 잘 모르는 의뢰인을 상대로 오츠카 씨처럼 술술 말을 풀어내려면 아직 한참 멀었다.

"으음."

고탄다 씨는 쓴웃음을 짓는다.

"저기 있잖아요, 메구로 씨. 저는 아무나 키우고 싶다는 게 아니에요. 제 설명이 조금 부족했던 것 같네요."

라며 손을 편다.

"제가 하고 싶은 일은, 생명체로서 자신의 유전자를 남기는 거예요. 특히, 가능하면 소비자 지위를 유지하며 자녀를 갖고 싶어요. 메구로 씨, 나라가 왜 불임 치료를 무상으로 하지 않는지 아세요?"

"아니요."

느낌으로 대충 알 것 같지만, 말하지 않는다.

"소비자가 자녀를 가지면 그 자녀도 자연스레 소비자가 될 가능성이 높기 때문에, 국가 재정을 압박한다고 여기는 것 같아요. 그러니까 정부 입장에서는 가능하다면 생산자만 자녀를 가졌으면 하는 거죠. 하지만 그런 사고방식은 우생학 같기도 하고, 인도주의에 어긋나잖아요. 국가에 도움이 되는 사람들만 살아남았으면 좋겠다, 이런 느낌이고요. 그런 사고방식에 어떻게든 내 나름대로 저항해야겠다고 생

각해요. 그래서 제가 소비자인 채로 제 아이들을 갖고 싶
다고 생각하는 거예요."

라고, 늘 그렇듯 웃는 얼굴로 말한다.

"……저, 정말 실례이지만."

나는 머뭇거리며 묻는다. 이 사람과의 대화에서는 '실례'라
는 말만 계속 하고 있다.

"왜 자신의 유전자를 남기고 싶나요?"

"'왜'냐고요?"

그는 질문의 의미를 모르겠다는 듯이 되물었다.

"그야 물론 인간이, 아니 모든 생물이, 유전자를 남기겠다고
생각하지 않으면, 유전자는 남지 않게 되잖아요."

"그렇게 되겠지요."

"그럼 곤란하지 않겠어요? 모든 생물이 멸종하잖아요."

라고 한다. 곤란해? 누가? 내가?

나는 분명히 부모로부터 물려받은 유전자를 가지고 있고,
거기에 따른 유전병을 앓기도 한다. 그런 것은 지켜야 하는 거
라고도, 전해줘야 하는 거라고도 생각되지 않는다. 단지 어쩔
수 없이 내 몸에 붙어 있는, 벗겨지지 않는 바코드 같은 거라고
생각한다.

"실례했습니다. 저는 가족과 사이가 조금 좋지 않았기 때문
에, 유전자를 남기는 일이 그만큼 가치가 있는지 잘 모르
겠어요."

"뭐, 그런 분들도 계시지요. 저야말로 실례했습니다."

그는 웃으면서 사과한다.

"하지만, 입양에 대한 말씀은 공부가 되었습니다. 감사합니
다. 아직 세상에는 제가 모르는 것들이 있네요."

라고 그는 말했지만, 나에게는 그 감사하다는 말이 어찌할

바를 모를 만큼 무섭게 느껴졌다.

이 사람은 나와는 완전히 반대의 사람인 것이다. 그의 언어는 이해할 수 있어도, 그의 사고방식은 전혀 이해할 수 없다.

내가 입양제도에 대해서 이것저것 알고 있는 이유는 아주 간단히, 내가 어릴 때 스스로 입양을 신청하려고 생각했었기 때문이다. 입양될 수 있는 나이는 15세 미만으로 연령 폭이 넓은 데다가, 친권자뿐만 아니라 법원이나 본인이 신청하는 것도 가능하다.

통화를 끝낸 후,

"하아."

하고 소리를 내서 폐에 가득 담겨 있던 공기를 전부 토해낸다. 손발이 기분 나쁘게 저리다.

도대체 뭐야, 이 의뢰인은.

물론 단순히 직업소개소의 의뢰인이지만, 이렇게까지 나와 가치관이 다른 사람을 보는 것은 직업소개소 사무원을 하기 시작한 뒤로 처음 있는 일이다. 내 인생에 처음일지도 모른다.

업무상 강한 스트레스나 정신적 충격을 받지 않게 주의하라던 간호사의 말을 문득 떠올린다. 음, 주의할 수 있는 거라면 주의하겠지만….

—

우리의 행동이 유전자에 따라 어떻게 좌지우지되는지에 대해서, 나에게는 그다지 떠올리고 싶지 않은 기억이 몇 가지 있다.

"사춘기의 소녀는 아버지를 싫어함으로써 근친상간을 피하고자 하는 본능이 있습니다."

라는 이야기를 예전에 텔레비전에서 보았다.

아마도 중학교에서 수업 시간이 끝난 후에 감독 교사에게 "집에 가야지"라는 말을 듣기 전 짧은 시간 동안, 교과시스템의 단말을 사용해서 모두 함께 방송을 보고 있던 때였다. 단말은 학교의 비품이기 때문에 볼 수 있는 콘텐츠는 한정돼 있었는데, 그날 우리가 본 것은 인간 행동을 진화론의 관점에서 설명해주는 프로그램이었다.

단말은 한 명당 한 대씩 갖고 있었지만 왠지 화면 하나에 모두 둘러앉아서 그 사춘기 소녀의 본능이라는 방송 내용에 모두 한 목소리로 "알 것 같아"라고 공감하고 있었다. 여자아이들이 모두 하나같이 아버지를 싫어하고 있던, 그런 나이였다.

사람에게는 그런 경향이 있다. 왜 그런 일이 생기는지 원리가 과학적으로 설명되고 나면, 도덕적이지 않은 행위도 합리적이고 면죄된 듯한 느낌이 든다. '가족은 사이좋게'라고 배워온 우리에게 가족을 싫어하는 합당한 이유가 주어지는 것은 일종의 구원이었을 것이다.

다만 나를 무척 힘들게 한 것은 그 프로그램이 아버지를 싫어하는 이유를 유전자에 새겨진 본능이라고 설명한 것이었다.

그 얘기대로라면, 피가 섞이지 않은 새아버지를 나는 싫어하면 안 되는 것 아닐까?

열두 살 때 우리 집에 온 새아버지는, 한마디로 하자면, 약한 사람이었다.

"힘든 상황에 처해 있는 사람을 그냥 놔둘 수는 없다고 생각했어."

엄마는 마치 비를 맞고 있는 새끼고양이를 데려온 것처럼 말했다. 그런 새끼고양이를 두고 "안 돼요, 버리고 오세요"라고 하는 건, 옛날이야기 안에서는 나쁜 놈의 역할이라는 것을 나는 알고 있었다.

두 자녀가 제법 성장했을 때, 해야 할 일이 없어져 허전함을 느낀 엄마가 새롭게 할 일로써 데리고 온 것 같은 사람이 새아버지였다. 엄마는 그런 사람이다. 힘들어하는 누군가를 도와줌으로써, 자신이 이 세상에 필요한 사람이라는 것을 확인받으려 한다.

오츠카 씨의 유형 분류법으로 말한다면, 엄마는 '사회 공헌을 하고 싶은 타입'이다. 이 경우의 '사회'는, 가정이라는 아주 좁은 범위였지만 말이다.

그래서 사춘기 소녀가 아버지를 싫어하는 감정이 '본능'이라는 설명을 듣는 것은 나에게는 매우 곤란한 일이었다. 집에 있는 사람은 본능적으로 싫어해야 하는 생물학적 아버지가 아니라 그냥 어려운 형편에 있는 한 아저씨고, 따라서 내가 그 사람을 싫어하는 것은 부적절한 감정이라고 말하는 듯한 기분이 들었다.

부탁이니까, 내 행동을 유전자 탓으로 설명하지 않았으면 좋겠다.

좋아.

역시 나에게는 무리잖아.

고탄다 씨와의 일이 원활하게 진행되지 않았기 때문에 오히려 기분이 상쾌해졌다. 그런 사람과 대화가 통하게 된다면 오랜 시간에 걸쳐 형성된 내 신념에 혼란이 생길 것 같은 기분이 든다.

이제 됐다. 일단 오늘은 퇴근하자.

내 책상 서랍에서 가지고 가야 할 물건은 없는지 확인한다. 책상 위의 키보드만으로도 대부분의 업무를 처리할 수 있기 때문에 서랍은 거의 열지 않는다. 서랍은 언제 것인지 알 수 없는 볼펜이나, 인주, 직업훈련대학의 팸플릿 같은 것들로 채워져 있다.

그러고 보니 나에게는 전임자가 있었다고 한다.

그 사람의 퇴직과 내 시청 퇴직 타이밍이 일치했기 때문에 내가 이 직업소개소에 오게 된 것이다. 만난 적도 없고 성별조차도 알지 못하지만, 뭔가 성가신 의뢰인이라도 만났던 것일까.

문 두드리는 소리가 들렸다. 일순, 설마 고탄다 씨가 찾아온 것은 아닌지 움찔했다. 불과 몇 분 전에 집에서 나와 통화하고 있었기 때문에 그럴 리는 없지만 말이다.

노크 뒤에 들린 것은 의외로 매우 익숙한 목소리였다.

"얼굴 인식 문인데 왜 안 열리지? 메구로, 문 좀 열어줘."

오츠카 씨다.

나는 앞에 있는 단말로 출입구 잠금장치를 해제한다. 문이 스르륵 열린다.

"야아, 다녀왔어."

"벌써 오셨어요?"

"보고 있는 대로."

라며 자신의 발을 흔들어보인다. 유령이 아니라고 말하기라도 하듯이.

"2주라고 하시지 않으셨어요?"

"시차라고 몰라? 독일의 2주는 일본의 1주라고."

"아, 그러고 보니까……가 아니고 그럴 리가 없잖아요!"

한순간 납득할 뻔했기 때문에, 동조하려다가 정신을 차리고 얼른 받아쳤다. 뭔가 엄청 분하다.

"1주일이든 2주일이든 상관없잖아. 생각보다 일이 빨리 끝났어. 그것보다 문제의 의뢰인 말인데, 어떻게 됐어? 꽤 성가신 것 같던데."

라고 내 얼굴을 보며 말한다.

객관적으로 볼 때 가장 성가신지 어떤지는 모르겠지만, 나한테만큼은 제일 성가시다.

—

"자기 자신을 원한다는 거지?"

라고 오츠카 씨는 말한다.

"공공 유전체에 등록하면 되지 않나? 수요가 있을지도 모르잖아. 학력이라도 써놓으면 꽤 인기 있을 것 같은데."

"다른 사람의 유전체는 섞이지 않는 게 좋다고 하더라고요."

"어지간히 특이하네, 그 녀석도. 자기랑 똑같은 얼굴의 자식을 키우면 재밌을까? 엉뚱한 놈이 있는 게 낫지 않나?"

취미로 인간을 관찰하는 사람다운 의견이다. 그러고 보니 이 사람은 무성애자라고 우에노가 얘기했는데, 자식이란 걸 어떻게 생각하고 있을까.

"오츠카 씨는 아이들 좋아하세요?"

"아이들은 좋아하지. 움직임이 재밌어."

"그래요?"

"그건 그렇고, 이 산처럼 쌓인 자격증은 뭐야?"

오츠카 씨가 인쇄된 목록을 본다.

"한 해에 최소 두 개는 따기로 했다나 봐요. 공부하는 방법을 잊지 않기 위해서라고 하네요."

"자격증 마니아네. 흠, 의료랑 관련된 게 꽤 많네."

아마도 생명공학에 관심이 많은 그의 취향을 반영하는 거겠지. '그냥 의사라도 할 것이지' 하고 생각하지만, 의사로 일하면 병원이나 환자에 묶일 수밖에 없으므로, 인생이 일에 구속되는 게 싫다는 그의 가치관과 맞지 않을 테다.

"좋아, 뭐, 이런 거라면 어떻게든 될 거야. 나는 전화로 일하
는 건 싫으니까, 다시 여기로 오라고 할까."

"저기, 그 의뢰인 말인데요."

나는 머뭇거리며 손을 든다.

"가능하면 그 사람과는 다시 만나고 싶지 않아요."

"호오, 왜?"

"컨디션이 안 좋아질 정도로 생각이 맞지 않아서요."

"그건 강렬한데."

라고 말하고 오츠카 씨는 웃었다.

"좋아, 그날은 쉬어도 좋아."

"하지만, 오츠카 씨는 제가 없으면 곤란하잖아요."

"곤란하지는 않지. 업무에 지장이 있을 뿐이야."

"업무에 지장이 있으면 좀 곤란해지세요."

"있잖아 메구로, 너는 일이란 걸 너무 진지하게 생각해. 일
하지 않으면 죽는다고 한다면 진지해질 필요가 있지만, 지
금은 그런 시대가 아니니까, 조금 더 적당히 해."

라고 한다. 직원에게 불성실하기를 권하는 고용주라니 도
대체 뭘까.

—

"안녕하세요, 오츠카입니다. 이번에 저희 메구로가 폐를 끼
쳤다고 해서요."

라고 오츠카 씨가 말하자, 고탄다 씨가 웃으며 입을 크게
움직인다. 뭐라고 하는지 소리는 들리지 않는다. 오츠카 씨가
거기에,

"아니에요, 당치 않은 말씀입니다."

라고 대답하자 다시 고탄다 씨가 입을 움직여 뭔가를 말하고, 오츠카 씨는 말을 잇는다.

"실은, 부끄럽지만 기계를 잘 못 다뤄서요, SNS 같은 걸 전혀 못해요. 여기 사무도 저기 있는 메구로에게 다 맡기고 있고요."

그렇게 두 사람은 느낌상 10분 정도 대화를 나누더니, 마침내 오츠카 씨가 내게 말한다.

"좋아, 메구로. 그 계약서를 보여줘."

"네."

나는 인증 단말에 계약서를 띄운다. 고탄다 씨가 거기에 자신의 카드를 스캔하자, 계약이 체결된다.

고탄다 씨는 오츠카 씨와 악수를 하고 돌아서더니 나에게 뭔가 말하고 돌아갔다.

나는 '후우' 하고 깊은 한숨을 쉰다.

그 순간 소장은 "케케켓" 하고 운다. 그 소리를 듣는 것은 퇴원하고 처음이다.

"요즘 이어폰은 역시 편리하네."

라고 오츠카 씨가 말한다.

"지정한 사람의 목소리만 듣는 기능도 있나보네."

"오츠카 씨도 사용 방법을 익히면 좋지 않나요. 편리해요."

"나도 기계가 편리하다는 건 알고 있어."

'그럼, 써보세요'라고 생각하지만, 그걸 말해버리면 내 자리가 없어질 테니 말하지 않는다.

"그래서……그 사람에게 어떤 자리를 소개해 준 거예요?"

"뭐, 아무리 봐도 유전체 의료와 관련된 지식을 상당히 깊이 익히고 있는 것 같아서, 그냥 국내 바이오계 기업에 소

개해주는 게 무난하겠지만, 그런 안정된 직장이면 목돈을
만드는 데 시간도 꽤 걸리고, 우리한테 그런 제대로 된 직
장의 구인 의뢰는 잘 안 오지."

"그것도 그러네요."

생산자의 대부분은 아직 소위 말하는 대기업 사원인데, 그
런 건실한 직장은 제대로 된 취업활동 절차가 있다. 대학에 안
내를 보내는 식으로 말이다. 시청도 그런 직장 중 하나이다.

즉, 막연하게 느끼고는 있었지만 우리 직업소개소에서 다
루고 있는 일자리는 거의 다 음지에 있는 것들뿐이다. 후유가
근무하고 있는 비트플렉스 같은 제대로 된 대기업이 오츠카 씨
같은 의심스러운 사람에게 인재 모집을 맡길 리가 없는 것이다.

"진부한 표현을 쓴다면." 오츠카 씨는 말한다.

"'중국 야쿠자'라고 할 수 있지. 유전체 디자인을 취급하는
데는 꽤 있고, 일본 국적이 있으면 여러 가지로 편리하다
고 하네."

"왜 그런 곳에 일자리가 있는 거죠?"

"야쿠자가 하는 일도 사람이 아니면 안 되는 경우가 많지.
무엇보다 야쿠자는 공포를 파는 거니까. 기계보다 인간이
하는 편이 더 무섭겠지."

왜 그런 곳의 구인 공고가 우리 직업소개소에 들어오는 건
지는 여느 때처럼 묻지 않기로 하고, 나는 한 번 더 폐의 공기를
전부 내뿜을 듯한 기세로 한숨을 쉰다.

"왜 그래, 피곤해?"

오츠카 씨가 묻기에, 나는 이어폰을 주머니에 넣고,

"엄청 피곤해요. 퇴원한 지 얼마 안 된 사람에게 이런 무리
한 일은 시키지 말아주세요. 분명히 말씀드리는데, 저에게
직업소개소의 본 업무는 무리예요."

"딱히 네가 한 방식도 틀리지는 않았잖아."

"하지만 의뢰인의 요구를 완전히 잘못 이해했잖아요."

"그건 그렇지만, 그래도 특별 양자 입양 대상 어린이들의 존재를 한 번 더 알림으로써 그들에게 도움이 되었을 가능성은 있지. 그걸로 됐잖아."

"그럴까요?"

"그럼. 모두가 행복해지는 경우는 거의 없으니까."

"……오츠카 씨, 그냥 적당히 둘러대고 있는 거 아니에요?"

"응?"

"뭐라고 할까, 오츠카 씨가 저에게 '네가 해봐'라고 말씀하셔서, 어쩌면 제가 직업소개소의 본 업무가 가능할 정도로 성장했다고 보는 건가 생각했었지만 실제로는 전혀 그런 게 아니고 그냥 귀찮으니까 저에게 다 넘겨버린 거잖아요. 그건 확실히 했으면 하는데요."

라고 말하자, 오츠카 씨는 내 눈길을 피해 슬쩍 위쪽을 쳐다보면서,

"뭐, 일에 너무 온 신경을 쓸 필요는 없는 거야."

라고 말한다.

─

조금 지나서 고탄다 씨에게서 메일이 왔다.

'덕분에 일은 잘하고 있습니다. 역시 소문난 직업소개소에서 소개받은 보람이 있네요. 메구로 씨도 가족들과 사이좋게 지낼 수 있으면 좋겠네요.'

라는 내용이 써 있길래 쓸데없는 참견이라 생각하며 나는 메일을 닫고 뉴스를 본다.

오사카의 어떤 사죄 대행업자가 너무 유명해져서 얼굴이 알려져버린 바람에 '업자를 쓴 것을 들켜서 상대가 격노'했다는 것이 '웃음거리' 카테고리 가장 위에 올라와 있다. 사죄는 분명히 사람이 아니면 안 되는 일이고, 어떤 의미에서 시청 교통과가 하는 일과 비슷하다고 생각한다.

소장이 고양이 캔사료에 들어 있는 고기를 걸신들린 듯 먹고 있다. 저건 무슨 고기일까. 가격이 비싼 것은 단지 유통량이 적기 때문이고, 그 정도로 비싼 고기를 사용하는 건 아닐 거라고 생각하지만. 시선을 올리자 오츠카 씨가 상자에 든 두부 햄버거를 먹고 있다.

"그러고 보니 오츠카 씨는, 왜 채식주의자가 된 거예요? 종교상의 이유 같은 건가?"

라고 나는 묻는다.

"천주교에 식사 관련 규정은 없는데."

"체질적인 이유예요?"

"어릴 때는 먹었었어."

"그럼, 건강을 생각해서?"

"있잖아 메구로, 넌 무언가를 싫어하는 거에 하나하나 이유가 없으면 곤란하기라도 한 거야?"

오츠카 씨는 불쾌한 듯 말한다.

"그냥 흥미로 물어보는 거잖아요."

"난 흥미 없어."

라고 말하고 두부를 한 입 먹고 나서,

"나는 내가 고기를 먹지 않는 이유에 관심이 없어. 상관없잖아. 그냥 좋아하는 걸 먹을 수 있는데, 싫어하는 거에 일부러 하나하나 이유를 붙일 필요가 있어?"

'까다로운 사람이네'라고 난 생각하지만, 일일이 이유를 붙일 필요가 없다는 건 편리한 논법이다. 만약 다음에 고탄다 씨 같이 유전자 어쩌고저쩌고 하며 자식을 가지려는 장황한 이유를 말하는 사람을 만난다면, "아니요, 이유는 뭐든 상관없고요, 그렇게 복잡하게 이것저것 따지지 말고 그냥 가족을 중요시하는 사람과 만나서 자식을 낳는 게 어때요"라고 대꾸해줘야지.

함께 있는 사람을 고를 수 있는데, 단순히 혈연이라는 이유만으로 가족과 함께 있을 필요는 없겠지.

적어도 생산자를 계속한다면, 나는 내가 원하는 대로 혼자서 살아갈 수 있다. 시청에 다닐 때는 불의의 사고로 쫓겨났지만, 현시점에서는 내가 생산자로 살지 소비자로 살지, 가족을 만들지 혼자 살지 고를 수 있는 상황이다.

……어라, 그럼 난 내 선택으로 오츠카 씨와 일하고 있는 건가? 조금 논리가 이상해지고 있다.

미래 고용

시계가 없어도 아침은 온다. 하지만 시계를 볼 때까지는 아침이 왔다는 사실을 믿지 않는다.

천천히 잠에서 깼는데, 커튼 사이로 새어 들어오는 빛의 방향이 왠지 이상하다. 보통 햇빛은 위에서부터 비추는 법이다. 이렇게 모든 방향에서 스며들어오는 햇빛은 내가 살고 있는 행성에는 당연히 존재하지 않는다. 이 이상한 햇빛으로 판단할 수 있는 것은 하나. 출근해야 하는 직장이 있는 나에게는 그다지 좋지 않은 사실이다.

솜털 이불을 뒤집어쓴 채로 일어나서 커튼 틈으로 밖을 엿보니 온통 새하얀 세상이 눈에 들어왔다.

아, 눈이다. 나는 창틀의 눈이 모두 녹아버릴 정도로 깊은 한숨을 쉬었다.

겨울에는 가끔 눈이 내리는 도시지만, 하룻밤 사이에 이렇게까지 쌓인 것은 처음 봤다. 이산화탄소 배출량이 줄어들기 시작한 지도 꽤 지났기 때문에 지구가 조금씩 차가워지고 있다고 한다.

밤 사이에 제설차가 제대로 작동했는지, 도로에는 대패로 깎은 듯한 길이 생겨났다. 드러난 아스팔트의 한가운데에 노란 점자 블록이 보인다. 어린이들이 그 옆에서 눈을 던지며 놀고 있다. 발밑에 뭉칠 수 있는 눈이 없어지면 차도까지 뛰어나가 눈을 모아 오려고 해서 보고 있자니 조마조마하다.

눈을 보고 좋아하는 건 강아지와 어린이라고 옛날부터 정해져 있지만 요즘 대부분의 개와 고양이는 로봇이므로 눈을 별로 좋아하지 않는 것 같다. 관절 부분의 방수 처리가 제대로 되어 있지 않은 싸구려도 있기 때문이다. 눈을 좋아하는 건 인간 어린이의 전매특허가 되어버렸다.

어린이는 재난을 좋아한다. 이상하게 들리겠지만 틀림없는 사실이다. 내가 어렸을 때도 폭설이 내리거나 태풍이 오는 날, 천둥 번개가 치는 날을 매우 좋아했다. 하지만 지진만은 예외여서 학교에서 큰 진동이 느껴지면 모두 가능한 한 감정을 억누르고 굳은 얼굴을 하고 있었다. 지진이 났을 때 신나서 떠들면 선생님들이 전교생을 집합시켜 "할아버지, 할머니들이 화내실 수 있으니, 지진이 났을 때 그렇게 기뻐해서는 안 됩니다"라는 주의를 주기 때문이다.

교과시스템이 아니라 선생님이 특별히 직접 얘기하셨으므로 그게 중요한 일이라는 건 모두 이해하고 있었다. 고령자들은 '지진으로 사람들이 죽는 시대'를 기억하고 있는 것이다.

하지만 기뻐하면 안 된다는 말을 들으면 오히려 더 기뻐하고 싶은 것이 어린이들의 본성이다. 나도 남동생과 집에 둘이 있을 때 지진이 나면 "3이야", "아니, 4겠지" 하며 뉴스 속보에 나올 진도를 알아맞히려 했었다. 큰 재난이 우리를 일상에서 멀리 떨어진 어딘가로 데려가주기를 기대했는지도 모른다.

하지만 어른이 되고 나면 그럴 수 없다. 적어도 나는 그렇다. 1년 전 길이 얼어붙어 고교생 한 명이 작은 교통사고를 당했고, 그 사고로 내가 시청을 퇴직한 후로 눈이라는 건 불길한 일의 상징이 되고 말았다.

지금의 나는, 할 수 있다면 아무런 재난 없이 평온한 인생을 보내고 싶다고 생각한다. 지금과 같기를 바라는 걸 보면, 지금 내 인생은 나름대로 행복한 것이다.

빈집 정원에 난 잡초처럼 사방팔방으로 뻗친 머리카락에 대충 물을 묻혀 정돈하고 나갈 채비를 하면서 텔레비전을 봤다. 오늘도 뉴스에서 생활기본금의 부정수급 문제를 다루고 있었다. 시 내에서 발생한 것만도 수백 건이라고 한다.

가을에 정권이 교체된 이후, 생활기본금 부정수급 문제가 뉴스를 뒤덮었다. 살아 있는 한 누구나 받을 수 있는 돈인데 왜 부정수급을 할까 생각하던 나는 상상력이 많이 부족했던 모양이다.

처음으로 보도된 부정수급 사례는,

'가족의 사망을 신고하지 않고 생활기본금을 수급'

이었다. 이건 그럭저럭 이해할 수 있다. 가족을 잃어서 심신이 지쳐 있을 때, 사망 신고를 미루는 일은 충분히 있을 법하다.

'생활 거점을 네덜란드로 옮겨놓고도 그것을 보고하지 않고,
일본과 네덜란드의 생활기본금을 이중 수급한 혐의'

이것도 이해할 수 있다. 생활기본금의 수급 기준은 '일본 국적을 갖고 생활 거점을 일본에 둔 사람'이라고 하지만, '생활 거점'이라는 게 정확히 무엇을 의미하는지 불분명한 데다가 관청에 세세한 생활 사정을 보고하는 것도 귀찮기 때문에, 나라도 큰 죄의식 없이 이중으로 생활기본금을 받을 것 같다.

'한 명의 자녀를 쌍둥이로 가장해서 생활기본금
두 명분을 수급'

이건 잘 모르겠다. 여기서부터는 이해할 수 있는 범위를 넘어선 것 같고 조금 무섭기까지 하다.

보도에 따르면 생활기본금 수급을 위한 생체 데이터를 제출할 때 DNA는 쌍둥이라서 문제가 없었고, 쌍둥이라도 서로 다른 지문은 오른손과 왼손을 나눠 제출하는 방법으로 무사히 통과했다고 한다. 그렇게까지 하고 싶을까 하는 생각이 드는 동

미래
직업소개소

시에, 그런 얄팍한 속임수로도 쉽게 통과할 수 있는 시스템이라는 게 놀랍다. 하긴, 3인 가족인데 4인분의 생활기본금을 받을 수 있다면 그것만으로 수입이 40퍼센트 늘어난다. 방법이 있기만 하다면 그렇게 할 사람은 많을 것이다. 댓글난에 '초등학교 들어가면 들키겠지', '그때까지 받은 돈을 다 써버리면 변제능력 없음으로 처벌받지 않고 끝난다' 같은 내용이 쓰여 있다.

생활기본금의 부정수급은 재정에 부담을 주기 때문에 납세자인 생산자 입장에서는 물론 민폐다. 하지만 내가 보기에 화를 내는 건 오히려 소비자 쪽이다. 자신들은 적은 금액으로 아껴서 살고 있는데, 일부 나쁜 놈들이 속임수를 써서 더 많은 생활기본금을 받는다니 용서할 수 없다고 말이다.

인구의 99퍼센트는 소비자이기 때문에 소비자의 지지를 받으면 선거에서 이길 수 있다. 지난 가을에 26년 만의 정권 교체를 이뤄낸 새로운 정권이 공약으로 내세운 부정수급 문제 해결에 발벗고 나선 것도 그 때문이다.

한 달 전쯤 우리 집에도 표주박 형태의 경찰 로봇(귀엽다!)이 찾아와서,

"이 집에 사는 분은 메구로 나츠 씨이지요. 생활기본금 수급을 위한 생체 데이터 인증을 부탁드립니다."

하더니 내 얼굴 사진과 지문, DNA 샘플을 채취해 갔다. 정부가 수급자 조사에 본격적으로 나선 것은 알고 있었고, 나는 혼자 살며 얌전하게 1인분의 생활기본금을 받고 있었으므로 일말의 부정 요소도 없었다. 그래서 아무런 의심도 없이 선뜻 DNA 샘플을 건넸는데 그 다음날,

"도쿄에서 경찰을 사칭하여 생체 인증 데이터를 채취한 업자를 사기 용의로 체포"

라는 뉴스가 나오는 걸 보고 마시던 차를 뿜을 뻔했다. 당황해서 시청에 연락해보니 우리 시에서는 그런 사기 사건은 보고된 적이 없고, 내가 준 데이터는 시청에 잘 전달되었다고 확인해주었기 때문에 한시름 놓았다.

오츠카 씨는 그런 가짜 경찰 로봇에 제대로 대응할 수 있을까. 가짜 경찰 로봇이 와도 문제겠지만, 진짜 경찰 로봇의 전원을 끄기라도 해서 공무 집행 방해로 입건될까봐 더 걱정이다.

—

스웨이드 재질의 겨울 구두를 신고 보드득 보드득 소리를 내며, 모세처럼 눈을 갈라 길을 만들어 걸어간다. 직업소개소에서 아파트까지는 걸어서 20분. 전 직장인 시청에 다니던 때, 시청에서 가까워서 살기 시작한 집이라 직업소개소까지는 좀 멀다.

이사할 생각을 안 한 건 아니지만 실행에 옮기지 않은 이유는 두 가지다.

첫째는 돈 때문이다. 시청에 다니던 시절에 산 가구를 전부 운반하는 데 상당한 비용이 든다고 한다. 옛날에는 근무지가 바뀌거나 직장을 옮기면서 이사하는 사람들이 많았기 때문에 이사업체도 그에 맞는 견적을 준비했다고 하는데, 지금은 애초에 출퇴근하는 직장이라는 게 거의 없으니까 이사하는 경우도 적어서 화물량에 따라 인정사정없는 금액이 나오고 만다.

둘째는 기분 때문이다. 직업소개소에서 일한 지 반년이 지났지만, 여기가 내가 '안주할 곳'이라는 생각은 전혀 들지 않는다. 여기서 이대로 나이를 먹어갈 미래라니, 한 번도 상상해 본 적 없다.

굳이 상상해보자면, 왠지 나만 나이를 먹고 오츠카 씨와 소장은 그대로인 부자연스러운 그림이 그려진다. 도무지 나이를 알 수 없는 오츠카 씨는 몇십 년이 지나도 나이를 알 수 없는 모습 그대로일 것 같고, 소장은 어떻게 성장하고 늙는 것인지 잘 모르겠다. 저 복슬복슬한 털 밑에 주름이 생기거나 할까? 생겨도 안 보이겠지만.

참고로 고양이 나이 세 살을 인간 나이로 환산하면 스물일곱 살 정도라고 한다. 소장님, 나랑 동갑이잖아. 그 나이에 오츠카 씨를 거느린다고(?) 생각하면 참 대단해 보인다.

20분을 걸어서 직업소개소에 도착하니, 내가 올 시간을 예측해서 가동되기 시작한 히터가 방을 덥히고 있다. 바깥과의 기온 차 때문에 조금 어지럽다.

소장은 히터 앞에서 날다람쥐를 뒤집어놓은 것 같은 모습으로 드러누워 '고양이는 코타츠(열원 위에 틀을 놓고 그 위에 이불을 덮은 난방기구 — 옮긴이) 옆에서 웅크린다'라는 가사를 쓴 작사가의 기대를 마음껏 배신하고 있다. 네 다리를 사방으로 쭉 뻗은 소장을 보고 있자니 문득 '식물의 잎은 빛을 받는 면적이 가능한 한 커지도록 성장합니다'라는 교과시스템의 설명이 떠오른다.

오츠카 씨가 올 때까지는 한가하므로 텔레비전 뉴스를 본다. 응접용 테이블 위에 놓인 커다란 텔레비전은 내 책상과 오츠카 씨의 책상, 어느 쪽에서나 볼 수 있다.

'동일본과 서일본의 넓은 지역에 첫눈'

이라는 뉴스를 방송하고 있다. '그냥 일본 전체에 왔다는 소리잖아' 하고 잡담을 주고받을 상대가 없어서 그저 묵묵히 화면만 바라본다.

'부정수급 특집: 해외에도 있다? 생활기본금 부정수급,
　집중 취재'

화면 구석에 나타난 타이틀을 잠시 쳐다보고 있었더니 내
시선을 인식한 텔레비전의 화면이 바뀐다.

'이중인격을 주장하는 남성, 인격 각각의 생활기본금을
　요구하며 주 정부를 제소'

'육체는 사망했지만 인터넷상의 가상 인격이 아직
　SNS상에서 활동하고 있다 주장'

부정 수급 뉴스들을 계속 보고 있으니, 왠지 '인간은 무엇
인가, 산다는 것은 무엇인가' 따위의 묘하게 철학적인 생각이
든다.

'진짜 고양이에게도 생명의 존엄이 있으니 인간처럼
　생활기본금을 받을 권리가 있다고 주장'

아, 소장에게도 생활기본금이 지급된다면 우리에게는 무
척 도움이 될 것이다. 다만 그렇게 되면 길거리가 온통 고양이
로 넘쳐나겠지.
　연관 뉴스를 하릴없이 보고 있자니 그제서야 오츠카 씨가
나타났다.
　"안녕, 메구로. 오늘도 춥네."
　여느 때와 같은 화려한 정장 위에 롱코트를 걸치고 빨간
머플러를 둘렀다. 어깨 쪽에 막 녹고 있는 눈이 반짝인다.

"오츠카 씨는 눈 좋아해요?"

"일본의 눈은 좀 성가시네. 너무 많이 내려."

라며 오츠카 씨는 벽의 옷걸이를 집으려다가 히터 앞에서 말린 건어물처럼 누워 있는 소장을 발견하고, 묵묵히 3초 정도 내려다 본 뒤에 코트를 걸었다.

창밖을 보니 출근할 때는 멎었던 눈이 다시 소복소복 내리고 있다. 바람은 불지 않아서 눈송이는 하늘에서 땅 위로 곧장 내려와 소복하게 쌓인다.

"오늘은 아무도 안 올 것 같네. 춥기도 하고."

"그렇겠죠. 눈도 오고요."

우리는 별 내용 없는 대화를 나눴다.

직업소개소는 눈 오는 날 일부러 올 만한 곳이 아니다. 방문하는 사람은 다양하지만, 절박한 상황에 놓인 사람은 그리 많지 않다. 돈을 빌려서 변제 기한이 다가오고 있는 사람이 있을 수는 있지만 애당초 소비자에게는 돈을 빌려주는 사람이 거의 없다. 옛날에는 '소비자 대출' 또는 '직장인 대출'이라는 것이 있었다고 하는데, 이 두 개가 같은 것을 가리킨다는 게 잘 이해되지 않는다. 직장인은 생산자가 아닌가?

아무도 오지 않으면 당장은 편하고 좋지만, 매일같이 아무도 안 오면 이 직업소개소의 수입이 생기지 않고, 나아가서는 내 급여가 들어오지 않게 된다.

"어이, 메구로. 한가한데 게임이라도 할까? 오늘 어떤 손님이 올까 맞히는 게임."

오츠카 씨가 하품 섞인 목소리로 말한다. 온도 차 때문인지 졸립다.

"오후에 손님이 올 가능성이 20퍼센트라고 나와 있네요."

나도 참, 분위기 파악을 못하고 단말에 표시된 예상치를 읽어주었다.

"그거, 어떤 사람이 올지는 예상 못 하나?"

"그런 것까지는 안 돼요."

"프라이버시 조항 때문인가."

"날씨 데이터처럼 누구나 접근 가능한 데이터를 분석해서 통계적인 결과를 산출하는 것뿐이라, 애초에 인원수 이외의 것은 알기 어려워요."

"흐음."

오츠카 씨는 생각에 잠긴 듯 창밖을 본다. 눈은 아까보다도 훨씬 더 많이 내리는 것처럼 보인다. 화물을 실은 배달새가 하얀 하늘을 슥 가로질러 날아가는 것이 보인다. 해가 나와 있지 않아 충전하기가 어려울 것 같다.

"나는 애들이 올 거라고 봐."

"왜 그렇게 생각하세요?"

"아까부터 밖에 돌아다니는 게 어린애들뿐이니까. 그러니 직업소개소에 올 사람도 애들이겠지."

"여기가 편의점처럼 드나들 만한 곳은 아니잖아요."

"그거 새로운 아이디어네! '편의점 가듯이 갈 수 있는 직업소개소', 좋아 보이지 않아?"

"하지만 4층에 있다는 게 치명적이네요."

이 건물의 1층은 데이케어 로봇 보관소로, 그 로봇들은 수발이 필요한 노인들이 있는 곳으로 보내진다. 그 로봇들이 아주 인기가 많다는 사실은 옆에서 보는 것만으로도 알 수 있다. 얼마 전까지는 고령자들이 저금이나 퇴직금을 써서 자신의 로봇을 소유하는 일이 많았지만, 최근의 고령자들은 계속 소비자였던 사람이 많기 때문에 로봇을 대여하는 경우가 많다.

그런 쓸데없는 얘기를 나누는 중에 단말에 손님이 방문했다는 신호가 뜬다.

"실례합니다."

소리와 함께 입구에 있는 카메라 저편의 얼굴이 보인다. 정말로 어린애가 왔다. 남자애다.

어린애라고 한 건 좀 지나쳤다. 문이 열리자 사무실로 들어온 손님은 아슬아슬하게 소년이라고 할 만한 나이로 보인다. 키는 나보다 크고 어깨도 넓다. 얼굴에 앳된 모습이 남아 있어서 카메라로 볼 때는 어린아이로 보였던 거다.

비교적 최근에 어디선가 본 듯한 얼굴이다. 이런 나이의 소년을 직업소개소에서 만날 일은 거의 없는데.

"저, 여기 오면 직업을 구할 수 있다고 들었는데요."

소년이 말한다. 오츠카 씨는 의자에서 일어나 업무용 미소를 보인다.

"말씀하신 대로예요. 여기는 직업소개소니까요. 실례지만 나이가 어떻게 되시나요?"

"열일곱 살이고 고등학교 2학년입니다."

"열일곱 살요? 사실은, 미성년자에게 직업을 중개하면 법률상의 문제가 조금 있거든요. 상담은 해드릴 수 있지만 실제로 직업 중개가 가능한 것은 열여덟 살이 되었을 때부터인데, 그래도 괜찮겠어요?"

라고 하자, 소년은 조금 실망한 표정을 지은 후에,

"네, 하지만 봄이면 열여덟 살이 되고요, 그때는 졸업한 후라서 괜찮을 것 같아요."

"알겠습니다. 그럼 말씀을 들어보겠습니다. 저는 이곳 직업소개소의 경영자인 오츠카 하루히코입니다."

오츠카 씨는 종이 명함을 내민다. 미성년자에게도 깍듯이 존댓말을 쓰는 게 조금 귀엽다. 소년을 명함을 받고 머리를 숙이더니, 받은 명함을 어떻게 해야 할지 잠시 고민하다가 자신도 이름을 말한다.

"시부야 케이라고 합니다."

뭐? 시부야 케이?

엉겁결에 소리를 지를 뻔했지만 필사적으로 참았다. 아니, 참았다고 생각했는데 완전히 참지는 못했는지 오츠카 씨가 내 안색을 힐끗 보더니 묻는다.

"무슨 일이야, 메구로?"

"아니요, 아무것도 아니에요."

라고 말한 다음, 나는 일단 허리를 펴고 의자에 고쳐 앉았다.

일단 호흡을 가다듬자. 고탄다 씨 때처럼 과호흡으로 컨디션에 문제가 생기면 곤란하다.

스읍, 하아.

그래, 괜찮아.

—

시부야 케이. 내가 1년 전에 시청 교통과를 그만두게 만든 그 사고를 당한 고교생이다.

시청에 온 것은 학생의 아버지였다. 사고를 당한 고교생은 사진으로만 봤기 때문에 잘 기억하지는 못했지만, 이름을 들으니 기억났다. 그도 나를 만났던 건 아니니 자신의 부상 때문에 퇴직한 시청 직원의 얼굴을 알 리가 없다.

"왜 공부를 해야 하는지, 의미를 알 수 없게 되었어요."

교통사고 소년, 다시 말해서 의뢰인인 시부야가 말했다.

이제 곧 고등학교 졸업이고 수험을 앞두고 있지만, 자신의 성적으로는 '직훈' 정도밖에 갈 수 없을 것 같다. 그렇다면 취직할 곳을 찾아두는 것이 낫지 않을까 생각하고 인터넷에서 알아보다가 직업소개소라는 게 있다는 것을 알았다. 다른 곳은 대부분 온라인으로만 의뢰를 받지만 여기는 실제 사무실이 있다는 데 흥미가 생겨서 왔다는 것이었다.

직훈은 '직업훈련대학'의 줄임말이다. 말이 '직업훈련' 대학이지, 이 학교를 졸업한다고 해도 실제 취직할 가능성은 거의 없다. 그래도 이름만은 직업훈련대학이다. 나의 '자율반납'과 어깨를 나란히 하는 불가사의한 일본어 중 하나다.

"그렇군요. 확실히 요즘엔 직훈에 가는 것보다 젊음과 특기를 살려서 일을 시작하는 것이 좋을지도 모릅니다."

라며 오츠카 씨는 고개를 끄덕였다. 시부야는 오츠카 씨에게 사정을 설명하면서도, 힐끗힐끗 히터 쪽을 보고 있다. 사람처럼 드러누워 히터기의 따뜻한 바람을 맞고 있는 의문의 생물(소장)이 신경 쓰여서 어쩔 수 없는 모양이었다.

분명히 오른 손목을 삐고 얼굴에 찰과상을 입었다고 들었는데 그 상처는 전혀 남아 있지 않다. 애초에 큰 부상은 아니었겠지. 객관적으로 생각해보면 그 사고로 실직해야 했던 내가 입은 피해가 더 큰 느낌이다.

그런 그가 지금 일자리를 찾아서 이곳 직업소개소에 왔다는 사실에 복잡한 감정이 꿈틀거리는 것을 필사적으로 억누른다. 내 실직은 그의 책임도, 내 책임도 아니다. 그 일은 그저 자연재해처럼 어쩔 수 없는 것이었다.

"잘하는 게 있나요?"

오츠카 씨가 묻자,

"계산을 잘합니다."

라고 시부야가 자신 있게 답했다. 너무 어린애 같은 대답에 웃음이 터질 뻔했다. 초등학교에 다닐 때 반에 한 명은 있었던 것 같다. 암산이나 암기를 엄청 잘하는 남자애. 원주율을 소수점 아래 백 자리까지 외운다든지, 지하철역 이름을 전부 외우는 따위의 일을 좋아하는 애들도 꼭 있었다. 그런 애들은 왜인지는 모르겠지만 거의 다 남자애들이었다.

"얼마나 잘하는데요?"

"꽤 잘한다고 생각하는데요."

소년답게 웃으며 말하길래, 정말인지 확인해보기로 했다.

단말로 교과시스템의 일반 공개 페이지에 접속해서 '계산 연습' 창을 연다. 공공기관에서 만든 페이지답게 디자인이 구닥다리다. 나도 수험생 시절에는 몇 번이나 접속했었더랬지.

"자, 그럼 시작."

내 말이 떨어지자,

'42×27'

화면에 문제가 표시되고, 시부야는 '탁탁탁' 하고 숫자 키를 두드린다.

'1134'

라는 숫자가 입력 란에 표시된다. '정답'이라는 알림이 뜬다.

'619×128'

탁탁탁

'79232'

'7^7(7의 7제곱)'

잠깐 손을 멈췄다가,

'823543'

이라고 친다. 규칙적인 소리가 듣고 있으면 기분이 좋아질 정도다.

"잠깐."

오츠카 씨가 말하고, 단말을 나에게 건넸다.

"메구로, 읽어 줘."

"네? 네."

시부야가

"쓸 게 없으면 못해요."

라고 하자, 오츠카 씨는 자신의 책상 위에 있던 종이와 펜을 건넨다.

"어, 그러니까 39915 곱하기 97229."

내가 읽자, 시부야는 그걸 종이에 쓴 후,

'3880895535'

라고 쓴다. 아마도 숫자를 보지 않으면 풀 수 없는 듯하다.

"4404102979는 뭘로 나눠서 떨어져?"

그는 그 숫자를 종이에 쓰고, 잠깐 생각을 하는 듯 위를 올려다보더니,

'51827, 84977'

이라고 종이에 쓴다. 정답이다. 오츠카 씨도 감탄한 듯이 고개를 끄덕인다.

"어떻게 그렇게 빨리 계산할 수 있어?"

나는 말했다. 상대가 어리기 때문인지 존댓말이 안 나온다.

"머릿속으로 이렇게 바둑돌을 늘어놓아요. 그 상태에서 만약 곱셈이라면 세로로 몇 개, 가로로 몇 개로 배열한 다음, 전부 다해서 몇 개인가를 보는 거예요."

"그 바둑돌이 44억 개라도 해도 머릿속으로는 보여?"

"네."

시부야는 당연하다는 듯이 고개를 끄덕였다. 아마도 우리가 생각하는 '보는' 일과는 꽤 다른 작업을 머릿속으로 하고 있겠지.

"학교 성적은 좋아?"

"아니요, 보통이에요."

시부야는 자신의 단말로 교과시스템의 성적표를 보여줬다. 수학이 조금 좋지만, 다른 과목은 이대로라면 정말로 직훈 정도밖에 갈 수 없는 수준이다.

"성적은 평범하지만 이런 계산능력은 외국에서도 본 적 없는 수준이네요."

오츠카 씨가 말한다. 은근슬쩍 자신이 해외 사정에 정통하다는 것을 티 내고 있다. 소비자는 외국에 나갈 수 있는 기회가 전혀 없기 때문에 세계 정세에 빠삭한 사람에게 약하다.

"정말요?"

시부야는 기쁜 마음을 숨기지 못한다.

"저희가 그 능력을 살릴 수 있는 일을 찾아볼 테니까 오늘은 여기서 인사드리는 걸로 하고, 혹시 흥미가 있으면 다시 한번 찾아주시겠습니까?"

"알겠습니다. 감사합니다."

시부야는 인사를 하고 돌아갔다.

"대단한 아이네요."

내가 말하자,

"응, 확실히 대단하긴 한데…."

라고 오츠카 씨가 받는다.

"계산능력이 곧 직업으로 연결되지는 않잖아."

"그렇죠. 지금은 보조컴이라는 것도 있고요."

나는 말했다. '보조컴'은 광고로만 보고 실제로 써본 적은 없지만 큰 헤어밴드 같은 기구로, 머리 뒤로 쓰고 계산 내용을 생각하기만 하면 답이 들린다고 한다. 익숙하게 사용하기까지는 조금 연습이 필요하지만 말이다. 개인이 사기에는 아직 비싸다. 기억력을 상승시키는 기능도 있기 때문에 업무에 사용하는 사람은 꽤 있다고 한다.

"하지만 드문 경우네요. 오츠카 씨라면 어떤 특기든 억지로 끼워 맞춰서라도 일자리를 알아보고 소개해줬잖아요."

"물론 나름대로 생각한 건 있지. 복잡한 계산을 순식간에 해내는 능력은 잠깐 봐도 누구나 이해할 수 있고 그럴듯한 그림이 나오니까, 텔레비전에 나온다면 인기를 얻을 수 있을 거야."

그렇네, 확실히 인기를 얻을 수 있을 것 같다.

"그렇게 어느 정도 인지도를 높이고 나면, 다음은 교육계로 간다."

"저런 능력이란 게, 타인에게 가르쳐줄 수 있는 거예요?"

"그건 어렵겠지. 하지만, 일단 어느 정도 유명해진 다음에는 교재 같은 걸 출판할 때 이름을 빌려줄 수 있겠지. 머리가 나쁜 사람은 계산능력이나 기억력이 뛰어난 것이 곧 머리가 좋은 것이라고 생각하니까."

그렇구나. 확실히 중학교 시절의 나라면 그 교재를 살 것 같다. 생산자가 되기 위해 본격적으로 공부에 뛰어들기 시작했을 무렵, 나는 인터넷에 돌아다니는 온갖 '획기적인 공부법'을 이것저것 시험해보았다. 그리고 그 공부 방법이 모두 실패한 다음에야 결국 후유처럼 그냥 꾸준히 우직하게 공부하는 게 가장 좋다는 것을 알게 되었던 것이다.

"거의 사기잖아요."

"어, 그래서 미성년자에게는 못 시키지."

성인이면 시켜도 괜찮은 건가.

뭐, 시부야의 성적을 보니 어느 정도 노력하고 적당한 행운이 있으면 분명 나처럼 시청의 교통과 정도는 들어갈 수 있을 것 같다. 하지만 그런 부서에서 '책임을 지기 위한 인간 재고품' 노릇을 하기 위해서는 그에 걸맞은 화려한 경력이 요구된다. 여기서 이상한 직업소개소를 경영하는 이상한 남자의 감언이설에 넘어가서 수상한 일을 하게 되면 장래에 좋지 않다.

아, 하지만 이 아이는 그 정도 위험 부담은 떠안아도 되지 않을까?

또다시 부정적인 감정이 마음 깊숙한 곳에서 스멀스멀 솟아오른다. 내가 불합리하게 시청을 퇴직하게 된 것은, 따지고 보면 저 녀석이(정확히 말하자면 그 아버지가) 사고를 받아들이게 하기 위한 것이었으니까. 여기서는 우리 직업소개소의 실적을 위해서 시부야의 경력을 딱 한 번, 약간은 꼬이게 해도 되지 않을까? 나에게 그 정도의 보상은 있어도 되지 않을까?

부적절한 생각이라는 것은 알고 있지만 어떻게 해도 그런 생각이 드는 걸 멈출 수 없다.

"뭐, 저런 아이는 정말 일자리가 필요하다기보단 단순히 지금 하는 공부에 대해서 고민하고 있는 것뿐이야. 나는 계산을 이렇게 잘하는데 왜 성적은 오르지 않을까, 혹시 교육이 잘못된 건 아닐까 하고 말이야. 성적과는 관계없이 계산을 잘하는 걸로 정말 인정받게 되면, 그다음부터는 적당한 길을 찾을 수 있을 거야. 정말로 나중에 다시 오면 그때는 물론 일자리를 제대로 알아봐주겠지만."

"안 올 것 같은데요."

"내 생각도 그래."

시각은 오후 3시. 예보에 따르면 오늘 새로운 의뢰인이 올 가능성은 거의 0퍼센트다. 적당히 시간을 때우자. 나는 교과시스템의 계산 연습 코스를 열었다.

'31×29'

시험 삼아 시부야가 말한 것처럼 가로로 스물아홉 개, 세로로 서른한 개의 바둑돌을 머릿속으로 늘어놓아봤다. 거의 정방형의 형태가 되었지만, 계산 결과가 보이기는커녕 '엄청 많다'는 생각밖에 떠오르지 않는다.

조금 레벨을 낮춰보자.

'22×7'

세로로 일곱 개는 정확히 그려지지만 가로로 스물두 개가 무리였다. 한가운데 안개가 껴 있다.

"오츠카 씨. 22 곱하기 7은 얼마예요?"

"응? 22 곱하기 7은말야……140이랑 14니까 154."

오호, 제법인걸. 레벨을 좀 더 올린다.

"48 곱하기 61은요?"

"50 곱하기 60으로, 3000보다 조금 작아."

정답을 보니까 2928이다. 재수 없는 사람이다. 시부야처럼 머릿속에 바둑알을 늘어놓는 방법으로 엄청난 계산을 해낸다면 타고난 머리가 다르구나 하고 납득하겠지만, 저렇게 잔머리로 풀어내면 내 머리가 정말 나빠 보이잖아.

"5의 6제곱은?"

오츠카 씨는 잠깐 침묵하고 있더니,

"갑자기 그런 계산은 왜 자꾸 하는 거야. 뉴스나 보자고."

라고 말했다. '아싸!' 하고 책상 밑에서 승리의 포즈를 취한 다음 뉴스를 튼다. 소파 위에 놓인 텔레비전에서 여전히 부정수급 뉴스가 방영되고 있다.

"거듭되는 생활기본금의 부정수급 문제. 내각부(일본의 행정 기관 중 하나로, 내각 총리가 담당하는 행정 사무를 처리한다 — 옮긴이)는 향후에도 이 문제를 추적해갈 것이라고 합니다."

하는 음성이 흐른다. 뉴스를 보도하는 것은 기계음인데도 언제나 사람의 목소리처럼 감정이 들어 있다. 사람 연기가 지나쳐서 오히려 사람 같지 않은 느낌이 들 정도다.

"이어지는 뉴스입니다."

자막이 나온다.

'하기와라 정권, 생산자의 고용 비리도 근절 선언'

화면이 바뀌고 수상의 얼굴이 나온다. 26년 만에 정권 교체를 이뤄낸 이 수상은 아직 40대로, 금세기 최연소 수상이라고 한다. 풍성하고 멋진 머리는 모근세포 시술을 받은 것으로 밝혀져 선거 중에 화제가 되었지만 투표 결과에는 거의 영향을 미치지 않았다고 한다. 유명인들은 워낙 많이 받는 시술이기도 하고 말이다.

"생활기본금 부정수급을 근절하는 것은 소비자의 평등한 권리를 보장하기 위해서 필요합니다만,"

카메라를 향해서 수상이 말한다. 화면이 카메라 플래시로 번쩍번쩍 빛나고, 윤기 나는 머리에 하이라이트가 쏟아진다. 플래시는 옛날에 어두운 실내에서 사진을 찍기 위해 필요한 도구였다. 지금은 어디서 찍든 사진이 잘 나오니 필요 없지만, 사진을 찍고 있다는 걸 보여주기 위해 사용한다.

수상직은 아직 인간의 일이다. 앞으로도 계속 인간의 일일 거라고 생각한다. 무엇보다 인간이 아니면, 수상의 중요한 직무인 '책임을 지고 사임'하는 것이 불가능하다. 사람들은 이 나라의 대표가 적어도 모양새만은 인간이기를 바라는 것이다.

다만, 이번 수상은 자신이 직접 일을 하고 싶어하는 타입이라고 한다. 여러 가지 문제에 적극적으로 의견을 낸다. 그래서 '친정(親政)한다'(직접 나라의 정사를 돌본다는 의미 ― 옮긴이)라는 논

평을 종종 본다.

"저는 소비자뿐만 아니라, 생산자의 권리도 보장되어야 한다고 생각합니다. 여러분이 잘 아는 대기업이 직원들에게 지급한 급여를 자진 반납시키고 있고, 노동법을 무시한 고용이 만연하고 있습니다."

……응?

나는 오츠카 씨를 본다.

"즉, 형식적인 고용 형태를 맺고 급여를 '자율반납'이라는 이름으로 반환하게 하면서 생산자는 경력을 세탁하고 기업은 법인세를 절세하는 것입니다. 법률에 정해진 최저임금은 지켜지지 않고……."

잠깐.

이게 무슨 말이야?

"이건 곤란한데, 메구로."

오츠카 씨가 말한다.

"우리 얘기잖아."

"우리는 실제로 근무하고는 있잖아요."

라고 나는 말했다. 그렇기 때문에 나는 정확히 고용계약서에 나와 있는 대로 매일 아침 9시에 출근하는 것이다.

"하지만 자율반납을 하잖아. 위험한데. 이번 수상은 하겠다고 한 건 정말로 실행하는 타입이야. 적당히 공약집에 올려놓고 당선된 걸로 만족하면 될 텐데."

오츠카 씨는 무표정한 얼굴로 말했다. 평소라면 위기 때도 반은 웃고 있는데 이번에는 좀 심각해 보인다.

"하지만, 제 자율반납은 정말로 자율이잖아요."

나는 말한다. 물론 내가 선택한 건 아니지만, 나에게 최저임금을 지급하면 직업소개소 운영 자체가 불가능해지기 때문에 그런 사태를 방지하기 위해 임금을 돌려준다는 의미에서는 자율인 것이다.

"본인의 의사라고 해서 문제가 해결되는 건 아니야. 그런 게 노동법을 어기는 핑계가 되어왔던 역사가 있으니까. 옛날에는 유급 휴가라는 것도 임의였거든. 알고 있어?"

"아니요."

유급 휴가라는 것에 대해서는 시청에 근무할 때부터 이상하게 생각했었다. 무슨 이유에선가 연간 수십 일에 걸쳐서 시청에 들어가지 못하고 컴퓨터에도 접속하지 못하는 날들이 있었던 것이다.

"그건 원래 원하는 날을 골라서 연간 20일 정도 쉬어도 되는 제도였던 거야. 하지만, 좀처럼 회사원들이 쓰려고 하지 않았지."

"모두들 일하는 걸 좋아했나 봐요?"

"아니. 제도상으로는 쉴 수 있다고 해도, 회사에서 눈치를 주기 때문에 쉴 수 없었다고 해. 그래서 어쩔 수 없이 정부가 법을 정해서 강제로 쉬게 만들었던 거야. 하지만 그렇게 강제로 쉬게 해도 어떻게든 회사에 나오는 사원이 있었어. 그래서 아예 회사 문을 잠그고 출입을 금지했던 거지. 유급 휴가 기간 동안은 사원증도 정지되어서 회사 입구를 통과할 수 없게 하고, 억지로 들어가면 보안 경보가 울리게 하고, 컴퓨터의 원격 로그인도 차단하는 규칙이 생겼다지."

즉, 내가 아무리 자신을 위해서 자율반납을 하는 거라고 말해도, 데이터는 그것을 증명해주지 않으니 나는 부당하게 착취당하는 노동자로 인지된다. 판정은 기계가 하므로, 융통성 따위는 전혀 없다.

"그럼, 제 고용은 어떻게 되는 거예요?"

내가 물었지만, 오츠카 씨는 무표정인 채로 아무 대답도 하지 않았다.

[자동 감사 보고: 다수의 문제가 발견됨(답신 바람)]

라는 제목의 메일이 온 것은 그날 오후였다. 나는 메일 제목을 읽고 '헉' 소리를 내뱉었다. 아마도 수상의 발표가 있자마자 노동국의 시스템이 움직인 모양이다. '관청 업무'라는 것이 옛날에는 느려 터짐의 대명사였는데, 정권이 교체된 후로는 필요 이상으로 움직임이 빨라졌다. 시스템을 움직이기 위한 절차가 내가 시청에 있던 시절보다 훨씬 간략해진 것 같다.

주뼛주뼛 열어보니, 거기에 쓰여 있는 '주의점'은 내 자율 반납에 관한 것이 아니었다.

지적된 것은 오츠카 씨의 '용도 미기록금'이었다. 오츠카 씨가 현금화해서 쓰는 직업소개소의 돈에 관한 것이다. 물리적인 통화는 지금도 쓰이지만 자동으로 장부에 기입되지는 않기 때문에 따로 기입하지 않으면 미기록금으로 계산되고 만다.

'미기록금의 영수증을 모아서 3개월 이내에 아래 양식으로 신고해주세요'

3개월이면 시간 여유가 충분하다. 현금을 쓰는 것이 아주 특수한 경우라고 생각하는 거겠지. 메일의 맨 밑에는 '라바짱'이라는 노동국의 귀엽지 않은 캐릭터가 있다. 몸이 고무처럼 늘어나는 캐릭터다.

"우선 시간은 벌었네. 미등록금을 신고할 때까지 자율반납 건은 포착되지 않겠지."

오츠카 씨는 무표정하게 말했다. 변함없이 건어물처럼 대자로 뻗어 있는 소장을 안아 올려서 무릎 위에 올려놓고는 배를 쓰다듬는다. 최근에 알아차린 사실인데, 오츠카 씨는 뭔가를 생각할 때면 소장을 쓰다듬는 버릇이 있다.

몇 분 정도 묵묵히 소장을 쓰다듬다가 말을 꺼낸다.

"아이디어가 하나 있어."

"네."

"직장 안에서 급여를 돌려받는 게 위법이 된 이상 다른 방법으로 급여를 지급할 수밖에 없어."

"현금으로 준다는 거예요?"

확실히 그렇게 하면 기록은 남지 않지만 개인 간에 현금을 주고받는 건 왠지 범죄자 같다.

"아니. 그것도 너무 위험해."

오츠카 씨가 매우 온당한 대답을 한다. 마치 사회 상식이 있는 사람처럼.

그렇다고 해서 내각에서 본격적으로 자율반납을 단속하려고 나선 이상, 피할 방법은 좀처럼 생각나지 않는다. 요즘의 금전 거래는 모두 정부의 관리하에 있기 때문에 오츠카 씨가 나에게 어떤 경로로 돈을 보내주든 정부의 정보망에 걸리고 만다.

"가계를 하나로 해서, 그 안에서 돈을 주고받는 거야. 그러면 어떻게 움직이든 노동법의 범위 밖이지."

"가계를…… 누가 누구랑요?"

"나랑 너지, 누구겠어? 내 얘기 듣고 있는 거야?"

"그런 게 가능해요?"

"서류 한 장으로 가능하지. 면허도 필요 없고. 직업소개소 만드는 일보다 간단해."

그가 무슨 말을 하는지 이해하기까지, 소장이 두 번 정도

기지개를 켜고 '야옹' 하고 울었다. 그러고 보니 세상에는 태어날 때부터 가족이 아닌 사람들이 가족이 될 수 있는 제도가 있는 것이다.

요즘은 대부분의 관청 업무가 디지털화되었지만 그 서류만은 종이를 고집하는 사람이 많다. 많은 사람들에게 꽤 특별한 의미가 있는 서류다.

"저, 그러니까, 오츠카 씨는, 그거잖아요."

"뭔데."

"무성애자면서, 채식주의자고, 천주교 신자인 거죠."

라고 나는 늘어놓았다. 뒤의 두 가지는 여기서 별 상관없는 사실들이지만, 늘어놓으면 어쩐지 완충재가 되어줄 것 같은 생각이 들어서 갖다 붙인 것이다. 등줄기에 땀이 흘렀다. 배를 차게 하지 않으려고 두르고 있던 모직 천이 왠지 불쾌하다.

"뭐야, 내가 말했던가?"

"아니, 그냥."

우에노가 알려줬다고 말하는 게 조금 망설여져서 가만히 있었다.

"그렇다면 이야기가 빠르겠네. 요컨대 결혼 제도는 본래의 의미로는 나한테 필요 없는 제도야. 하지만 이런 식으로 이용하는 거라면 의미가 있겠지."

라고 오츠카 씨가 말한 데까지는 기억하고 있는데, '결혼 제도'라는 말이 나온 부분에서 시야가 뿌옇게 흐려지더니, 그 뒤로는 한참 기억이 없다. 오츠카 씨의 무릎에 웅크리고 있던 소장이 놀라서 시야의 구석으로 움직인 듯한 느낌이 든다. 천장이 보였던 것 같기도 하다. 간호사의 "너무 강한 충격을 받지 않도록 조심하세요"라는 말이 기억 속에서 희미하게 떠올랐다.

오늘 하루 동안 너무나 많은 일이 있었다.

눈을 뜬 곳은 집이었다.

의식이 돌아오면서 어렴풋이 보이는 에어컨과 괘종시계가 익숙한 내 집이라는 걸 알려줬다. 시계를 보니 바늘이 흐릿하게 빛났다. 날짜는 하루 지나서, 새벽 1시 45분이었다. 아홉 시간 정도 잠들어 있었던 것이다.

직업소개소에서 여기까지 어떻게 옮겨졌는지 알 수 없다. 아래층에 있는 데이케어 로봇이라도 부른 걸까? 누가? 오츠카 씨가? 상상이 안 된다.

정신을 차렸으니 냉정하게 내가 처한 상황을 정리해본다. 머릿속에 모니터를 떠올린 다음, 사건별 목록을 만든다.

- 새로운 수상이 고용 개혁에 나서는 바람에, 내 고용 형태를 유지하기가 어려워졌다.
- 그 대책으로, 오츠카 씨가 우리의 관계를 고용이 아닌 가족으로 만드는 방안을 제시했다.
- 그 말을 들은 나는 충격을 받아 기절했다.

그래도 기절한 것은 실례였지 싶다. 내 의지로 막을 수 있는 일은 아니었지만.

세금을 감면하거나 국적을 취득하기 위해 하는, 사랑과 관계 없는 형식적인 결혼은 옛날부터 흔히 있었다고 한다. 결혼이 '두 사람의 특별한 관계를 법적으로 인정하는 제도'인 이상, 결혼으로 실리를 챙기려는 사람이 늘 어느 정도 있는 것은 당연지사다.

오츠카 씨는 '본래의 의미로는 나한테 필요 없는 제도'라고 말했지만, 생각해보면 나에게도 필요 없기는 마찬가지다. 무엇보다 가족으로부터 도망치기 위해 일을 하는 것이니, 일을 하기 위해 가족 제도를 이용하는 것 역시 합리적이다.

과연 나에게 딱 맞는 수단이 아닌가. 곤란하고 까다로운 상황에서도 대책을 만드는 걸 보니, 역시 오츠카 씨다.

하지만, 싫은걸.

나는 가족이란 걸 가지는 것 자체가 싫다. 그래서 수험 공부를 했었고, 취업활동을 해서 시청에 들어갔고, 그곳을 퇴직하고도 직업소개소로 굴러 들어와서, 어떻게든 계속 가족으로부터 도망치려고 지금껏 노력해온 것이다. 그것은 이미 나의 신념이 되었으니, 내 인생에서 그걸 굽히는 일은 있을 수 없다.

하지만, 이걸 어떻게 설명한담?

오츠카 씨가 생각해낸 거니까 그 나름대로 합리적인 수단이겠지. 그걸 내가 거절해도 될까?

어린 애들은 재난을 좋아하지만, 어른은 그렇지 않다. 적어도 생산자라면 현상 유지를 바라게 된다.

왜 거의 일어나지 않는 교통사고가 하필 내 담당 차에 일어났을까?

왜 부정 노동을 바로잡기 위한 개혁 때문에 내가 일을 빼앗겨야 하는 걸까?

왜?

머릿속에서 똑같은 질문을 되뇌다보니 눈에서 눈물이 뚝뚝 흐른다. '베갯잇을 적신다'는 말처럼 시적으로 울 수 있다면 좋을 텐데, 실제로는 뺨과 목을 타고 제어할 수 없이 흐르는 눈물이 끈적끈적해서 불쾌하다.

열두 살 때 집에 온 새아버지가 폭력적인 사람이었다면, 나는 분명 '폭력을 싫어한다'거나 '폭력을 휘두르는 남성을 싫어한다' 같은 구체적인 혐오를 형성할 수 있었을 것이다. 하지만 새아버지는 그저 하염없이 약한 사람이었다.

약한 사람을 싫어하는 것은 나쁜 짓이라고 생각했다.

그래서 새아버지를 싫어할 수가 없었다. 그 결과 나는 가족 제도 자체를 총체적으로, 애매하게 싫어하기로 했다. 굉장히 비뚤어진 생각 같지만, 그렇게 마음먹고 살아왔기 때문에 이제 와서 생각을 바꿀 수도 없다.

—

"죄송합니다. 오츠카 씨의 제안은 정말 감사하지만, 저에게 는 어렵겠습니다."

다음날 아침 나는 깊숙이 머리를 숙였다. 이 사람에게 이렇게 머리를 숙이는 것은 처음인 것 같다.

"왜?"

"서류상이라도 가족을 가지는 것 자체가 싫기 때문입니다."

"그래?"

오츠카 씨는 고개를 끄덕이고는,

"그럼 다른 방법을 생각해 볼게. 조금만 기다려."

라고 말하고, 파일 위에 올라가 있는 소장을 옆으로 치운 다음 서류를 읽기 시작했다.

"저기……"

나는 고개를 들고 물었다. 내가 들어도 웃길 정도로 얼빠진 목소리가 나왔다.

"좀 더 물어보지 않으시나요?"

"가족을 가지고 싶지 않기 때문에 이 방법은 안 된다는 거잖아. 그거 말고 뭐 다른 게 있나?"

"네? 아니요, 뭐 그렇긴 한데요."

라고 말하자 오츠카 씨는 다시 서류로 눈을 잠시 돌렸다가 다시 나를 보고는,

"왜 서 있어? 앉아도 돼."

라고 말한다. 그 말을 듣고서야 내가 서 있었다는 것을 깨닫고 의자로 돌아갔다. 습관적으로 단말의 화면을 켜고, 하얀 벽지를 몇 초 동안 멍하니 보며 생각한다.

이게 뭐야.

밤새 이불 속에서 '모나지 않은 거절 방법'을 생각하고 있던 내가 바보 같잖아.

이렇게나 적절하고 합리적인 해결책을 마다하며 '가족을 갖고 싶지 않아서 싫습니다'라고 하는데, '그래? 알았어'라며 바로 그만두다니. 너무 쉽게 받아들이는 거 아냐? 이유도 안 물어보는 거야? 설득도 안 하고?

'우리 직업소개소에는 무슨 일이 있어도 자네가 꼭 필요하니 제발 양해해주게' 같은 말도 안 해?

하지만, 오츠카 씨는 이런 사람이다.

생각해보면 이 작자는 특별한 이유도 없이 채식주의자이기도 하고, 기계도 전혀 사용할 줄 모르는 데다가, 이유를 알 수 없는 편협한 취향을 산더미처럼 가지고 있는 사람 아닌가.

근데, 그런 게 좋잖아?

솔직히 그런 게 좋다. 세상에 꼭 합리적이고 이유가 명확한 일만 있어야 한다는 법이라도 있나? 적어도 이 직업소개소는 그렇지 않아서 좋다.

늘 이 직업소개소가 이상한 곳이라고 생각해왔는데, 방금 처음으로 이 직업소개소가 좋아진 것 같다.

그리고 오츠카 씨도 좋아질 것 같다. 프러포즈를 거절한 지 몇 분 만에 좋아지는 건 도대체 무슨 일이람?

아, 소장님은 원래부터 좋아했다.

"아직 시간이 있으니까, 일단 일이나 하자."

오츠카 씨가 말했다. 쓸데없는 생각으로 딴 세상에 가 있던 나는 그 말을 듣고 정신을 차렸다.

"일을 하지 않으면 나눠야 할 돈이 애초부터 들어오지 않으니까."

"네!"

라고 나는 외친다. 전혀 그럴 필요가 없는데도 힘껏 외친다. 소장이 움찔하고 눈을 뜬다. 오츠카 씨도 어리둥절한 눈으로 날 본다.

"힘이 넘치나 봐. 갑자기 무슨 일이야?"

—

(온라인 백과사전에서)

직업훈련대학은 2028년에 설립된 일본의 대학이다. 약칭으로 '직훈'이라고 부르는 경우가 많다. 이전까지의 대학이 지나치게 학술에 편중되어 학생들이 사회에서 필요로 하는 기술을 습득하지 못한다는 비판을 받아, 이를 수용하여 설립했다. (중략) 그러나 새로운 교육으로 습득할 수 있는 직업 기술이 차례차례 자동화되면서 실제 취업률은 이전 형태의 대학보다도 저하되었다.

최근 들어서 하기와라 내각에 의해 폐지가 검토되고 있다.[4]

마지막 줄에 최근 업데이트되었음을 뜻하는 노란 강조 표시가 있다. 이 온라인 백과사전은 그 항목에 해당하는 뉴스를 읽어 들여 자동으로 문장을 만들어 반영하는 시스템이다. [4]처럼 주석 표시된 부분을 클릭하면 해당 뉴스 동영상을 볼 수 있다.

'직훈이 생산자 육성 기능을 수행하지 못하고 있어서,

수상은 대학 폐지를 검토 중이며……'

라는 뉴스가 흘러 나온다. 아무래도 젊은 수상은 이 나라에 있는 불가사의한 일본어로 된 제도를 모조리 철폐할 생각인 모양이다. 옳은 일이기는 하지만 한편으로는 꽤 곤란하다.

글로 쓰여진 법과 실제 삶은 다르기 때문에 불가사의한 일본어로 된 제도가 한가득하지만, 그 덕에 수많은 제도가 순조롭게 돌아가고 있는 것도 사실이다.

직훈을 졸업해도 직업을 가질 수 없게 된 이유는, 직훈에서 사용하는 교육 프로그램을 로봇에도 거의 그대로 적용할 수 있게 되었고, 그 결과 인간의 일 대부분을 로봇이 대신하게 되었기 때문이라고 한다. 직훈이 내건 구호가 '누구나 직업에 필요한 기능을 익힐 수 있다'였다고 하는데, 그 '누구나'라는 것이 로봇까지 포함하는 말일 줄이야.

이처럼 폐지 여부가 검토되고 있어서, 그 존립 자체가 위태로운 대학에는 가고 싶지 않다는 고교생이 있는 것도 이해가 간다.

그런 뉴스를 보고 있는데, 갑자기 손님이 찾아왔다.

손님이 올 거라는 예보가 없었기 때문에 조금 놀라서 화면을 보니, 특징적인 둥근 실루엣이 화면에 나타났다.

"안녕하세요! 저예요. 문 좀 열어줘요."

오츠카 씨의 후배, 우에노다.

"뭐야? 또 너야?"

오츠카 씨가 누가 보아도 업신여기는 듯한 목소리로 말했다. 우에노는 부른다고 오는 사람은 아닌데, 부르지 않아도 올 때가 많다. 그런 의미에서 우에노의 방문은 자연 현상에 가깝다.

"어때서요? 어차피 한가하잖아요."

"지금은 바쁜 편이라고."

"호오, 선배가 바쁘다니 일대 사건이네요. 도대체 무슨 일이 있는 거예요?"

"국가를 적으로 돌렸다."

우에노는 푸하하 하고 웃었다.

"선배가 국가를 적으로 돌리다니 걸작인데요. 이곳에서 죄 없는 소비자에게 직업을 떠넘기고 소득세를 내게 하는 국가의 개 아니었나요?"

"개도 여러 종류가 있는 거야."

라고 오츠카 씨가 말한다. 견종으로는 잉글리시 그레이하운드나 살루키 아닐까 내 마음대로 생각하고 있는데,

"어, 이건 뭐예요?"

하고 우에노가 책상 위에 놓인 숫자가 가득 적힌 종잇조각을 발견한다. 얼마 전에 시부야가 계산을 할 때 끄적였던 메모다.

"와, 세상에는 별의별 녀석들이 다 있네요."

설명을 다 듣고 난 우에노가 말했다.

"게다가 이 마지막에 있는 메모를 보니, 소인수분해도 할 줄 아는 모양인데요?"

"그런 것 같아."

"옛날 만화에서 본 적이 있어요. 소인수분해로 풀 수 있는 암호가 있는데 계산기의 기술이 부족해서 세계의 기밀이 지켜지고 있다는 이야기요."

"아, 나도 알고 있어."

라고 오츠카 씨는 말했다. 늘 그렇듯이, 기계는 사용할 줄

도 모르는 주제에 이론에는 묘하게 정통하다.

"하지만 옛날 얘기잖아."

"뭐, 지금은 더 편리한 큐 어쩌고 하는 프로그램을 쓰고 있는데, 오래된 개인 관리 서버 같은 덴 소인수분해를 이용한 암호 체계가 남아 있지 않을까요? 저도 어릴 적에 제일 처음 만들었던 사이트는 그런 소수식이었던 것 같아요. 아, 덧붙이자면, 제가 암호 자체를 만든 건 아니에요."

"흠."

오츠카 씨는 손으로 입을 막고 뭔가를 생각하고 있는 듯했다.

"오츠카 씨, 무슨 나쁜 생각이라도 하고 있는 거 아니에요?"

라고 내가 묻는다.

"생각만 하는 거라면 뭘 해도 나쁘지 않지."

실행하면 나쁜 일을 생각하고 있겠지, 라고 나는 생각했다. 아마도 시부야의 계산능력을 뭔가 구린 일에 사용할 생각을 하고 있을 거다.

"시부야는 분명히 대단하지만, 인간이 컴퓨터보다 계산을 잘할 수 있을까요?"

라고 나는 물어본다. 기계를 싫어하는 사람에게 컴퓨터에 대해서 물어보는 것이 이상하다는 생각도 들지만 말이다.

"그럴 수도 있지. 대화를 하거나, 행간을 읽는 것도 어떤 의미에서는 모두 계산인데, 그런 건 아직 인간이 더 잘하잖아. 그렇다면 아직 컴퓨터는 할 수 없는 고속계산 알고리즘을 뇌 안에서 사용하는 놈이 있다고 해도 이상할 건 없지."

머릿속에 고속계산 알고리즘을 가진 녀석이 그런 평범한 성적을 받는 게 불가사의하다는 생각도 드는데.

"다만 그 알고리즘을 실제 암호 해독에 쓰려고 하면, 인간의 기억력으로는 감당하기 어려운 거대한 수가 머릿속에 담겨 있어야겠지. 제아무리 계산 능력이 뛰어나다고 해도, 기억력이 그만큼 좋은 것은 아닐 테니까, 종이에 쓰인 몇백 자리가 넘는 숫자를 다 외울 수도 없을 거고⋯⋯."

역시 나쁜 생각을 하고 있구만.

—

본 것을 모두 기억해버리는 '초기억 증후군'이라는 것이 있다고 한다.

태어날 때부터 본 모든 것을 전부 영상처럼 기억할 수 있다면 그 기억 용량은 어디에서 오는 것일까. 인간의 기억은 뇌 시냅스의 연결 상태나 연결된 부분의 분자로 구성되었을 가능성이 높다. 그걸 고려해 대략 추정한 한 사람의 기억 용량은 '태어나서부터 모든 것을 영상으로 기억하는 일' 같은 게 가능하기에는 턱없이 부족하다는 연구 결과가 있다.

따라서 이 능력 자체를 오컬트 취급하는 사람도 꽤 있다고 한다. 어릴 때 일을 영상처럼 기억한다고 말하는 사람에게 실제로 그림을 그려보라고 하면 잘 그리지 못하는 경우도 있고 말이다.

그러나 그려내지 못한다고 기억하지도 못하는 걸까. 예를 들면 나도 아버지의 얼굴을 그림으로 그리라고 하면 선뜻 그리지 못하지만, 만약 다른 중년 남성의 사진을 보면 '다른 얼굴이다' 하고 구분해낼 수 있다. 그러니 내 머릿속 어딘가에는 아버지 얼굴에 대한 기억이 저장되어 있다고 봐도 된다. 형태를 잘 끄집어낼 수 없는 것뿐이다.

물론 지금이라면 몸 안에 기계 장치를 넣어서 실제 영상을 찍는 편이 효율이 좋을 거다.

미래
직업소개소

시대를 잘못 타고 태어난 걸까. 시부야가 조금 안됐다는 생각도 든다. 기계가 없던 고대에 태어났다면 계산능력이 대단한 것만으로도 위대한 수학자가 될 수 있지 않았을까?

그런 의미에서라면 나는 태어난 시대는 그럭저럭 괜찮다고 생각한다. 내 개인의 소소한 행운과 불운은 차치하고라도.

불과 1세기 전까지만 해도 여자는 좋은 남자와 결혼해서 아이를 낳아 키우는 것이 행복이라는 가치관이 버젓이 통용되었다. 적어도 내 이상한 신념을 가지고 살아가기에는 그런 시대보다 지금이 훨씬 더 적절하다.

게다가 오츠카 씨도 있잖아.

지금 한 말은 좀 지나쳤나?

—

옛날이야기의 결말에 대해서 깊이 생각한다.

'행복하게 살았습니다'라고 쓰인 바로 그 부분 말이다. 집이 너무 가난해서 부모로부터 버림받았던 헨젤과 그레텔이 숲속의 과자로 만든 집에서 까딱하면 마녀에게 잡아먹힐 뻔하다가 탈출해서, 집으로 돌아와 부모와 행복하게 산다. 행복한 결말이다.

잠깐, 부모에게 버림받았다는 사실은 아무도 신경 안 쓰는 거야?

꼬투리를 잡고 싶지만 이야기의 발단은 원래 집이 가난하다는 것이니 마녀의 재산을 손에 넣어버리면 그다음 문제는 모두 자연스럽게 해결되겠지. 이 이야기를 들은 아이들은 그렇게 생각했을지도 모른다.

지금은 가족이 궁핍해서 아이들이 숲에 버려지는 따위의 일은 일어나지 않는다. 오히려 생활기본금을 받을 수 있어 아이들이 있는 편이 가정 형편에 도움이 된다. '가족은 다시 모였고 그들은 풍족해졌습니다'라고 하는 그들의 '행복한 결말'을, 오늘날에는 거의 대부분의 사람들이 처음부터 손쉽게 달성해버린다. 하지만 난 그 결말을 받아들일 수가 없다. 그렇다면 어떻게 해야 좋을까?

나는 신데렐라 이야기나 인어공주 이야기에 나오는 왕자님도 원하지 않는다.

달로 돌아가고 싶지도 않다.

타마테바코(옛날이야기에서 우라시마타로라는 사람이 용궁에서 행복한 시간을 보내다가 집으로 돌아갈 때, 용궁의 선녀에게 얻었다는 상자로, 선녀는 이 상자를 주면서 인간에게 가장 소중한 것이 들어있어서 절대 열어봐서는 안되고, 열어보면 용궁으로 다시 돌아갈 수 없다고 했다. 하지만, 우라시마는 그 상자를 열었고 상자에서 나온 보랏빛 연기가 몸을 감싼 후 주름투성이의 할아버지가 되고 말았다 — 옮긴이) 따위도 없는 게 낫다. (당연하지!)

옛날이야기는 내가 갈 길을 보여주지 않는다.

무엇이 나에게 가야 할 길을 보여줄 것인가?

"저기, 내 얘기 좀 들어봐."

라고 속삭이자,

"뭔데, 뭔데?"

하고 후유가 작은 얼굴을 앞으로 내민다. 테이블에는 다먹어서 비운 접시가 몇 개 놓여있다. 항상 가던, 역사 내 쇼핑몰에 있는 레스토랑이다. 옛날에는 크고 작은 가게들이 구분 없이 빽빽하게 들어서 있었는데, 지금은 층별로 구분이 생겼다. 지하층 부근에는 일반 가게들이, 최상층에는 고급 레스토랑이 들어서서 구역이 분명하게 나뉜 것이다. 나와 후유는 그 가게들을 한 달에 한 군데씩 돌고 있다.

"얼마 전에 청혼받았어."

"정말?"

목소리가 너무 커서 접시가 쨍 하고 울릴 정도다. 주위의 손님들이 이쪽을 돌아본다. 휴유는 당황해서 고개를 숙였다.

"진정해, 진정해. 아마 상상하는 것과는 전혀 다른 이야기일 테니까."

나는 직업소개소의 '자율반납' 문제를 두고 정권이 움직이기 시작했다는 얘기를 했다. 청혼받은 얘기를 하는데 정부를 거론하는 일본 국민은 거의 없을 것이다.

"뭐어?"

후유는 감탄하는 소리를 내고는,

"역시 그 사람, 나츠를 처음부터 노린 거 아냐? 내가 전에도 얘기했잖아. 기계를 못 다루는 척, 시늉만 하는 거 아니냐고."

나는 절레절레 고개를 흔들고,

"아냐, 아냐. 순서가 거꾸로인걸. 청혼하고 싶어서 고용한 게 아니고, 고용하고 싶어서 청혼한 거야."

"그래도 어느 정도 좋아하지 않으면, 아무리 업무상의 사정이라고 해도 가족이 되고 싶지는 않을 거 아냐."

라고 후유는 날카로운 눈빛으로 말한다. 흠, 상식적으로 생각하면 그렇겠지만, 오츠카 씨에게 그런 상식이라는 게 존재하는지 판단이 어렵다.

단지 지난번에 후유와 이 얘기를 했을 때와는 조금 다르게, 정말 그런 거라도 괜찮지 않을까 하는 생각이 들려 했다.

그러고 보니 후유의 직장은 정권 교체의 영향을 받지 않으려나. 후유네 회사는 미국계 기업이니까 사정이 상당히 다르겠지만, 거기서는 일본 정부가 떠드는 최저임금보다도 훨씬 높은

임금을 지급할 것이다.

학생 때와 비슷하게 아직도 수수한 옷차림을 하고 다니는 건, 혹시 나를 배려하느라 그런 것일까 생각한 적도 있다.

"하지만 그렇게 거절해버렸으니, 나츠는 어떻게 되는 거야?"

"어떻게 될까…… 자율반납 문제가 있으니까 일을 계속하기 어려울지도 모르고, 괴로워."

나는 테이블에 턱을 괸 버릇없는 자세를 하고 침울 모드에 빠진다.

"또 이직해야 하나?"

"나츠는 이직을 자주 하네. 내친 김에 이직의 전문가가 되는 건 어때?"

"따지고 보면 그게 바로 직업소개소가 하는 일이잖아…… 지금도 하고 있다고."

얘기하는 중에 물병을 든 서빙 로봇이 다가와 내 컵에 물을 따라준다. 이 로봇에게도 카메라는 달려 있을 테니, 허리를 펴고 자세를 바로잡는다. 딱히 누군가가 볼 영상도 아니지만, 역시 나는 기록으로 남는 일이라면 제대로 하는 게 마음 편하다.

어릴 때는 거리에 있는 카메라 영상이 내신 성적에 반영되어서, 그게 입시에 영향을 준다는 얘기를 진짜로 믿었다. 물론 그런 일을 했다가는 프라이버시 보호 조약 위반으로 처벌받는다. 그래서 '카메라에 찍히는 일을 하는 직업' 따위가 생긴 거다.

"아, 그러고 보니, 얼마 전에 직업소개소에 재미있는 사람이 왔어."

입시를 생각하다가 갑자기 시부야를 떠올렸다.

"어떤 사람인데?"

"음, 뭐랄까, 엄청난 계산능력을 갖고 있어."

나는 교과시스템의 계산 문제를 순식간에 풀어내는 소년

에 관해 얘기했다.

"와, 그런 사람이 있구나. 한번 사귀어보고 싶네."

"어, 안 돼. 아직 열일곱 살이야. 그건 범죄라고."

"그런가?"

후유는 조금 아쉬운 듯 말한다.

후유는 자기 머리가 그렇게 좋으면서도, '나보다 머리 좋은 사람이 좋다'고 생각하는 가치관의 소유자다. 하지만 나는 그런 사람이 지구상에 있을 거라고 (나의 평범한 머리로는) 생각지 않는다.

후유는 전생에 도대체 무슨 죄를 지었기에 자기보다 머리 좋은 사람을 좋아하는 저런 벌칙 게임 같은 취향을 갖게 되었을까 하고 생각하지만, 나와는 취향이 겹치지 않으니 오히려 잘됐다.

"하지만 일과 관련해서도 관심이 있어."

"일?"

"어쩌면 그 애는 아직 인간이 발견하지 못한 소인수분해의 알고리즘으로 계산을 하고 있을 가능성이 있잖아. 신경 탐침을 붙여서 조사해보고 싶다는 사람이 우리 회사에도 있지 않을까."

라고 갑자기 괴상한 얘기를 꺼낸다. 시부야, 도망가!

"안 돼. 그것도 범죄 같다고."

나는 인도적인 관점에서 타이른다.

"그래? 그럼, 계산하는 걸 보는 것만으로 좋아."

"이 대화 자체가 정말 뭔가에 저촉되는 건 아닐까? 그러니까, 직무상의 비밀 유지 의무라든지."

이미 후유에게 시부야에 대한 얘기를 하던 시점에 그런 의무 따위는 다 어겨버린 것 같지만, 이 대화는 어디에도 기록되지 않았을 것이다. 기록이 남지 않는 일이라면 적당히 넘어가도 된다는 것이 내 생각이다.

"그러고 보니 나츠네 회사에는 재미있는 사람이 진짜 많이 오네?"

"직업소개소니까."

"재미있겠다."

"그런가? 이상한 사람들도 와서 피곤하기도 해."

그렇게 대답하면서도 나는 최근 들어 직업소개소에서 오츠카 씨, 소장과 함께 이상한 일을 하며 살아가는 것이 역시 나의 길이지 않나 생각하기 시작했다.

나의 길은 옛날이야기에 나오는 것 같은 대다수의 어린이들을 위한 길이 아니라, 훨씬 더 이상한 곳에 있을 터이다.

"저기, 갑자기 생각났는데……."

라고 나는 후유에게 말한다.

"무슨 일이야? 무슨 좋은 수라도 생각난 거야?"

"음, 아마도? 아니다. 나쁜 생각이려나?"

생각하는 것만이라면 나쁜 건 없다고, 오츠카 씨가 그렇게 말했었다.

—

다음날 아침.

직업소개소의 창문 밖으로, 우주까지 뚫고 나갈 수도 있을 것 같은 푸른 하늘이 보였다. 얼마 전까지 땅에 눈을 펄펄 떨어뜨리던 구름은 목표 달성이라도 했다는 듯이 어디론가 가버리고 없었다.

넓은 인도 양 옆에 쌓인 눈은 어린아이의 발자국이 찍힌 채로 반들반들하게 얼어 있고, 그 위에서 아이들이 놀고 있다.

마주보고 서서 양 손바닥으로 서로를 밀어, 먼저 넘어진 쪽이 지는 놀이를 하고 있다. 아무 도구도 필요 없는 놀이다. 아마도 인류가 아프리카에 출현했을 때부터 했을 놀이다.

오츠카 씨는 아직 오지 않았다. 사무실의 손님 예보 시스템은 오츠카 씨가 추위를 많이 탄다고 학습한 상태라서, 기온이 떨어질수록 출근 예상 시각을 늦춰서 내보내도록 되어 있다.

10시가 조금 지나자 오츠카 씨보다 시부야가 먼저 왔다.

"관심이 있으면 다시 오라고 하셔서 왔습니다."

"안녕, 오늘 학교는 어땠어?"

나는 한쪽 귀에만 헤드폰을 갖다댄 채 말한다. 내가 직업 소개소에 와 있는 날은 월, 화, 수, 목, 금요일로, 고전적인 표현으로 말하자면 평일이다. 소비자에게는 거의 의미 없는 개념이지만 생산자와 학생에게는 중요하다.

"뭐랄까, 학교에 가든 안 가든 별 차이가 없는 거 같아요."

라고 그는 대답한다.

"그럼, 괜찮으면 전처럼 계산하는 거 한 번 더 보여줄래?"

나는 그에게 교과시스템 단말을 건넨다.

"그렇게 재미있었어요?"

시부야는 약간 기쁜 듯이 물었다.

"학교에서는 다들 그렇게 긴 자릿수를 계산할 수 있어도 의미 없다고 얘기하는데요."

"그렇지 않아. 내 개인적인 생각엔 어딘가 특이한 사람은 뭔가 대단한 일을 해낼 수 있거든."

나는 흔하디흔한 격려의 말을 더한다. 어딘가 특이한, 다시 말해 극단적인 사람이라고 하면 우선 오츠카 씨가 떠오르는데, 그가 과연 대단한 일을 할 수 있을까.

단말에 표시된 숫자를 보면서 시부야는 웃기 시작했다.

"아무리 그래도 이건 자릿수가 너무 많지 않아요?"

한 화면에 들어오지 않는 거대한 숫자 뒤에, '왜 나눠 떨어지는 거야?'라고 쓰여 있다. 내가 후유에게서 온 메시지에서 복사한 숫자였기 때문이다.

"역시 이 정도는 무리인 건가."

라고 내가 약간 도발적으로 말하자,

"아니요, 아마 될 거예요."

하더니 시부야는 가만히 숫자를 바라본다.

나는 내 자리의 화면을 보고 다른 작업을 하는 척하면서, 곁눈으로 그의 눈을 가만히 보고 있다. 운명 같은 사람이라도 발견한 것처럼. 어떤 의미에서 그는 운명 같은 사람이다. 시청 교통과 직원이었던 내 운명을 바꾼 사람이기도 하고, 지금은 직업소개소 사무원인 내 운명을 좌지우지하고 있으니 말이다.

소장은 히터 앞에 얌전히 웅크리고 있다. 가능하면 지금은 조용히 있어주면 좋겠다.

"시청의 시스템은 아직 옛날 소인수분해 알고리즘으로 된 암호를 쓰는 경우가 있어."

라고 후유는 말했었다.

"그 남자애가 오면, 이 숫자를 풀게 해봐."

"음, 분명히 이게 답일 거야."

시부야는 혼자 중얼거리며 키보드로 숫자를 입력한다. 그의 머릿속에서는 이미 답이 나와 있는 것 같지만 키보드로 숫자를 치는 데만 꽤 긴 시간이 걸린다.

겉으로는 무관심한 척 그걸 보고 있지만 속으로는 기대와 약간의 죄책감에 심장이 평소보다 훨씬 빨리 뛰고 있다.

"오답."

이라는 빨간 글자가 표시된다.

"어, 틀렸네, 자릿수가 모자라. 숫자가 빠졌나 봐."

하더니, 자신이 쓴 숫자를 다시 한번 가만히 보다가 딱 한 곳을 고치고는 엔터 키를 탁 친다. '정답'이라는 글자가 표시되기도 전에,

"해냈다!"

라고 소리치며 테이블을 쿵 두드리고는 깜짝 놀라 내 쪽을 보더니 부끄러운 듯 볼을 붉적인다.

"굉장해. 정말로 소인수분해를 하는구나. 시청의 시스템에 접근 성공했어."

라고 헤드폰 너머에서 후유의 감탄하는 목소리가 들린다.

"이렇게까지 대단한 일을 할 수 있는데도 이게 직업으로 연결되지는 않는 거지?"

라고 내가 (소리를 내지 않고 키보드를 써서) 말하자,

"아무래도 합법적인 건 좀…… 연구 대상이라면 몰라도."

그건 내가 말리고 싶다.

"자, 이제 자율반납 문제의 조사 대상으로 올라와 있는 회사 목록에서 나츠네 직업소개소를 지워버릴 건데…… 정말 괜찮겠어?"

"응."

나는 대답한다.

기록에 남는 일이라면 무엇이든 성실하게 한다. 하지만 지금 후유에게 부탁한 일은 기록을 없애는 거다.

한동안 침묵이 흐른다.

시부야는 교과시스템이 낸 다음 문제를 차분히 생각하고 있다.

오츠카 씨는 아직 오지 않는다.

"끝났어, 나츠."

헤드폰에서 후유의 목소리가 들려온 순간, 웅크리고 있던 소장이 번쩍 눈을 뜨고,

"케케켓."

하고 운다. 까마귀 같은 소리였다.

"!?"

시부야가 놀라서 얼굴을 든다. 그는 아직 단말에 표시되어 있는 문제를 푸는 중이었다.

"뭐, 뭐였어요, 지금 그 소리는?"

"어, 그 울음소리는 말이야……."

나는 설명하려다 입을 다물었다. 저건 소장이 '한 건 낙착!' 이라고 할 때의 울음소리다. 평소 같으면 직업소개소의 계약이 완료되었을 때 내는 소리다.

—

일주일이 지났다.

도로의 눈은 이미 완전히 녹아버렸지만, 건조한 북풍이 거리마다 점점 강하게 휘몰아쳐서, 눈보다도 더 집요하게 체온을 빼앗아간다. 직업소개소의 오래된 온풍기도 힘들게 회전하고 있고, 소장도 그 바람을 가능한 한 잔뜩 맞으려는 태세를 갖추고 있다.

"추워졌네, 메구로."

오츠카 씨가 중얼거린다. 내가 아무 대답이 없으니까,

"추워졌다는 건 딱히 네가 재미없는 사람이 되었다는 말을 돌려서 한 건 아니야."

"알아요, 괜찮아요."

"다행이네. 신뢰라는 게 쌓여가나 봐."

오즈카 씨는 뭔가 메모해가면서 책상에 쌓인 영수증 다발을 뒤적이고 있다. 종이 서류에 관해서는 그가 강하기 때문에, 전부 맡기는 편이 좋을 것 같다. 나는 멍하니 텔레비전 뉴스를 보는 중이다.

생활기본금의 부정수급 문제는 일단 진정 국면으로 접어들어서, 지금은 공무시스템 문제에 세상의 관심이 향하고 있는 것 같다. 이렇게 세상이 문제로 가득한데 사람의 일이 거의 다 없어져버린 것은, 인간이라는 존재 자체가 그만큼 일과는 맞지 않는 존재이기 때문일지도 모른다.

—

"각 지자체에서 중대한 시스템의 업데이트가 인간의 결재와 허가를 기다리고 있는 상태로 대기 중인 사례가 다수 발견되었습니다."

라고 자동 방송이 흐른다.

내 단말에도 때때로 "중요한 업데이트를 실행해주세요"라는 메시지가 온다. 대부분 자동으로 업데이트되지만, 중요한 것만은 인간이 인증하지 않으면 작동하지 않는 시스템이다. 악한 인공지능이 인터넷을 장악해 인간을 지배하는 것을 막기 위한 방법이라고 한다. (이건 아마도 농담일 거다. 그도 그럴 것이 그 정도의 인공지능이 있다면 나는 벌써 속아서 업데이트 버튼을 눌렀을 거고, 인간은 인공지능에게 지배되고 있을 테니까. 경찰에 생체 데이터를 건넬 때조차 그게 가짜인지 의심하지도 않았으니 말이다)

인간 공무원이 줄어든 바람에 그런 수동 업데이트 시스템
이 내장된 수많은 단말이 10년 이상 업데이트되지 않고 방치되
어 있다고 한다. 따라서 문제가 종종 발생한다. 그러면 어딘가
에 있을 친절한 IT기업 사원이 메시지를 보내서 업데이트를 하
라고 알려준다.

"비트플렉스의 일본인 사원이 이 사안을 보고해서 내각부
의 지도로 일제히 업데이트가 시행되었습니다."

라는 방송이 이어졌다. 후유의 이름까지는 보도되지 않는
듯했다. 댓글난에 '비트플렉스, 정말 그런 것까지 지켜보고 있
냐?' '비트플렉스가 정부를 운영하면 부정수급도 한순간에 없
어지겠구나'라고 적혀 있다.

시부야는 계산을 한 것뿐이니까 별 상관없겠지만, 휴우는 시청
시스템을 해킹해 데이터를 고쳤으니 그 일로 뭔가 피해를 보지
않을까 걱정스러웠다.

하지만 휴우에게 나중에 물어보니까,

"멋대로 시청 시스템에 침입한 후라도, 시스템 업데이트가
정지되어 있다고 보고하면 아무 문제없어."

라는 것이었다. 남의 집에 함부로 들어간 건 범죄이지만,
그 후에 '문이 열린 채로 있었어요'라고 보고하면 고마워한다
니…… IT업계는 정말 모르겠다.

"저기, 메구로."

오츠카 씨가 말한다.

"자율반납 말이야. 다른 방법을 생각한다고 했는데, 아직 떠
오르지 않아. 조금 더 기다려 줘."

"네, 천천히 하셔도 돼요."

라고 대답한 다음, 점심 주문 사이트를 보고 말한다.

"어, 그리고 오늘은 바람이 강해서 배달새가 날지 못한다고 하네요."

지상용 배달차도 있지만 이런 날은 사용자가 많아서 모두 나가 있기 때문에 지금 주문해도 오후 3시가 지나서야 음식을 받을 수 있을 것 같다.

"정말이야?"

"정말이에요."

"그런 얘길 들으니까 바로 배가 고파지네."

라며 오츠카 씨는 시계를 본다. 아직 오전 11시다.

"고양이 캔사료라도 드실래요?"

"생선은 싫어."

"채식주의자는 굶어 죽게 생겼어도 고기는 안 먹나봐요?"

라고 물어보자, 그는 잠시 창밖을 보고 나서 말했다.

"고기를 먹지 않으면 죽을 일이 요즘 같은 시대에도 있나?"

"없을 것 같습니다."

"그렇지. 그런 걸 걱정하지 않아도 되니 좋은 시대인 거야."

"지금이 좋은 시대일까요?"

"그렇지. 역사상 가장 좋은 시대지."

그는 말한다.

왠지 바보 취급당하는 느낌도 들지만, 오츠카 씨의 말이 맞는지도 모른다. 싫어하는 건 싫다고 솔직하게 얘기해도 되고 말이다.

—

그런 이유로 나는 변함없이 직업소개소 사무원으로 근무하고 있다. 오츠카 씨는 변함없이 기계는 만지지도 않고, 소장은 변함없이 축 늘어져 있다. 이익은 변함없이 안 나지만, 그럭저럭 즐겁게 일한다.

그들은 그 후로도 행복하게 살았습니다.

아닌가?

동화 속 완벽한 해피 엔딩은 아닐지라도, 나는 이걸로 만족한다. 정해진 행복의 양식을 따르지 않더라도 나는 나의 길을 찾을 수 있다.

"그러네요…… 예를 들면."

오츠카 씨는 오늘도 의뢰인을 향해 말한다.

"시스템 업데이트 버튼을 누르는 일이 있는데, 관심 있으세요?"

미래
직업소개소

맺음말

『미래 직업소개소』는 제 네 번째 단행본이자, 첫 연재소설입니다. 후타바 사의 『컬러풀』이라는 매체에 반년에 걸쳐 연재하였습니다.

연재소설은 전체를 한 번에 쓰는 소설과 달리, 정기적인 원고 마감일이 있습니다. '마감과 작가'라는 주제는 그것만 가지고도 책 한 권, 아니 책 두 권도 만들 수 있을 만큼 문학적인 테마입니다. 정장을 입은 편집자가 화를 내며 목조 건물에 들이닥쳐서는 "당신 때문에 인쇄소에 기다려 달라고 사정사정했어요!"라고 화를 내면, 베레모를 쓴 작가가 무릎을 꿇고 "내일까지는 꼭 드리겠습니다." 하며 비는 두 평 남짓한 단칸방, 깊어가는 고도성장의 밤 따위 광경이 떠오릅니다.

그러나 지금은 인터넷 시대이며, 제가 연재한 곳도 웹진이라 인쇄소는 필요 없을 뿐만 아니라 편집자가 화를 내며 들이닥치려고 해도 그럴 수가 없는 것이, 제가 지방에 살고 있어 원고를 주고받는 일도 이메일로 하고 있기 때문입니다. 마감일을 지키지 못할 것 같을 때 트위터에 '마감이 위험해'라고 올리자, 편집자가 마치 제가 트윗하는 것을 지켜보고 있었던 것처럼 그 즉시 '이틀 뒤까지 괜찮아요'라는 자애와 관용이 넘치는 이메일을 보내 주셨습니다. 덕분에 이틀 후에도 트위터에 '마감이 위험해'라고 올리게 되었지만요.

글 쓰는 게 업인 사람의 일하는 방식은 나츠메 소세키, 다자이 오사무의 시대와 꽤 많이 달라진 것 같지만, 작가가 마감에 시달린다는 사실만은 천지개벽한 때부터 지금까지 별로 바뀌지 않은 것 같습니다. '마감이 무서우면 여유를 갖고 계획적으로 쓰면 되잖아' 하는 것은 현대의 앙투아네트 같은 소리입니다.

"마감에 쫓기는 순간이야말로 얼얼하게 뜨거운 '생(生)'을 실감할 수 있는 순간이지"라고 말씀하시는 작가도 계시지만 저는 그런 변태적인 취미는 없고, 마감 전 여섯 시간 동안은 언제나 '맥북에는 어째서 원고를 자동으로 쓰는 기능이 없는 걸까' 하며 스티브 잡스의 요절을 한탄합니다. 인공지능이 빨리 내 일을 뺏으러 와줬으면 좋겠다며 성의 발코니에서 기다리는 나날입니다.

요즘 세상을 떠들썩하게 만드는 인공지능은 주로 '딥러닝'이라는 기술입니다. 딥러닝 덕분에 화상 인식의 정밀도가 극적으로 향상되었습니다. 말하자면 컴퓨터의 '눈'이 엄청나게 좋아졌다는 얘기입니다. 그러나 눈만 가지고 일할 수 있는 것은 메두사 정도로, 그리스 신화에서라면 모를까 현대 일본의 일을 전부 인공지능으로 대체하기에는 역부족입니다.

그럼 '손'은 어떻게 되고 있을까요? 일본의 어떤 기업이 세탁물을 개는 로봇을 개발했습니다. 그런데 얼마 전, 이 로봇이 잘 개지 못하는 의류가 발견되어 발매가 연기되었다는 뉴스가 나왔습니다. 아마도 제가 로봇보다는 더 유능한 모양입니다. 초등학생 때부터 옷을 예쁘게 개서 어머니께 칭찬받았으니까요.

이런 이유로 당분간 회사원은 상사와 싸우고, 경영자는 결산서와 싸우고, 작가는 마감과 싸우지 않으면 안 될 것 같습니다.

마감 시간이 다가오는 와중에 원고를 마주하고 있으면, 그런 걱정 없는 시대가 언젠가 오지 않을까 하고 생각하지만,

"그렇지도 않겠지. 일이 있건 없건, 인간은 늘 같은 일로 고민하지. 가족이나, 돈, 건강, 장래… 인간 자체가 끊임없이 걱정하게끔 만들어져 있는 거야."

라고 오츠카 씨가 고양이를 쓰다듬으며 말하는 것입니다.

마지막으로, 꼼꼼하지 못한 내 집안일을 대신해주는 안드로이드인 사이토5호, '인류는 아직 일하고 있나? 아프리카에서 출현한 이후로 300만 년이나 일을 했으니, 이제 슬슬 물러나서 한가롭게 지내면 어떨까?'라고 말하며 느릿느릿 건초를 되새김질하고 있는 당나귀 벤자민, 그리고 여기까지 읽어주신 여러분께 감사하다는 말씀 드립니다.

헤이세이 최후의 여름밤, 자택에서 이스카리 유바.

미래 직업소개소

처음 펴낸날 2020년 4월 17일

지은이 이스카리 유바
옮긴이 추성욱
펴낸이 주일우
편집 김소원, 윤자형
디자인 권소연

펴낸곳 이음
등록번호 제2005-000137호
등록일자 2005년 6월 27일
주소 서울시 마포구 월드컵북로 1길 52
전화 02-3141-6126
팩스 02-6455-4207
전자우편 editor@eumbooks.com
홈페이지 www.eumbooks.com

ISBN 978-89-93166-06-4 03830

값 13,000원

이 도서의 국립중앙도서관 출판예정도서목록(CIP)은
서지정보유통지원 시스템 홈페이지(http://seoji.nl.go.kr)와
국가자료공동목록시스템(http://www.nl.go.kr/kolisnet)에서
이용하실 수 있습니다. (CIP제어번호: CIP2020013972)